やがて忘れる過程の途中

滝口悠生

I

2018.8.19 ~ 8.27

8月19日（日）　1日目

昨日は結局予定を三時間ほど遅れて、深夜一時にアイオワの空港に着いた。ダラスでの乗り換え便が遅れたため。

アメリカは飛行機の遅延は珍しくないと聞いていたので、こんなものかと思いながら待った。空港をぶらぶら歩き、SMASH BURGERというハンバーガー屋でハンバーガーとビールを買ったのがアメリカでの初めての買い物に。十三ドル。名前を訊かれて応える。待っていると名前で呼ばれて、レシートにもYushoと印字されている。そのうえにはJuanitaというホストの名前もあるが、読み方がわからない。

乗り換え便の出発時刻は夜八時半の予定だったが、搭乗ゲートの前に行くと遅れは二時間に変わっていた。パソコンを出して、締切の迫っている講談社『本』の原稿。西武線がどうのこうのという話を、アメリカの空港で書いているのは少し変な気分。

十時を過ぎ、さらに四十分の遅れが表示された。待っているひとたちは疲れながらも諦めているのか、慣れているのか、みんな落ち着いた様子だった。同じ搭乗ゲートの離れた場所に台湾の作家と思われるアジア人の男性がいて、声をかけてみようと思ったが、どうせ行き先で会うのだしとも思い仕事を続けた。けれども待ち時間がどんどん長くなるにつれ、いまさら声をかけるのも変なような気がして、さっさと話しかければよかったと後悔した。

どこかから走ってきて走っていった南米系と思しき女性が、また走って戻ってきて空港職員になにごとか訴えていた。到着便が遅れたため、すでに出発してしまった便への乗り継ぎができなかったらしい。空港職員は諦めるよう言うだけで取り合わない。同行の男性が必死に女性をたしなめ落ち着かせようとしているが、彼女はどうにもやりきれない、じっとしていられない、昂ぶりを抑えきれず、どこかへすごい早足で歩いていってはまた涙を流しながら戻ってきて、大きなアクションで窮状を訴える。日本ではあまり目にする機会のないような激情だが、さまになる。男性も仕方なくあとを追っていっては、一緒に戻ってくる。演劇を見ているよう。英語がわからないので私には詳しい事情はわからないが、この時間に乗り継ぎ便がないとか言われてもたしかに困るだろうと思う。もう十一時だ。男はTシャツにハーフパンツという軽装だが、女性は派手な柄のサマーセーターにタイトなジーンズをはいていて、金と黒のハンドバッグを持っている。不倫旅行っぽい、とか勝手なことを思って見ていたが、もしかしたら身内が危篤で実家に帰る途中とかなのかもしれないし。

いろんな国から三十名ほどの作家が参加する、アイオワ大学のインターナショナル・ライティング・プログラム（IWP）という滞在プログラムに呼んでもらった。アメリカに来たのは初めて。というか、去年友達の結婚式があってロンドンに行き、そのついでにイタリアに何日か行ったのが初めての海外だったので、今回が二回目。プログラムは十一月の頭までの約十週間、もちろんそんなに長く日本を離れるのも初めてなので、ちゃんとアメリカに着いて乗り継ぎ便に間に合っただけで結構安心（去年参加した藤野可織さんはダラスで予定の便に乗れなかったと聞いたので、今年は余裕のある乗り継ぎにしてくれたのかもしれない）。

飛行機は結局三時間ほど遅れて飛んだ。深夜に着いたアイオワのシーダーラピッズ空港はひともいないし、当然売店やカウンターも閉まっている。ダラスの空港で見たのはやはり台湾の小説家カイ（黄崇凱）で、荷物を待つところで挨拶。迎えに来てくれたプログラムのスタッフは朗らかな若い女性で、しかし車に乗り込んで駐車場を出るときになって、駐車券的なものがどこかにいったらしく、駐車場の出口で係員に止められてあれこれ説明をしたが、係員は融通を利かせることはせず、仕方なく現金を払い、ファッキン、とぶつぶつ言いながら車を出した。バックシートに一緒に並んでいるカイは、悠然としている。ぽつぽつと、話をした。英語は苦手、とか、アメリカには初めて来た、と私は話した。カイは、英語は自分も苦手、アメリカには三度目、と話した。実際には三、四十分くらい車で走ったはずなのだけれど、疲れや緊張、初めての場所だったせいか、記憶では十分くらいでホテルに着いたことになっている。

送ってくれたスタッフは朗らかになにかを説明して帰っていき、私たちはフロントで鍵をもらい、カイも同じ四階だったのでエレベーターで四階にあがり、おやすみ、と言い合い別れた。私の部屋は416号室で、なんとなく想像していたのよりもずいぶんと広かった。デスクに置かれていたプログラムやホテルのアナウンスをざっと読むが、英語で難しいし、疲れて限界。

数時間眠って、朝起きると晴れていた。ゆうべは飛行場からホテルまでの道も、部屋の窓の外も真っ暗で景色はほとんどわからなかったが、窓の外には川があった。柴崎さんが『公園へ行かないか？　火曜日に』で、部屋の眺めが悪かったと再三書いていたので、眺めがい

い方の部屋にあたった、と思った。私は日本のビジネスホテルみたいな部屋を想像していたので、調度品も広さもずいぶん思っていたのと違って上等で、けれども嬉しいというよりは、なんだか過分にいい部屋をあてがわれているのではないか、なにかの間違いではないか、と申し訳ないような気持ちが先に立つのは、この滞在が不安だからか、疲れているからか。寝不足の体に窓からの外光がこたえるが、ともかく日が過ぎて夜が明けた。明るいといくらか安心できる。

エレベーターで、二階にある朝食の部屋に降りた。シリアルとヨーグルトを選んで食べる。横のテーブルにいたスウェット姿の女性がアンニュイな雰囲気でパンを食べていた。

髪の色も肌の色も自分に近いので、少なくとも欧米やアフリカのひとではない、と思う。東アジアとか東欧とかそういう細かい区分が、この日の私の頭にはまだない。

彼女が、あなたもライター？　と訊いてきたので、イエス、と応えると、私も、と言った。彼女はモンゴリアから来たと言ったのでモンゴルから来たのだったが、私はそのときにはうまく聞き取れなかった（私はモンゴルは英語でもモンゴルだと思っていて、彼女が言った国名は東欧の旧ソ連のどこかではないかと思っていた）。彼女の名前もまた、音も発音も難しくて、訊き直して発音してはみたものの、まったく覚えられなかった。彼女は私の名前はすぐに覚えて、ユウショウ、と正しく言ったので、私は、イエス、と返した。

朝食の部屋にはシリアルのほかにもパンやベーグル、フルーツなどがある。コーヒーやオレンジジュース、ヨーグルトなども自由に食べていい。ホテルにはＩＷＰの参加者だけでなく一般の宿泊客もいるので、そのひとたちも同じ朝食を食べる。朝食の部屋の隣に、コモンルームと呼ばれる部屋があり、そこはＩＷＰの参加者が自由に使えるように開放されている。参加者らしきひとたちがいたので入っていって、七、八人に挨拶をした。名前と国籍を互いに告げるのだが、人数が多いのと音が聞き慣れないのとで、やはりまったく覚えられない。ゆうべ一緒だったカイは寝ているのかいなかった。

もらったスケジュール表にしたがって、午後、事務作業のためにまたコモンルームに降りていく。と、廊下に今朝会ったアラブの女性がいて、日本に住んでいたことがあります、と日本語で話しかけてきた。びっくりした私は、えー本当に、と言って笑っていたら、彼女は、おはよう、ありがとう、こんにちは、と知っている日本語を次々に挙げて教えてくれた。私は嬉しくなった。

お父さんが昔ヤマハで働いていて、浜松のへんにいたらしい。大阪が好きで、大阪はとてもファンタスティックな街だと言った。

私は道頓堀の電飾のグリコを思い浮かべていたのだけれど、彼女のファンタスティックは大阪のどのへんなのか私はこの日記を書いているいまもまだ知らない。このときにはまだ彼女の名前も覚えていなかったが、彼女はドバイから来たエマンだ。

その午後スケジュールされていたのは事務的な書類の配布とその説明だった。このプログラムに長年携わっているメアリーさんの部屋が二階のコモンルームの奥、フロアの位置的には四階の私の部屋と同じ位置にある。メアリーさんの部屋には世界地図が貼ってあって、参加者の名前のシールが、それぞれの国の、それぞれの街に貼ってあった。私の名前のシールは、東京に貼ってある。私は、そこここに貼られたライターたちの名前やその国や街の名前を見たりしたが、そのすぐそばにいる実際のライターたちのことや、読み方もわからない氏名や街の名前で情報処理が追いつかず、ただぼんやり地図を眺めてばかりいた。

書類をもらったあと、サウニアと対面。サウニアは、ビザ申請のためスカイプみたいので面接をしてくれたので、スカイプ越しには話をしたことがあるが、実際に会うのは初めて。面接のときは私は単なる手伝いの学生だと思っていたのだがその認識は全然間違っていて（それはたぶん私が資料をちゃんと読んでいなかったからだが）、サウニアはたぶん学生ではなく、このプログラムのコーディネーターで、結構重要人物である。いわば現場監督みたいな立ち位置だと思うのだが、現れたサウニアは、スカイプで見て知っているのよりも大人っぽい印象だった。何歳だかは知らないし、服装はサンダルにノースリーブのカットソーで、全然かっちりはしていない。と思って、責任ある立ち位置のひとに無意識のうちにかっちりした服装を求めてしまう自分の日本社会を基準とした感覚にも気づく。サウニアが何歳で、どんなことに興味があって、なぜ彼女がこのプログラムのコーディネーターをしているのか、私は結局プログラムの終わりまでちゃんと理解したり、訊ねたりすることができなかった。あとから思えばいくらでも訊けたと思うけれど、初めて会ったときにはそんな余裕はなくて、しかしその後顔を合わせるたびにいまさらそんなことを訊くのもヘンな気がして、結局そのままになった。しかしそれは疎遠だったというわけでもなくて、いろいろのことをわからないまま、挨拶したり、話したりした。ここで会ったスタッフや、スタッフなのかどうかもよくわからないひとたちの多くは、私にとってそういうよくわからないまま親しくなったひとたちだった。

スタッフ数人が先導して案内するかたちで、参加者みんなでアイオワの街を歩いた。からっとしていて、過ごしやすい気候。昨日までいた東京の酷暑とはずいぶん違う。歩きながら、何人かの作家と話す。日本の話になると、いちばん最初に出てくるのはかなりの確率で三島由紀夫の名前で、それは少々意外だった。あとはカワバタ、アクタガワ、オーエ。そしてハルキムラカミ。

アルメニアから来たアラムは、日本はすごい好きだ、と言った。三島は作品も彼の人生もとてもスペシャルで、興味深い。そういえば日本の作家に会ったことがある、と言うので、えー誰だろう？　と訊いたらアラムは少ししてから名前を思い出し、小野正嗣さんだった。小野さんが彼の国アルメニアに行って、彼と対談みたいなことをしたらしい。

小野さんとは会ったことないんだけど、なんかすごいおしゃべりでおもしろいひとって聞くけど、そうじゃなかった？　と私が訊くと、そうそう！　そうだった！　とアラムは楽しそうに言った。そのあと二十代のときに二年間兵役に行った話を聞いた。アラムは私と同い年だった。

インドの詩人に、日本にはインドカレー屋がたくさんあります、と言ったら、そうか、と冷ややかな反応だった。彼とはさっき、メアリーさんの部屋で一緒に地図を見ていて、自分の住む街はここ、と教えてもらった。彼の街はインドの南端近くだったので、南インドのカレーが最近日本では人気です、と言ったらやっぱり薄い反応で、代わりに、自分の街はコーチという名前だけど日本にも同じ名前の街があるだろう、と言うので、ある、東京からは遠いけど、一回だけ行ったことがあります、私は高知が好きです、と言ったら、また、わかった、と短い淡白なリアクションだった。

書店や、プログラムの事務所があるシャンバウハウスという建物、日用品が売っているファーマシーなどが入ったダウンタウンのショッピングモールなどを案内してもらった。それから庭園のような場所に連れてこられて、そこではお祭りみたいなものが行われている。

大音量で音楽がかかり、巨大な風船人形のマスコットが下部からマシンで空気を送られて踊っている。くいしばったような歯を剥き出しにして二本足で仁王立ちしている鳥のマスコット。あとで知るが、この鳥（鷹）がアイオワ大学のマスコットキャラクターなのだった。揃いのコスチュームで通りに立って踊ったりして雰囲気を盛り上げている学生たちがいる。歯ブラシを配っているグループがいて、もらう。よくわからないままそのなかを歩き、うながされるままテントの下でチキンやピクルス、サラダ、パンなどが用意されているのを皿にとって、自分でハンバーガーをつくった。草の上にみんなで座って食べた。ライター同士で話をしている者もいるのだが、私は自分から話しかけるにしても語彙も話題も出てこないので、ひとりで所在ない感じになってしまう。ビールが飲みたい、と思ったが酒は用意されていないようだった。どこからか湧いてくるように大勢の学生たちも集まってきて、みなハンバーガーを食べている。後ろにスタッフのサラと、手足の少し不自由そうな年配のスタッフの女性が並んで座ってハンバーガーを食べていたので、このパーティーはなに？ と訊いたらサラが明日から新学期だからそのパーティー、と教えてくれた。

食べたら解散らしく（私はこういうアナウンスをほぼ聞き逃していて、次になにをするのか全然わかっていない）、みななんとなくぞろぞろかたまりになってホテルに帰ってきた。昨日部屋に置かれていたスケジュールが記されたカレンダーによれば、今日はこのあとはなにもないはずなので、ということはさっきのハンバーガーは夕食だったのだろうか。ならもう少し食べればよかった、おかわりしてもよさそうだったし、まだ五時過ぎだし、と思いながら、どこか外の店で食べることもできるが、ただでさえ疲れているところにひとりで不慣れな外食をするのは余計に疲れそうだった。金の払い方もチップの払い方もよくわからない。

それで散歩がてら酒を買いに行くことにして、また外に出て、ホテルの前の芝生の広場で酒屋はどこにあるのだろうかと呆然としていると、たーきぐちさーん、と呼ぶ声がして、ケンダルさんが車の横で手を振っていた。アイオワ大学の日本文学の先生であるケンダルさんは、私がこのプログラムに参加する際の窓口になってもらって、この半年ほどいろんなサポートをしてくれた。春と夏にケンダルさんが日本に来たときにも東京で会って、プログラムのことをいろいろ教えてもらった。

ケンダルさんが日本から招いたお茶の先生が同じホテルに泊まっていて、今日は一緒に夕食を食べるので迎えに来たとのこと。車に乗っていた奥さんのゆりさんと薫くんにも挨拶。

柴崎さんの本に薫くんのことも書いてあったので、私は友香さんの友達です、と言ったら、友香もいる？　と言うので、友香はいない、日本にいる、と言ったら、車に乗る？　と言うので、乗らない、と応えた。お茶の先生がホテルから出てきてご挨拶。高知から来られたそう。

それでケンダルさんたちと別れ、歩いて出かけたのだが酒屋が全然見つからない。さきほど歩いたのとはたぶん違うあたりを見物がてらうろうろしてみる。やみくもに一時間半ほど歩いて、ようやく一軒発見。ビールとココナッツラムを買って帰る。店員のおじさんが親切だった。日本から来た、この街は酒屋が少ない、みたいな話をしてみる。ようこそ、またおいで、みたいなことを言われ、イエスと応えた（が、その後この酒屋の場所がどこだかわからなくなり、ひと月後くらいにようやく見つけたが、結局再訪しなかった）。ホテルまでの道もわからないのでまたうろうろ歩いているうちにどうにか帰りつき、部屋で酒を飲む。

8月20日（月）　2日目

雨。この日がプログラムの本格的なスタート。朝、みんなで一緒に朝食をとる。コモンルームに集合し、サウニアの案内でホテルとつながった隣の建物の広い部屋に移動。マフィンやキッシュなどのビュッフェ。スケジュールの趣旨を理解しておらず、すでに朝食部屋でご飯を済ませてしまったひとも結構いた。当然私もそのひとりで、食べかけのパンがあるのだが恥ずかしいので隠し持っている。昨日街なかを歩いたときにもいた少し手足に不自由のある年配の女性のスタッフが、料理をとったり運んだりがしにくそうだったので、自分の分のついでに彼女のコーヒーをとってきてあげて、同じテーブルに着いた。彼女は感謝を述べたが、表情はとても硬い。どこかのタイミングで名前を聞いたかもしれないが、ほぼすべての関係者の名前を覚えられていない私はその年配の女性のスタッフの名前もわからない。年配のスタッフはほかにも何人かいるのだが、彼女はひとりだけとてももの静かで、我々を歓待するムードに溢れたほかのスタッフとくらべて、あまり楽しくなさそうなのだった。配膳を手伝っていたら自然と彼女の横に席につくことになり、サウニアやサラ、ほかのスタッフのひとも同じテーブルにつき、私だけほかの作家とテーブルが分かれてしまう形になった。少しさみしい。

昨日の夕方私は酒屋を探して一時間くらい歩きました、この街には酒屋が少ないですね、と私は彼女に話しかけてみた。でもわずかに相槌らしき表情があっただけで、ほとんど無反応だった。今日は雨ですが、アイオワは雨は多いのでしょうか、と話しかけてみたら、アイオワのことはよく知らない、みたいなことをいくぶんうんざりしているようにも見える表情で言い、私の方もそれ以上話しかけるのはやめた。なんかおかしいと思ってあとで調べたらその女性はプログラムのスタッフではなく参加作家のひとりで、ベネズエラから来た詩人のジャクリーンだった。

この日の日中はいろいろなオリエンテーションが予定されており、シャンバウハウスに移動して、プログラムの開会式的な、スタッフそして参加者たちの自己紹介などがあった。私はほとんどなにも聞き取れない。柴崎さんや藤野さんが書いていたのを読んである程度予想していた通りで、参加者のなかで自分だけ極端に英語ができないことがはっきりした。

私は、自分の名前と日本から来たこと、自分は fiction writer であること、日本で五、六冊本を出版したことを話した。As you know, My English is very poor. During this program, I will get many moment of confusion. It is... まで話してあとが続かなくなったので、以上、みたいな雰囲気を出して終わりにした。笑いが起こったが、それが失笑なのか苦笑なのか和やかなものなのか、もしかしたら嘲笑なのか、それもわからない。英語がわからないとほかの参加者の情報も得られない。わかるのは国籍と肩書きくらいで、語られているらしき経歴や関心分野についてもほぼ意味がとれない。名前も発音が難しくて聞き取れないし、といって名札やプログラムの冊子で表記を見てもなんと読むのかよくわからないひとが多い。なにを聞いてもしゃべっても宙ぶらりんのままで、そのやりとりやそのひとの発言がどういうものだったのか、どこにも落ち着くことがない。言葉の意味としても、またそのひとの内面的なことも、計り知れなさしか残らない。手応えがない。

昨日の朝会ったモンゴルの作家が隣に座っていたのだが、今日もずっとアンニュイな雰囲気だった。英語でスタッフの説明などを聞くとき、彼女は、Uh huh という相槌を口を閉じたまま発した。日本語で書けば、アーハー、になる。その後もプログラムの序盤でときどき隣り合ったりするたびに横から聞こえる、私にしか聞こえないだろうその小さな相槌が、私にはとても印象的だった。彼女が、なにかを理解している、とわかるその相槌が、たいていはなにも理解していない私にとって、ほんの少し心強さとして聞こえる。

その後彼女はだんだんと、よく一緒に行動するライターのひとりになっていく。最初の頃にアンニュイな感じだったのはたぶん疲れていたからで、私から見た彼女の気難しそうだった一面はだんだんと印象から消え去って、むしろ子どもみたいなチャーミングな面も見えてきて、Uh huh という相槌もいつの間にか聞かなくなった。たぶん、ある程度英語のできるひとにおいても、関係性や状況に応じて、語彙や言葉の使い方というのは変わっていくものなのだと思う。うまく例を挙げられないが、それぞれに、はじめの頃に使っていた言い方を、プログラムの後半には使わなくなっていたり、あるいはその逆に、後半の方になって近しいひとたちのあいだで多用される表現や言い回し、というのがあったように思う。私は単にもともと少なかった語彙が増えていっただけだが、もともと英語を使えるほかのライターにおいては、どういう言葉を使うか・使わないか、という推移があったのかもしれない。

自己紹介のときに、イスラエルの作家が、自分には姉妹が三人いるという話をしている途中で涙ぐんで、話を中断した。その理由が語られていたのか、それとも語られる前に彼女のなかになにかがわきあがって続けられなくなったのか、私にはわからない。みんながわかっているのかどうかもわからないが、続けなくてよい、無理に話さなくてよい、とみんながそれぞれに思い、彼女に向けていたことは私にもわかった。彼女の名前はテヒラ（Tehila）で、今朝少しだけ話した。名前を訊いたら、テキーラと同じ発音でＯＫ、と教えてくれて、すぐに名前を覚えられた数少ないライターのひとりだったのに、彼女が話していることや泣いている理由はわからない。イスラエルという国の情勢とそれが関係あるのかどうなのか。

夕方からはオープニングパーティーがあった。日中やんだ雨がまた降り出して、ホテルから車に分乗しての移動中は土砂降りだった。パーティーでもまたライターはひとりずつ挨拶しなくてはならず、私は持っていたアイオワのIPAを掲げて、アイオワのビールはベリーグッド、と言ったら結構うけたが、俺はこんなところまで来てそんなことしか言えないのか、と情けない気にもなった。ケンダルさん、昨日会ったお茶の三木先生、渡米前にメールをくれていたアイオワ大学の図書館司書の原田さんと奥さんの抄子《あつこ》さんなどに会う。パーティーには大学やプログラムの関係者だけでなく、街のひとや、学生なども参加していて、いろんなひとと話すのだが、誰がどういうひとなのだかさっぱりわからない。というかちゃんとひとりずつ説明はされていると思うのだが、聞き取れないし、覚えきれない。料理はタコスやピザなどの料理がビュッフェになっていた。

会場の外には大きな湖があって、眺めのいいテラスがあった。雨があがって、テラスに出るとインドから来た詩人チャンドラモハンがいたので話したが、全然なにを言っているのかわからない。私はこのときまだチャンドラモハンの名前も覚えていないから、インドの詩人、と内心で呼んでいる。日本の作家についてのなにかと、戦争と宗教についてのなにかを彼は話していて、あなたは第二次大戦について話してますか？　と訊いたら、彼は、そうだ、と応えたが結局その後も話の詳細はほとんどわからないままだった。

帰りの車で同乗したロベルトが、ユウショウ、あなたとジミ・ヘンドリクスについて話したかった、と言った。プログラムの冊子に載っている私の紹介文には、「これまで書いた作品のなかには『ジミ・ヘンドリクス・エクスペリエンス』という作品があるが、そこにはジミ・ヘンドリクスについてはほとんど書かれていない」みたいな文章があって、どうしてこんな変な紹介文なのかと思っていたが、よく考えたらそれは私が自分の紹介文として英語で書いて送ったものだった。それでロベルトと、ジミヘンの話をした。ロベルトはベネズエラから来た。すらりとしていてそんなに口数は多くなくて、いつもまわりの声や音を聴きながら心中でなにか考えているようで、私はその感じ、彼の佇まいに少し共感する気がしていたので、話しかけてくれたのが嬉しかった。ジミヘンが生きていたらマイルス・デイビスとなにかしただろう。イエス、それは間違いないだろう。という会話は単純だが、私たちのあいだには言葉以上の情報交換があった。逆に言えばそこにある言葉は、言葉だけ見ればとても貧しかった。ロベルトと私は、あまり語りすぎないこと、形にしないこと、音楽のようなこと、みたいな感じをたぶん共有するようになって、その後も挨拶以外にそんなにたくさん話しはしないのだが、コモンルームなどで会うと、挨拶をして、無言のうちになにかふたりで思い出すというか、その場の音を聴いたり空気を眺めるみたいな、親しい友人と過ごすのに似た時間を持つようになった。

ホテルに帰ってから、日本の親しい友人たちにメッセージアプリのグループチャットで、インドの詩人にカレーの話をしたが反応が薄かった、とテキストを送った。みんなカレーが好きで、よく集まってカレーをつくったり食べに行ったりする。日本は昼時で、いくつか返事が来る。こんなひとだよ、とチャンドラモハンのプロフィールを写真に撮って送ったら、めいこが、チャンドラモハンはダリット（アウト・カースト、不可触民）の出である、と教えてくれた。というか自分が画像を送った冊子の紹介部分にそう書いてあったのだが、私はまだ全員のプロフィールを読みきれていなかった。それに、そこを読んだだけでは私にはDalitという語をちゃんとは理解できなかったと思う。めいこはインドにも行ったことがあり、インドの事情に詳しい。チャンドラモハンはこれまでの自己紹介でもそんな話をしていたのかもしれない。そしてそういえば、さっきのパーティーでチャンドラモハンはカーストという単語を繰り返していた、と思い至った。彼は日本のカースト、つまり差別について私になにか訊きたかったのかもしれなかった。

8月21日（火）　3日目

八時起床。洗面所の鏡を見ていたら、白髪がたくさん見つかる。ふだんも締切前で無理をしたりすると白髪が増えるがその比ではない。この数日でよほど神経を使っているのだなと思う。着替えて二階へ。朝食の部屋でシリアルとパン。昨日パーティーで会ったお茶の三木先生が朝食部屋にいたので立ち話。

朝食の皿を持ってコモンルームに行くと、アリがいた。パキスタンの劇作家のアリはいつも鮮やかな色のシャツを着ていて、今日はターコイズブルー。ご飯を食べているとアリに、日本の tea ceremony を知ってるか、と訊かれた。知ってるよ、と応える。アリは、あれはとても興味深い、と言うので、まさにいまこの大学に日本からお茶のマスターが来てて昨日のパーティーにもそのひとは来ていた、ていうかさっきそこにいた。このホテルに泊まってる、と言ってみた。アリは、ああ、と応えてわかったのかわからないのか呆然とした表情でこちらを見ていた。彼はウェーブした少し長い髪に、立派な口ひげ、大きな目。顔も服装も名前も覚えやすい。

午前中、大学の教室で法令関係の講習。カイ（台湾）とチョウ（香港）と並んで座る。アイオワ州の法律や、禁止事項、警察になにか問われた際の応対のしかたなど。やはりほとんどなにを言ってるのかわからないが、ごく基本的なことと思われた。学生の街だからか、酒を飲みながら外を歩いてはいけないらしく、それだけはやりかねないので気をつけようと思う（のちに、学生の街にかかわらず、アメリカでは多くの州で屋外での飲酒が禁止と知った）。煙草も同様で、結構細かく喫煙可能な場所が限られているらしい（日本のように標識や灰皿、仕切りなどはない。ので、喫煙者には屋外のどこが喫煙可でどこが不可なのかを認識しておく必要がある）。煙草吸いの作家たちはいろいろと担当者に細かく質問をしていた。教室が冷房で寒い。というか室内がどこも寒い。みんな寒がっている。

講習は一時間ほどで終わって、流れ解散のようにちりぢりになる。午後は一時からシャンバウハウスでセクシャルハラスメントについての講習もあるはずだが、それまでこのあとはどうするのかと思ってチョウに訊くと、それまでフリータイムだという返事。なるほど。ここまでは連日ほぼ隙間なく予定が詰まっていたので、こういう合間の自由時間は初めてで、突然放り出された感じ。チョウにお礼を言って部屋に戻り。

　ということは昼飯は各自ということで、どこで食べようか。みんなはシャンバウハウスまで行く途中のダウンタウンで食べるのだろうか。朝食だけはホテルで出るが、パーティーなどがないときの昼や夜の食事をほかのみんながどうしているのか、私は密かに、しかしかなり切実に、謎だった。コンビニみたいな店も、食材や食べ物を売っている店もホテルの近くには見当たらない。五、六分歩けばダウンタウンに出られるが、毎回外食するのはお金も時間もかかる。

　シャンバウハウスまでは歩いて二十分くらいだと思う（実際にはそんなにかからず、十分足らずなのだが、私はこの時期にはまだ街なかの距離感や位置関係がわかっていなかった）。時間を合わせてホテルを出て、一昨日案内してもらったファーマシーのあるモールに行き、「I♡PHO」というフォーの店で辛いスープのフォーを食べた。十ドルほど。まずくはないがそんなにおいしくもなく、量も普通なので割高感がある。食べ終わると一時まであと十分くらいしかなく、慌てて向かったが道を間違え、結局五分ほど遅れて着いた。講習はもうはじまるところだったが、まだ来てないひともいた。

　チャンドラモハンがいたので、隣の席に座り、昨日パーティーであなたが私に言ってたことを、昨日私はわからなかったが、あとになってちょっとわかった。それでいま調べてるからもう少し待っててほしい、と言ったら、わかった、とチャンドラモハンは言った。

　セクシャルハラスメントの講習。講師は黒人の女のひとだった。大学の教員なのか、教員ではなくセクシャルハラスメントの担当職員なのか、外部のひとなのか、説明されていたのだろうが私にはわからない。レクチャーの途中で挙手をして講師に質問を投げかけたりするひともいたが、その内容も私はほとんどついていけない。ほかの女性の参加者のプロフィールには、セクシズムやジェンダーに関する活動や業績が記載されているひともいて、たとえばルメナ（マケドニア）の紹介文にはマケドニアでの #MeToo 運動の先導者である、とあった。最後の質疑応答でも、男女にかかわりなく活発な発言が飛び交った。私が得られるのは少ない単語と、口調と表情だけで、思っていたのと全然違う内容が交わされていた、と少し経ってから気づくことも多かったし、最初から最後までわからない話も多かった。ほかのひとにとって私がこの場にいる意味はあまりない。そして彼らの議論を理解できないのはもったいないことだと思う。

二時半頃に講習が終わり、銀行の口座をつくる必要があるひとは銀行へ行く。いらないひとは帰っていい、と説明がなされた。私は自分が口座を開く必要があるのかないのかわからず、クレジットカードは使えるんだけど自分は口座を開く必要があるだろうか、とサウニアに訊いたら、それはあなたが判断すべきだ、と言う。それはまったくその通りで、なにを判断材料にすればいいのかを訊きたいのだが、うまく伝えられないので諦めて、わからないから帰ろうかと思ったが、そのやりとりを横で聞いていたチョウが、自分は銀行に行くけど行かなくていいの？　と私に言うので、あ、そんなら俺も一緒に行く、と思い、残っていた銀行組と一緒に外に出て歩きはじめた。

歩いていると、昨日の朝まで私がスタッフと勘違いしていたベネズエラの詩人ジャクリーンが横に来て、私はあなたに tea ceremony について訊きたい、と言った。ジャクリーンは、片足を少し引きずるように歩く。日本の tea ceremony がひじょうに興味深い、とジャクリーンは言った。

私は、今朝アリに話したのと同じように、日本から来たお茶の先生が私たちと同じホテルに泊まっていて、実際に大学で tea ceremony をやるそうです、と話した。

ジャクリーンは、ああ、と言った。

歩きながらスマホで調べてみたら、いままさにそのイベントが行われている時間だったので、近くにいたスタッフにその場所を訊いたら、すぐ近くだという。

ジャクリーンに、その tea ceremony が just now やってます、行ってみますか一緒に、と訊いてみたら、よくわからないが行きそうな様子なので、じゃあ銀行のあとに一緒に行きましょう、と私は言った。

近くにアリがいたので、アリにも、今朝あなたが言ってた tea ceremony だけれども、それがいままさに行われていて、ジャクリーンが興味あるから銀行のあとに一緒に行くけどあなたも行く？　と訊いたら、アリはしばらく呆然とこちらを見ていたあと、近くか？　と言うので、近くだ、と応えた。

眉間にしわを寄せたアリの表情は面倒くさそうな顔にも見えたので、もしあなたが行きたいならばで大丈夫、と言うと、銀行はどうする、と言うので、いや銀行行ったあとに行く、と私は言った。アリはまだなにか言っていたが私にはなにを言ってるのかわからないので、曖昧に適当な返事をした。

アリの表情は疲れているようにも見えるが、大きな目がいつもきらきらしているので、なにかひじょうに意欲的にも見えた。アリが、横にいたチャンドラモハンに、日本の tea ceremony に行くみたいだけど一緒に行く? どうする? みたいなことを言った。

言葉がわからないので表情から得られる情報がとても重要なのだが、ジャクリーンは表情がずっと硬いし、アリはすぐ呆然とする。チャンドラモハンはほとんど表情が変わらないので、怒っているのではないかと不安になる。

しかしこれはあとから考えると、この頃はまだプログラムがはじまったばかりで、旅の疲れや時差ぼけのせいもあったのかもしれないと思う。ひと月くらいが経った頃に思い返すと、みんなの表情ははじめの頃は全体にこわばっていて、一緒にいる時間が長くなると表情はやわらかくなり、豊かになっていった。それはそれぞれの表情の違いでもあるけれど、たぶん見ているこちらが微妙な表情の違いに気づくようになったということでもあるかもしれない。

チャンドラモハンとなにか話していたアリが、もう一度私に、そこは近いのか? と言った。なんでそんなに近さを気にするのかわからないが、グーグルマップを見せて、ほらここ、歩いて三分、と言うと、アリはしばらくそれを見ていたあと、遠くに視線をやってまた呆然とした。

交差点で、ジャクリーンもアリもチャンドラモハンも、一緒にいた銀行組が曲がる方に行かず直進するので、バンクには行かないの？　とアリに訊いたらアリはなにか言ったが私にはわからず、三人は案内のサウニアや銀行に行くひとたちと別れて、交差点をまっすぐ進んでいった。

三人は銀行には行かないグループだったらしい。私は彼らを tea ceremony に連れていかないといけないから、彼らについていくことにした。それを見ていたチョウが駆け寄ってきて、バンク行かないの？　とまた心配してくれたが、私はもう投げやりになっていて、大丈夫、と言った。

バンク組と別れ、地図を見ながら三人を案内し、ダウンタウンの角を曲がろうとしたら、三人は赤い看板のビルに入っていき、ついて入るとそこは銀行だった。不条理、と思ったが、彼らは悠然とカウンターの列に並ぶので、私は疲れて椅子に座り、三人を待っていた。大柄な女性行員が笑顔で近づいてきて、ご案内をしましょうか、と言うので、ノーサンキュー、と応えた。

どうやら三人は口座を開いたのではなく、昨日もらったチェックを現金に換えただけのようで、それぞれ札束をバッグや財布にしまって私のところに戻ってきた。三人とも終わったところで、じゃあ行こうかと銀行を出てまた地図を開くと、アリが、ちょっとトイレに行く、と言って銀行のビルに戻っていき、チャンドラモハンもそれについていった。私はジャクリーンと外で待った。

ジャクリーンは、基本みんなと同じようにどこへ行くにも歩いて行動しているが、手足の不自由さがどのくらい大変なのか大変でないのかがよくわからない。プログラム参加にあたる事前のアンケートにはいろんな介助についての質問もあったから、特になんのサポートもされていないということは、たぶん必要ないということだった。ほかのひとたちも、特に彼女を気にかけていないようなのだが、私は英語ができなくて誰ともしゃべらずにほかのひとたちを眺めている時間が多いせいか、同じようにあまりほかのひととしゃべっていないジャクリーンのことを見つけがちだった。それで彼女がなにか困っていないかと、それにかこつけて自分の手持ち無沙汰を解消しようとしていたかもしれない。

ふたりが戻ってきて、工事中のダウンタウンの道を歩き、アリとチャンドラモハンがレストランのような店を指さして、なにか言ってきたから、あとであの店に行こうと言ってるのかと思って、いいよ、と思い、イエスと応えた。ジャクリーンもあの店は有名だ、みたいなことを言った。着いたビルにはTea Ceremonyという看板が出ていて、なかに入ると会場までロビーのスタッフのひとが案内してくれた。

部屋の真ん中に二畳ぶんくらいの畳が敷かれ、そこに五名ほどが客として座っており、その前で和装の三木先生が解説をしながらお茶を点てていた。会場には昨日パーティーで会ったケンダルさんの同僚のひともいて、目が合うと笑って手を振ってくれた。図書館の原田さんの奥さんの抄子さんも手伝いをしていた。見学者用に並べられた椅子には十名ほどが座っていて、私たちもそこに座った。

前のひとたちが終わって、次は七人ほど一緒に体験できるとのことだったので、三人をうながすと、ジャクリーンは見るだけでいいと言った。アリとチャンドラモハンは乗り気なので、やんなよやんなよ、と連れていき私も加わった。

畳の前で靴を脱いでいると、チャンドラモハンは肩からかけていたカバンを指して、これも脱ぐの、と訊いてきた。スタッフのひとにカバンも脱ぐように言われて、チャンドラモハンは畳の外にカバンを置いた。なかにはさっき換金したお金が入っていたから心配だったのかもしれない。

チャンドラモハンは正座ができなかった。畳の縁に座って、足先の圧をなるべく逃がそうとしていたが、それでもむずむず動いていて、三十秒も座っていられない。私たちは三木先生に説明を受けながら、お菓子を食べ、お茶をいただき、お茶碗を拭いて、戻して。チャンドラモハンは結局ほとんど膝立ちのまま飲んでいて、アリが横でそれを見て楽しそうに笑っていた。最後に片手でくいっとお茶を飲み干した膝立ちのチャンドラモハンに三木先生も、ワオ、ダイナミック、とびっくりしていたが、OK、OK、と笑った。

途中で会場にケンダルさんが来たので三人を紹介し、少し話してから外に出た。四時。さっき話していたレストランの前は結局素通りしたので、あとで行こうと言っていたわけではなかったらしい。なら私の、イエス、という返事はさっきどういう意味だったのか。

ジャクリーンはファーマシーに寄ると言い、モールの前で別れて、アリとチャンドラモハンと一緒にホテルへ歩いた。アリは全然道がわかっていないらしく、交差点に来るたびに呆然とした表情で、どっちだ、と訊いてくるので、スマホで地図を見せて、あっち、と教えた。

アリは自分のスマホを見せてきて、グーグルマップス、とグーグルマップを開いて見せてきて、なんだグーグルマップ見られるんじゃん、と思ったが全然使い方がわからないらしい。あとで使い方を教えてくれ、と言われた。

歩きながらチャンドラモハンが私に、何歳？　と訊いてきて、三十五歳と応えた。あなたは？　と訊き返したら、三十二歳、と言った。言葉もわからず、表情から感情を読むことも難しい、当然年齢もよくわからなくて、私はチャンドラモハンは五十代くらいで、もしかしたら参加者のなかでいちばん年上かもしれないと思っていた。だから三十二歳と言われて、マジで？　と思ったが、リアリー？　とは言わず、それじゃあ私より三歳若いですね、と確認のつもりで訊くと、そうだ、と言うので本当に三十二歳のようだった。

チャンドラモハンは黒い短髪で、肌の色は褐色で、恰幅がいい。いつも襟付きのシャツを着ていたが、足下はサンダル履きのことが多かった。

アリがチャンドラモハンに、結婚してるの？　と訊き、してない、とチャンドラモハンは応えた。ガールフレンドはいるの？　いない。本当に？　いっぱいいるんじゃないの？　いないいないない、みたいな話をしてふたりで笑っていた。アリは四十代か五十代に思えるが、これもどうだかわからない。

ホテルに着いて、エレベーターに乗り、私たちの部屋は二階から四階に散らばっているのだが、地下に行く、とチャンドラモハンは言った。一緒に行くかと言うのでイエスと言ったが、いったいなにをしに地下に行くのかはわからなかった。

チャンドラモハンは地下のボタンを押し、アリが、本当に？ と訊き、チャンドラモハンは、問題ない、と応えたが、地下のボタンの横にはSTAFF ONLYと書いてある。アリがもう一度、本当に？ と言った。

地下に着くとやっぱりホテルのバックヤードで、掃除のおじさんがいたので出口まで案内してもらった。アリが、だから言ったじゃねえか、みたいなことをチャンドラモハンに言って笑ったが、チャンドラモハンは悠然としていた。

出口を出ると、地下には広い店があった。ホテルの地下にそんな店があるのを全然知らなかった私はびっくりした。学生生協みたいな場所らしく、文具に衣類にパソコンなどの電気製品（Appleのテナントみたいのまであって、Macとかを売っている）、学食みたいな場所やコンビニみたいな店まであり、座って食べるスペースもあった。みんなが昼夜の食事をどうしているか謎だったが、たぶんみんなわざわざ外食せずに、ここでご飯を買って食べていたのだ（あとで一階のロビーの横にも別のフードコーナーを見つけた）。

チャンドラモハンは、パソコンや周辺機器の売り場で電源プラグを探していた。持参したプラグとアメリカのプラグの型が違ったよう。店員にいろいろ訊いて商品を見せてもらっていたが、買うかどうか迷っていた。私は使っていないプラグを持っていたので、必要なら一個貸すよ、と言ってみたのだが、アリが、でも絶対買っといた方がいいよどうせ必要になるんだし、みたいなことを言った。チャンドラモハンは考えていたが、結局買わなかった。

そのままふたりは食堂に歩いていき、なにか食べ物を買うようだったので、私もなにか買ってみることにして、インサイドアウトのスシロールのパックを買った。イールと書いてあるので巻かれているのはウナギと、あとキュウリ。それで三人でホテルに戻り、一緒にエレベーターに乗って二階で降りた。二階にはコモンルームがあるから、そこで一緒に食べるのかと思っていたら、ふたりは、じゃ、みたいな感じであっさり自分の部屋に帰っていった。

私の部屋は四階なので部屋に戻ろうかと思ったが、コモンルームをのぞくと、イヴァ（ジョージア）とダン（ルーマニア）がいて、ポテトサラダを食べようとしていた。このふたりは名前が短いので覚えやすい。下のお店で買ったの？　と訊くと、いや違う店に行って買ってきた、とイヴァが言った。タクシーで遠くのスーパーに行ったそう。そうか、タクシーに乗って行くような場所にスーパーがあるのか、と思う。そういう発想も情報もない。一緒に食べよう、と言うので、じゃあこれもよかったらどうぞ、といま買ったスシを袋から出して開けた。ファイサル（インドネシア）が来てスシを見ると、友達とスシつくったことがある、と言って電話でそのときの動画を見せてくれた。巻きすみたいので太巻きをつくっている。アラム（アルメニア）も来た。アラムは話すときの感情表現に臨場感があり、初日に三島由紀夫の話をしていたときもそうだったしこのときも、うおースシだ！　スシは俺ものすごい好きだ、みたいな感じで目を大きくさせて笑顔でこちらを見てくる。アリとかチャンドラモハンとくらべると、ファイサルやアラムの表情の変化はこちらの予想とずれないので、コミュニケーションがスムーズで安心感があった。アラムはアメリカに着いてから空港でバッグが行方不明になって、ラップトップからノートから洋服から煙草からほとんどなにもいま手元にない。アジア圏だからか、インドネシアのファイサルは箸を使うのが結構上手で、アルメニアのアラムはあまりうまく使えない。

イヴァとダンは外に煙草を吸いに行った。アラムもどこかに行って、ファイサルと私がコモンルームに残った。ファイサルはお腹がすいているのか、スシをたくさん食べた。私はお腹が減っていなかったので、もっと食べていいよ、と言った。ファイサルは最後に残っていた一個も、これも食べていい？　と言って、食べた。

ウマル（モーリシャス）が来て、ファイサルが、明日はセレモニーの日だからムスリムのふたり（ヨルダンのハイファとドバイのエマン。ふたりとも頭にヒジャブを巻いている）とレストランに行く、と言った。

なんのお祝い？　と訊くとイードっていうムスリムのお祝い、と教えてくれた。と書くと簡単なやりとりだが、イードを聞きとって、調べて、理解するまでに私はすごく時間がかかった。でもファイサルは何回も繰り返して教えてくれた。私はウマルもムスリムで、ファイサルがウマルを誘っているのかと思ったけれど、そうではなかったかもしれない。次の日の夜、何人かでバーに行ったときに、ウマルはバーに来ていたので。でも彼は酒は飲まず、コーラを飲んでいた。飲めないのか、飲まなかったのかはわからない。ウマルの宗教もわからない。

ウマルは全体のなかではやや年長に見え、たぶん四十代くらいだと思う。アフリカのモーリシャスから来ているが、たぶんインド系なのでアリやファイサルに外見もマインドも近いように見受けられるのだが、言語はクレオールとフランス語なのでずいぶん違う。もちろんみんな英語で話す。

夕方、少し散歩をしようと思ってホテルの前の川辺に出た。ウマルが芝生に座ってノートパソコンを開いてなにかやっており、横にリトアニアから来た赤い髪の毛の詩人がいた。挨拶をする。発音が独特で難しく、まだ覚えられていない彼女の名前を訊き直す。アシュラ？ オーシュラ？ アウシュラ？

そう、アウシュラ、とアウシュラはグッドのサインをして笑った。

どこへ行くのと訊かれたので、わからない、ただ歩く、と応えると、ナイス、私も行く、とアウシュラは言った。それでアウシュラと一緒に歩きはじめた。

橋をわたって川の反対側に出た。まだ夕暮れ前で、暑くも涼しくもなく、気持ちいい気温。大学の施設である美術館の建物、その庭の池などを眺める。アウシュラは背が高い。私が小さいせいもあって、横に並ぶと少し見上げるよう。これまでは、赤い長い髪を垂らしていたが、いまは上で結わえてお団子のようにしている。黒い地毛の側頭部は短く刈り込んでいる。太いボーダーのシャツに青色のスカート。ナイキの黒いスニーカー。背負っている小さいリュックには野山にシカがいる写真のようなプリントがされていた。まだ全員の顔や名前、キャラクターをちゃんと覚えていないなか、彼女は髪の毛も着ているものもいちばん目立つのですぐわかる。

住宅が並ぶ（といってても区画も道路もとてもゆったりしていて、日本の別荘地みたいな印象だった）静かな方へ歩いていく。無人のあばら屋のような建物があった。革のチェアが表に放置されているのを見て、あれを持って帰ってホテルの自分の部屋に置きたい、とアウシュラは言った。林のようなところを抜けると、とても広い公園に出た。緩い傾斜の芝生が広がり、低地の方には大きな池もある。日が暮れかけで、やや雲の多い空が広く開けて、鳥は飛んでいるが、ひとの姿はほとんどない。犬の散歩をしている夫婦らしきふたりがずっと遠くの方を歩いていたが、こちらには来ず、また見えなくなって、誰もいなくなった。アウシュラはベンチ代わりの大きな石に腰掛けて、煙草を吸った。

ここで吸ったら警察に捕まる？と訊かれたが、警察どころか見渡す限り誰もいないので大丈夫だろう、と思って、そう言った。

煙草を吸い終えて、またゆっくり歩き出した。野外演劇の舞台のような場所があった。アウシュラはこういう舞台で、リーディングのパフォーマンスをしたりもするらしい。アウシュラは歩きながら、飼っている猫が恋しい、と言った。まだアメリカに来たばかりなのに。猫の名前は、ジギー・スターダストっていうんだよ。

七時を過ぎても、まだ全然明るくて、日本の夕方くらいだった。アウシュラは歩くのがすごくゆっくりで、私はそれに合わせて歩いた。私も歩くのは遅いけれど、アウシュラはもっと遅い。見えたものや、書いているもののことなどを少しずつ話しながら歩いた。私は、いまのこの時間を不思議に思った。私はこれまでも、こんなふうに緩やかに無為な時間を一緒に過ごすことで、他人と親しくなってきたのだった、と思い出していたのだけれど、その、こんなふうに、というのがどんなことなのか、うまく言えない。まさにいまここにある感じであるにもかかわらず。それは私の言葉がいまここにないからかもしれなくて、いま私は、この場所で数日前に出会った大勢のライターたちのなか、彼女と最初に親しくなりつつあると感じているけれど、はたしてその親しさは彼女にとって似たような親しさなのかどうか。私だけでも、彼女だけでもない、私たちのあいだを、どんなふうな言葉で言えばいいのか、どんな名前をつけられるのかが、わからない。でも、これまでに同じ国の、同じ言語のひとと親しくなりつつあったときも、もしかしたらその過程に名前なんてなかったのかもしれない。

また橋をわたって、ダウンタウンに行き、酒屋でビールとワインを買った（このあいだ行った店よりもホテルから近いところに酒屋を見つけた）。アウシュラはマルちゃんのカップ麺も買った。ベジタリアンって言ってたけどそれ食べられるの？　と訊いたら、エビは大丈夫、とエビのやつを買っていた。私は財布を持ってきていなかったからアウシュラに酒代を借りた。

酒屋の前でレゲエの演奏をしていた。アウシュラがなにかほかに食べ物を買って帰りたいと言うので、モールの中華屋で焼きそばと餃子を買って、テイクアウトして帰った。できるのを待っているあいだ、アウシュラはプラムジュースを飲んだ。

ホテルに帰ったのは九時過ぎだった。夕方に十分くらいのつもりで出てきたのに、結局三時間くらい歩いたことになる。こうして私は、難しい名前グループのなかで、アウシュラの名前をいちばん最初に覚えて、彼女と友達になった。

コモンルームで、買ってきた焼きそばと餃子を食べながら酒を飲んだ。私はこのあいだ酒屋で買ったココナツラムを部屋から持ってきてそれも一緒に飲んだ。台湾のカイが、コモンルームにご飯をつくりに来た。客室にはお湯がないので、お湯を使うにはコモンルームのポットを使わなくてはならない。無印良品のヌードル、成田空港で買ったのだと言う。カイはあまりお酒は飲まないが、混ざって一緒に話す。

カイの小説には『文藝春秋』というタイトルのものがあって、それは日本の文藝春秋とは関係ない。でも最初日本語訳が文藝春秋から出てるのかと思った、と私は言った。それとは別の『黄色小説』という本の、「黄色」というのは台湾で「エロ」みたいな意味で、英訳すると「Blue Fiction」(ブルーフィルムのブルー)になり、日本語訳はないが訳せば「ピンク小説」といったところ、と説明してくれた。カイは私が台湾について知っているよりも、ずっとたくさん日本のことについていろいろ知っている。「カピバラを盗む」という短編が、『たべるのがおそい』で翻訳されていて、私は未読だったけれど、あとで読む、と伝えた。

8月22日(水)　4日目

昼、モンゴルのバイサガランとコモンルームで話す。あなたのプロフィールを読んだ、おもしろかった、とバイサは言った。例のジミヘンのやつのこと。このときはまだ私は彼女の

lite

難しい名前をうまく呼べなくて、バイサ、という呼び名を教えてもらってそう呼ぶようになったのはもう少しあとになってからだったが、バイサはもうこの日私のことをユウショウ、と呼んでいた。

ありがとう、と私は言って、あれはおかしな文章と思う、と私が言うと、私のもおかしい、とバイサは言った。バイサの紹介には、「彼女はsystematic sexismと闘うために文学を用いる」とあった。What is "systematic sexism"? とバイサは笑った。

アメリカのシャーマン・アレクシーという作家が書いた、父親はジミヘンをウッドストックで見たたったひとりのインディアンだった、みたいな小説がおもしろい、と教えてもらった。英語で読んだという。バイサは詩人であり、翻訳家でもある。

そこにチョウが来て、日本の詩やドラマや音楽について話した。金子みすゞの詩が好きで、金子みすゞについてパネルの発表をしようと考えていると言った。とてもシンプルで、しかし美しい作品、とチョウは言った。

チョウは、これ、知ってる？ といろいろ検索してはスマホの画面を私に見せた。YouTubeの、森田童子の「ぼくたちの失敗」。知ってる、と私は応えた。とても繊細で哀しくて、しかし美しい曲、とチョウは言う。

この曲は古い曲だけど、九〇年代にドラマで使われて再びヒットしました、と私が言うとチョウは、知ってる、「高校教師」で観て好きになった、と言う。

この歌手はこのあいだ死んでしまった。

そう、知ってる。ニュースで観た。

あとこのひとも好き、とチョウが言って、また見せてくれたスマホの画面には森高千里が表れており、この流れでなぜ？　と思い笑ってしまった。

このひとは、私が年をとってもあなたは私を愛してください、という歌を若い頃に歌っていました。いまこのひとは年をとりましたが、しかしいまなおきれいです、と私は言ったが、うまく伝わったかわからない。

夜、何名かでバーへ。一ドルで四曲選べるジュークボックスみたいのがあってみんなで一曲ずつかけた。ロベルトはマイルス・デイビスの「So What」を。バイサが、ユウショウはジミ・ヘンドリクスをかけるべきだ、と言うので、私は「Voodoo Chile」を選んでかけた。

ウクライナのカトリーナはいつもけらけら楽しそうに笑っていて、しゃべるときもみなの注目を集めながら早口で、聞いて聞いてこんなことがあったの！　という感じで話す。中学や高校でいつもクラスの中心にいる女の子みたいだと思った。というか、この知らない者同士が数十名で集まって、少しずつ関係をつくっていく状況は、中学校や高校の新しいクラスをどうしたって思い出させる。カトリーナの英語は達者で、速くて、私には全然内容はわからない。彼女の手首にはタトゥーがあって、誰かにこれはなんのタトゥー？　と訊かれると、ソーリー、私は若かったの、とすばやく応えたのだけがわかった。粋なやりとり、みたいに思ったのだが、どうにも得られる情報が断片的すぎる。カトリーナは十七歳のときに最初の本を出版した、とプロフィールにあったから私はカトリーナのことを、ウクライナの綿矢りさ、と勝手に思っていて、でもその作風とか立ち位置とかは全然知らない。しかしともかくプロフィールもろくに読めないなか、多少雑でも印象をつかまなくては顔や名前が覚えられない。

イヴァが奥のビリヤード台でゲームをしようと言い、カトリーナとダンが来て、イヴァとカトリーナ、ダンと私、というチームで二ゲームやった。ルーマニアのダンは長身の二枚目で、ビリヤードもうまそうだったのにゲームがはじまると全然へたであることがわかり、負けそうになるとずるをして、結局私たちは二ゲームとも負けた。

あとからルメナ（マケドニア）やラシャ（ドイツ）やテヒラ（イスラエル）やアドリアーナ（エクアドル）の女性四人がやってきて賑やかになったが、このときにはこのひとたちの名前も一度パーティーに行くときに車で一緒だったラシャ以外は全然覚えていない。誰がどの国のひとかもよくわかっていない。ラシャはアラブ系のドイツ人。プログラムの仕組みのためかなにかしらの意向なのか知らないが、ヨーロッパの大国からの参加者は近年少ない傾向で、今年は彼女ひとりだ。フランスもイタリアもスペインもイギリスもいない（旧ソ連圏や東欧はいる）。先日の車で、多和田葉子を知っていますか、と話したら、もちろん、と応え、少し話をしたのだった。こみいった話ができない私がほかのひとに会話を切り出すときは、いきなり固有名詞を出して、知ってる？　と訊くしかなく、知ってる、と言われてもその後あまり細かい話もできない。しかし外国で知られた日本の作家がいることに感謝する瞬間がはじめの頃は特に多かった。

先に何人か帰り、最後までバーに残っていたひとたちがホテルに帰ってきたのは一時頃だった。

8月23日（木）　5日目

午前、一部の参加者がビザ関係の講習みたいなのに連れて行かれ、話を聞き、書類を書き、パスポートのコピーをとったりする。このプログラムに参加しているライターの背景や資金援助をしている機関は様々で、またもちろんビザなどに関しては各国とアメリカの関係も影響している。なのでこういう公的な手続きや講習に際しては、当該するひとが呼び出されて受講したり事務的な作業をしたりする。やたら説明が長く、私は例によってほぼなにをしているのかわからず、ビザやパスポート関係となると、本当は理解していないといけない気がするのだが、わからないものはわからない。前で話している担当者は、英語がほとんどできない者がいるとは想像もしていない様子で大変な量のなにかをアナウンスしている。講習が終わってから、カイに、で、あとなにすればいいの？　と訊いたら、しなくちゃいけないことはなにもない、私たちは退屈な話を聞かされただけだ、あなたはなにも心配いらない！と両手を広げてポーズをとりながら、教えてくれた。

ホテルに戻り、昼、学生証をもらいにメアリーの案内で近くの建物へ。これは全員が参加。写真を撮られ、その写真がついた学生証をもらって解散。少し間があいて、午後はまた全員で大学図書館の案内ツアー。だいたい地域ごとのグループに分かれ、東アジアのグループは原田さんの案内で館内を見学する。スペシャルコレクションも見せてもらう。古いコーランや、ホセ・ドノソの手書きの原稿など。原田さんは今年アイオワに来たばかりなので、一昨年の柴崎さんや去年の藤野さんのことは知らない。図書館に日本のひとがいるというのは、とても心強く、原田さんもなんでも相談してください、と言ってくださった。

夕方、コモンルームに全員が集められ、討論会的な催しがあった。アメリカの政治状況について、プログラムのディレクターであるクリストファー・メレル氏の司会のもと、自由にディスカッションせよとのこと。ちょうどニュースになっていたトランプの弁護士だったコーエン氏の証言のことも触れられていた。いろんな発言があるがほぼわからない。

夜、ホテルの前の広場で集会をやっていた。ステージに楽器を準備していたのでライブかと思っていたが、外に見にいったら学生らしき男性が長い演説をしていて、どうやらクリスチャンのユニティのものらしかった。ジーザス、という語が何度も繰り返される。

部屋で日本の原稿仕事、四時半頃まで。

8月24日（金）　6日目

九時に起き、朝食。十一時半、シャンバウハウスへ。アイオワ大学の先生で、プログラムのスタッフでもあるナターシャと滞在中に行ういくつかの発表のための面談。ナターシャの英語は速くて、一度にたくさんしゃべるので一対一なのだがなかなか内容がとれない。しかし彼女は構わずどんどん話を先に進めていくので、こちらもそのノリで適当に返事をすると話だけはとんとん進み、なんの話が行われたのかわからないまま面談は順調に終わった。

鼻がむずむずするので、モールのファーマシーに寄って点鼻薬を買い、同じモール内のヌードル屋でタイカレー味の焼きそばみたいのを食べてみる。十ドルくらい。まあまあ（というかおいしいのだが、日本とくらべてなんでも割高なので、特に滞在初期はどうしても食事の感想が辛口になりがちだった）。モールのそばのCORTADOというカフェに行きコーヒーを飲む。窓際の席に座って外を見ていたら、ラシャが前を通って手を振った。

十四時、ふたたびシャンバウハウスに。ナターシャが前に立って話をする。IWPのライターに学生も多く集まっている。ナターシャの促しで、全員が自己紹介をして、母語と勉強している言語を言い添え、その後自由に交流を、みたいなことになる。

これはナターシャが受け持つ翻訳ワークショップという授業のガイダンスで、翻訳を勉強している学生に、各々が翻訳対象としている言語のライターを引き合わせて実際に翻訳を行い（たとえばスペイン語のライターの作品を、スペイン語→英語の翻訳を勉強している学生に訳させる）、作者も交えて翻訳についてのディスカッションを行う、というものだった。アイオワ大学はアメリカで初めて文芸創作（Creative Writing）のコースがつくられた学校で、この修士課程の翻訳ワークショップは、そのコースの代表的な取り組みのひとつだという。が、このときの私はいまこの場がどういう集まりなのかさっぱりわかっておらず、学生との交流会ぐらいに思っている。ナターシャが私に、ニュートンという女子学生を紹介してくれた。日本語を勉強しているという。とてもシャイで緊張して息を詰まらせながら話す。この場の主旨を私が理解していないので、彼女がなにをしたいのかもよくわからないのだが、どうも日本語の翻訳をしてみたいらしいことだけはわかった。別途で会う必要があるようで、今度の日曜に会う約束をした。

一階に常駐しているスタッフのアンジェラさんに呼び止められて、荷物を受け取る。新潮社に頼んで送ってもらった『ジミヘン』の文庫本十冊が届いていた。

これも日本からの荷物だけどあなたのものでは？　と訊かれた箱には講談社の須田さんの名前があり、宛先はケンダルさんだった。須田さんは私の直接の担当ではないし、特になにも聞いていないので、この須田さんは知っているひとですが、たぶんこの荷物はケンダルさんが受け取る荷物でしょう、と応える（あとでケンダルさんが講談社に頼んだ藤野可織さんの本だったとわかった）。

カイとシャンバウハウスのテラスで少し話す。温又柔さんや西崎憲さんの話。外は小雨。一週目は曇りか雨の日が多かった。白く塗られたテラスにはベンチ代わりにふたり掛けのかご型ブランコがある。カイはドラえもんのTシャツを着ていた。日本に住んでいたことのあるエマンがそれを指さし、ドラえもん！　と言った。カイは日本の小説にもとても詳しい。

バイサと一緒に歩いてホテルに帰る。バイサと書いているが、この頃私はバーヤスと彼女のことを呼んでいて、後日、ユウショウあなたはバーヤスと私を呼ぶけど、バーヤスじゃなくてバイサだから、と訂正、そして練習させられることになる。

バーヤス。

No, Bayasaa.
バーサ？
No! Bayasaa.
バイサ？
OK, good.
Bayasaa はニックネームで、正確な名前の表記は Bayasgalan。「バイサガラン」と書くのが近い気がするが「ガ」あたりの音は日本語にはないので発音も表記も難しい。彼女は詩人であり翻訳家でもあるが、自分で出版社を立ち上げて運営もしている。日本とモンゴルの出版事情や印税の仕組み、エージェントのことなど、聞くにも言うにも苦労しながらなんとか話す。

　ホテルの部屋に戻り、講談社『本』に「長い一日」送稿。雨はやんでおり、少し散歩と思って外へ。川沿いの道にアウシュラがいたので、また一緒に歩く。橋のふもとにヤミラ（アルゼンチン）がいた。何日か前、ファーマシーで会って、風邪薬を買っていたから、風邪はどう？　と訊くと、まあまあ、とのこと。歩きに行くよう。すらりとしているヤミラはよくスポーツウェアを着て、ウォーキングをしている。少し前に、話していたときに彼女も私とほぼ同い年と知った。

　今日は川を渡らず、ホテルのある側の川辺を歩いてみる。大きなコンサートホールのような建物があった。おそらく大学の施設で、街と大学のキャンパスとの境があるわけではないので、そういう大きな施設はダウンタウンを外れたところにぽつんと建っていたりする。日が暮れて、ベンチに座ってアウシュラは煙草を吸った。月が明るくてきれいなので眺めながら、自分の詩集のうちの一冊は「The Moon Appears」というタイトルだよ、とアウシュラが教えてくれる。なるほど、雲から現れ出る明るい月が見える。アウシュラ、という名前は日が昇るという意味だとも教えてくれる。私の名前の意味を訊かれたので、少し考えて、calm life と応える（翌日、アウシュラに詩集を見せてもらったら、appears ではなく「The Moon is a Pill」というタイトルだった）。

8月25日（土）　7日目

八時起床。霧が濃い。散歩を少し。朝食の部屋にチャンドラモハンがいたので、少し話す。日本の部落差別についていくつか質問を受ける。彼は英語のニュースやジャーナルでそのことを知ったようだが、部落差別のことを、日本にも Burakumin という被差別者がいる、という言い方をする。インドのカーストと同じように捉えているのかもしれないが、それは現在においては正確ではない、と私は言って、しかし口頭で応えるのは難しく、自分の知識も正確か自信がなかったので、あとでメールを送る、と伝えた。今日はダウンタウンでファーマーズマーケットが開かれているので、希望者は案内してもらえることになっていた。チャンドラモハンに、マーケットに行く？　と訊くと、うんうん、とうなずいた。

九時半、ホテルのロビーに集まって、マーケットへ。朝は寒いくらいだったのに、日が出て外は一気に蒸し暑くなっていた。行くと言っていたチャンドラモハンがいないので、遅れて置いてけぼりになっているのかと思い、私は歩きながらメールをした。スクリーンショットの地図を添付して、マーケットの場所を教えたが、しばらくして、I'm lazy とだけ返信があった。

街区の路上と屋根のある駐車場で開かれているマーケットは野菜や果物、花や蜂蜜、お菓子など、お祭りみたいに農家や商店の出店が並んでいた。音楽を演奏している小さなブースもあった。こちらに来てから生野菜がなかなか食べられなかったので、ルッコラ、マスタードリーフ、シアントロを一ドルずつ買って袋に入れてもらう。直売だからさすがに安く、結構な量。

アウシュラとバイサと一緒にお金を出して大きなスイカを買った。五ドル。三人で交代で重いスイカを持ち、ホテルに帰る途中の The Java House というカフェに入って休んだ。こちらに来てからいちばんの暑さ。湿度が高くてちょっと日本的な暑さは初めてで、少々懐かしい感じもした。外の席に座っていると、赤く毛を染めた犬が歩道を歩いていて、赤い髪のアウシュラが、フレンド！　とよろこんだ。

ホテルに帰ると、遅れて到着したナイジェリアのライターがいて、コモンルームでナターシャと話をしていた。編み込みの髪の毛の黒人女性。名前はアマラ。みんなと挨拶。それでスイカを切ってその場にいたみんなで食べる。こちらに来て初めて、コモンルームの窓が開けられていて、風が入ると、感動的に気持ちよかった。ホテルも大学も基本的に窓は閉まりっぱなしで室内に風が入らない。風はぬるく、蒸し暑いが、そのアジアっぽい室内の空気に対するなじみを感じる。

部屋に戻って、買ってきた野菜と先日ファーマシーで買ったパンで、サンドイッチをつくってみた。野菜に虫がついてたりするが、適当に洗って食べる。おいしい。

ほかの作家との連絡用にクローズドのフェイスブックのアカウントをつくる。柴崎さんの本で、二年前はワッツアップというアプリが連絡用に用いられていたとあったが、今年はほぼフェイスブックのグループチャットが利用されていた。みんなから不便だからアカウントをつくれと言われ、しかし面倒なので渋っていた。昨日一度つくりかけたのだが、友達ではないですか？　と十年以上会っていない同級生や知り合いの編集者のアカウントがぞろぞろ流れてきたので速攻で削除して、調べてみると電話帳とリンクさせなければよさそうだとわかり再度トライしてどうにかできた。こういうアカウントとかパスワードとかの作業は苦手でひじょうに疲れる。チャットも実際使うんだかわからないし、面倒くさそう（と思っていたが、会話が思うようにできない私にとって、ほかの作家のアカウントの投稿を読めることは後々とても役立ったし、連絡も便利になった。ライターのなかではアルメニアのアラムだけがSNSは好きじゃない、と最後までチャットに入らなかった）。ベッドで寝転びながら、カイがPDFで送ってくれた「カピバラを盗む」の日本語訳を読む。少し昼寝。

夕方、チャンドラモハンに朝の質問の返事も兼ねたメールを送る。彼からは数日前にも、BBCが報じた日本の職業差別についての記事のリンクが送られてきていた。だいぶ踏み込んだ内容っぽかったがすぐ読めないので一旦置いておいた(https://www.bbc.com/news/world-asia-34615972)。彼の意図がわからない(情報共有なのか、日本に対する批判なのか)ので、リアクションに慎重になったが、日本の差別問題の歴史についてなるべく客観的に、概略を英文で書いて送った。記事についてのこちらの認識と所感も一緒に送る。それから部落差別に取材したライター、作品として、中上健次と島崎藤村の「破戒」の英語のウィキペディアのページも追って送った。

夜、翻訳コースの卒業生との交流パーティー。十時頃まで。ケンダルさんのクラスの生徒で、ジミヘンの翻訳に着手してくれている卒業生のマックさんと会い、話をする。日本語、とても上手。愛知に留学していたそう。

8月26日(日) 8日目

蒸し暑い。先日翻訳のワークショップで会ったニュートンと待ち合わせ。十二時にジャバハウスに行くと、奥の席にバンダナを鉢巻きみたいに巻いたニュートンがいた。ノースリーブのジャージを着て、ボクサーみたいだが、顔はまた緊張して思い詰めたような表情だった。新潮社から送ってもらったジミヘンの文庫を一冊あげる。それを金曜に彼女と会った翻訳の授業で彼女が翻訳するらしいのだが、私はなにをしたらいいのか、なにもしなくていいのか、詳細がわからない。一時間ほど彼女が用意してきた質問を受けたり話をする。日本のアニメが大好きだそう。時間は大丈夫かと訊かれたので、今日は夕方まで用事はないからまだ大丈夫、と応えるとニュートンはレジの方に行った。おかわりの飲み物を買いに行ったのかと思ってずっと待っていたが戻ってこないのでどうやら帰ったらしい。たぶん帰る挨拶を私が聞き取れていなかった。そのままカフェに残って仕事をすることにして、切りのいいところで外に出て適当に歩いていたら太った犬がのしのし歩いていたのであとをついていった。すると公立図書館があったので入ってみる。館内の壁に美術作品がいっぱい飾ってある。なかなかクール。十六時、Prairie Lights Books の朗読。アウシュラとウマルとあともうひとり別の招待作家（どこの誰だかよくわからない）。終わって、チャンドラモハンがいたので一緒に帰ることにした。チャンドラモハンはホテルと全然違う方に歩いていくので、どこか寄っていきたいのかと思って任せてついていくと、だいぶ歩いてから、迷った、と言った。

8月27日（月） 9日目

朝、さくらももこの訃報。

アメリカに来る前に思っていたことのひとつに、三か月という滞在期間は、そのあいだにきっと誰かがなくなる、国を離れているために誰か近しいひとの死に立ち会えないかもしれない、という妙な諦観みたいなものがあった。それはたぶん柴崎さんの本に、プログラムの最中にお父さんがなくなって帰国するライターがいたことが書いてあったのを読んだせいもあったと思う。三か月というのは、そこに三十人もひとがいれば、誰かしらの近親者に不幸が起こっても不思議じゃない長さだと思う。漠然と、アメリカにいるあいだ誰も死なないといいな、と思っていた。

小雨。やみ間に英語教材を聴きながら散歩に出ると、急にえらく降ってきて川原の木の下で雨宿りをする。

昼、地下の店でスシロールとビーガン用の麻婆豆腐みたいなのを買って食べ。午後、International Literature Todayというナターシャのクラス。文芸創作科の受講者に向けて、IWPの参加作家が毎回三人ずつ自国の文学や自身の創作活動などについてスピーチをする。初回の今日はベジャン（トルコ）とチャイ（中国）とテヒラ（イスラエル）。

トルコの詩人ベジャンは、学生だった頃に逮捕され拘束されていたときの牢屋の暗闇と、子どもの頃に育った土地の美しい景色について話した。私はベジャンとはこれまでほとんど話していなくて、それは彼女がいつもあまりひとを寄せつけない、孤高な雰囲気を出しているように私が感じていたからだが、ベジャンの話を聞いていると、彼女が子どもの頃に見た緑や空の青や、花の鮮やかな色が見えた気がした。

その想像について私は説明することもできる。私は、彼女の故郷ではないが、隣国のイラン映画の色彩をたぶん彼女の話に重ねて聞いていた。そして彼女はいつも原色の、ビビッドな色の服を着ていた。ブルー、グリーン、そしてこの日も真っ赤な長い丈のジャケットだった。私はその色の印象を彼女の話に重ねて聞いていた。

説明すれば不安になるほど私の想像の材料は貧しいが、私にはそれが精一杯で、けれども暗い部屋のなかで鮮やかな色彩を忘れなかった彼女が詩作をはじめ、そして続けているマインドを私はつかめたように思えて、その感覚についてはうまく説明できないがそれは強くて、彼女のことが少しわかった、これまでの一週間ほど全然わからなかった彼女のことを少し知ることができたと思いながらその話を聞いていると、涙が出た。

II

2018.8.28～9.19

8月28日（火）　10日目

九時過ぎにホテルを出て、ケンダルさんの授業へ。教室はダウンタウンの近くにあるPhillips Hallという建物へ（大学が校舎として使っている建物は、○○ Hallや○○ Buildingなど誰かの名前を冠したものが多い）。

今日のクラスは、日本語を勉強している学生が、『ジミ・ヘンドリクス・エクスペリエンス』の英語訳に挑戦してくれている。このあいだ届いた新潮文庫のジミヘンはこの授業用のもので、学生に一冊ずつプレゼントした。

今日はまだ二回目の授業で、二章のはじめのあたりの、高校の校舎内の場面。主語や時制など文法的なことはもちろん、英語にしようとすると思いもよらないことが問題になる。渡り廊下に出る扉は、doorなのかdoorsなのか（つまり片開きなのか両開きなのか）、踊り場に階段がどう接続しているのか、など質問されるが、書いたこちらもよくわからない。終わったあと、ケンダルさんとCORTADOに。コルタドというのは店名だが、カプチーノのようなコーヒーの名前でもあり、それがおいしいと教えてもらったのでそれにする、そしておいしい。アメリカの学生の奨学金制度の問題について教えてもらう。奨学金がかさみ、返済が大変、あるいは返済できないケースが多くなっているそう。

昼過ぎ、ホテルに戻り。外は雨になる。コモンルームにお茶をいれにいくと、ベジャンがひとりでいた。なので、私はあなたの昨日の話を聞いているときに、あなたが子どもの頃に見た色を見たと思います、と伝えてみた。なんて貧しい言葉か。しかしベジャンはゆっくり、サンキュー、ユウショウ、サンキュー、と言った。ベジャンは私の目をしっかり見るから、私も目をしっかり見る。言ってよかった。

午後は買い出し。毎週火曜日の午後に、プログラムスタッフやサポーターが車でスーパーマーケットに連れていってくれる。この日はふた組に分かれ、アジアと中東圏の作家はアジア食材の店に連れていってもらうことに。ドライバーはアイオワに住んでいるマリアンヌというやはり作家なのだが、作家のマリアンヌがどういう作家なのか、どういう経緯で我々のドライバーをしてくれているのか私はよくわかっていないし、そのあともずっとよくわからないまま、しかししばしば顔を合わせるので親しさだけは増していき、訊くタイミングを失っていくことになる。同様に親しさだけ増してそのひとのことが実はよくわからないまま、というひとはその後もとても多かった。

アジア食材の店は、行ってみるとほぼ業務用のインド食材店という感じで、バイサが、西すぎる、とげんなりした様子で言った。モンゴル料理はなかなか売っていないし、ホテルにはキッチンもないので肉などの調理もできない。食事の面だけでなく、彼女はモンゴルのものがここにはほとんどないことをたびたび私やカイやチョウに嘆いてみせる。もちろんその前提には、日本や中華圏と自国との文化波及の比較があり、その差を示してはすねたような顔をしてみせる。日本語や中国語の本は図書館にたくさんあるのに、モンゴル語の本はたった一列しかなかったそう。

その後ハイビー（Hy-Vee）という大きなスーパーマーケットにもまわる。ジーナ（ニュージーランド）がケーキ売り場で、どれがいいと思う？　と訊いてきた。今日はハイファ（ヨルダン）の誕生日なので、お祝いなどをみんなで秘密裏に準備している。ジーナとケーキを選んで、お祝いの文字をケーキに書いてもらう。私は勢いで花を買う役を買って出てしまい、ハイビーにも花屋はあったが、マリアンヌがダウンタウンの外れにあるいい花屋を教えてくれたので、あとでそちらに行くことにした。私は袋入りのパン、ハムやコールスローのパック、カット野菜のパック、酒などを買った。

それぞれレジを済ませて外に出て車に乗り込むとき、バイサが、ユウショウ、見て、と買い物袋からパックに入ったシチューのようなものを取り出した。見ると、Mongolian Beefと書いてある。とうとうモンゴルの料理を見つけた、とバイサは嬉しそう（しかし、その後食べた感想を聞いたら、全然モンゴル料理じゃなかった、と渋い顔で言っていた）。

ホテルに戻って買った荷物を置いてロビーに降りていく。スーパーで花屋のことを相談したら、バイサが一緒に行ってくれると言った。たまたまロビーにいて、どこかに出かけるふうだったカイに花屋に行くと言うと、オーケイ、とカイも一緒に来てくれた。少し道に迷って、十五分ほど歩いてたどり着いたダウンタウンの花屋は、花もきれいにレイアウトされ、しゃれた花活けや雑貨なども置いてある素敵なお店だった。三人で花を選び、包んでもらった。ぷらぷら散歩をしながら帰る。天気も晴れてきて、和やか。

しかし夕方、急に雲が出てきたと思ったらハリケーンの警報が。ホテル内も、屋外も、緊急警報みたいなサイレンが鳴っている。外にいたひとは携帯にすぐ屋内に退避せよというア

ラームが届いたらしく、みんなざわざわとコモンルームに集まってきた。間もなく外はすごい風と雷雨になり、川の向こうの建物の奥だから距離は結構あるが、日本では見たことのない縦に長くのびた雲が移動していくのが見えた。はじめはみんな窓から写真を撮るなどしていたが、誰かが、地下に逃げた方がよい、窓が割れるかもしれない、と言い出し、みんな部屋にパスポートや携帯を取りにいってぞろぞろ地下に行ってしまった。カイとバイサと私だけは、台風などに慣れているからか呑気で、その場に残って平気で話をしていた。危険の感度は国によって違う。天災にかかわらず、たとえば身近に紛争などを経験していたら、こういう場合の危険とか安全とかの意味も全然異なるのかもしれない。私は震災などで言われた正常性バイアスの話など思い出して、少々落ち着かない気持ちにもなった。二時間ほどで雨もやみ、静かに。

夜、コモンルームでハイファの誕生パーティー。

8月29日（水）　11日目

午後、数日前に見つけたダウンタウンの中古レコード屋に行ってみる。レコードとCDが半々くらいで、カセットテープなんかもある。あれこれ見て、レコードを二枚買う。ムーンドッグとダニエル・ジョンストンのもの。聴けないが。

そのあと、カイに教えてもらったブレッドガーデンマーケットに行ってみる。ビュッフェがあって、両側にいろんな料理が仕切りで分かれて並んでいる。お金の払い方がわからないのでしばらくうろうろして、液晶パネルみたいなのがあったので見よう見まねでブラウンライスを頼んでみたが、しばらくするとカウンターに呼ばれて小さいお碗にブラウンライスだけがちょこんと入っているのを渡された。渡してくれた兄ちゃんも、なんだこいつ、みたいな顔をしている。違うんだ俺はあそこのビュッフェを食べたいんだ、と思い、ブラウンライス片手にまたよく観察していると、先に皿に好きなものを盛って会計に持っていき、重さに応じた料金を払う仕組みだとわかった。カイのことだからたぶんその仕組みについてもちゃんと私に説明してくれていたはずだが、私が聞き取れたのはあそこに行けば野菜が食べられる、そんなに高くない、私たちには野菜が必要だ、ということだけだった。私はほとんどわからないのに、とりあえず、ヤー、とかイエス、と相槌を打ちながらひとの話を聞いてしまうので、話が終わったあとにわからなかったことを聞き直しにくい。ご飯は、いろいろ盛って十ドルくらい。おいしかった。久しぶりに温かいものを食べた気がしたし、ひとがちゃんとつくったものを食べている、という感じがした。その感じに飢えているのはカイも同じらしく、彼は毎日のようにここで食べていると言っていた。

その後、ダウンタウンにあるプレイリーライツというブックショップの朗読会へ。ファイサルから、どこにいる？　とメッセージが来て、Bookshop. Reading. と返す。ファイサルは部屋で仕事をしていて来られないよう。

このブックショップは、ユネスコの文学都市にも認定された文学の街としてのアイオワシティの象徴的な場所で、毎週店内で朗読などのイベントが開かれている。ＩＷＰの開催中は参加作家にかかわるイベントが多く組まれ、今日はスパニッシュの朗読イベントだった。ヤミラ（アルゼンチン）、アドリアーナ（エクアドル）、ロベルト（ベネズエラ）、ジャクリーン（ベネズエラ）というIWPの参加作家四人。英語もわからないがスペイン語はなおさらわからない。小説の朗読は、英語もスペイン語も速く読むひとが多い。英語も速いが、スペイン語はさらに速い感じ。日本語、中国語はもっとずっと遅い。

終わったあと、アウシュラ、ハイファ、エマン、カイ、ジェームズ（ケンダルさんの生徒）と、近くにあるマサラというインド料理屋でマンゴーラッシーを買って帰る。ジェームズはIWPのイベントにはたいてい来ている日本文化を勉強している学生で、オープニングパーティーのときに会って話した。日本語も上手で、私は彼にいまなんの話をしているの、と教えてもらうなどしばしば助けてもらった。みんなでホテルの前の川辺でラッシーを飲んでいると、ファイサルが来た。今日は部屋で来週の図書館での発表（参加作家はプログラム中に公立図書館でのパネルへの参加が求められている）のための原稿を書いていたが、終わったらしく晴れ晴れした顔をしている。

部屋に戻るときに、インドネシアのご飯をつくってあげるからあとで部屋に来なよ、とファイサルが私に言い、いったん部屋に戻って、ビールと、きのうインド食材店で買ったスナックを持って二階にあるファイサルの部屋へ。と、彼の部屋の前にランドリールームを発見。こちらに来て十日になるが、どこにあるのかわからず洗濯ができずにいた。部屋に入って、ファイサルに、自分はどこに洗濯機の部屋があるのかわからなかったがとうとう見つけた、と言うと、ランドリーの使い方を教えてくれた。

ファイサルは、レンジでできるインスタントのミーゴレンをつくってくれた。インドネシアから持ってきたという辛いソースや、魚やチキンを乾燥させてとろろ昆布状にしたようなアドンというのを好みで混ぜて食べる。おいしい。

ファイサルはフィクションや詩も書くが、インドネシアの古い詩を現代のインドネシアの言葉に翻訳する作業もしている。インドネシアの古い言葉はいまの言葉と全然違うからいまのひとは読めないそう。日本も同じだ、と私は言った。

今日書き終えたというパネルのためのテキストを読ませてもらう。彼の育った小さな町のことや、子どもの頃のこと、お父さんが毎日寝る前にお話を聞かせてくれたことなどが書いてあったのだが、私は先日授業でベジャンの話を聞いていたときと同じ感じで感極まってしまう。ふだんから私はわりと簡単に泣くが、ここでは自分でも不思議なくらいほかのライターの人生に素朴に反応してしまう。ここに来るまで全然知らなかったひとに、これまで生きてきた時間があり、何事か考えたり志したりして、勉強をし、そのひとがものを書くひとになった、そういう時間と歴史があったことを知って、感動する。私は彼と出会ってからしばらくの間、言語力の乏しさゆえに彼についてほとんどわからなかったけれど、こうして時間を重ね、彼の誘いで一緒にインドネシアのご飯を食べて、ようやくその一部を知ることができた。ファイサルはそんなことは知らないのでけらけら笑いながら、どうしたの、どうして泣いてるの、と言って私の肩を叩いた。

ファイサルは今年二十四歳になる。参加作家のなかでいちばん若い。彼が育ったのはスラウェシ島の南にあるターラという小さな村で、プログラムがはじまった二日後にインドネシアで大きな地震があったときに、地震のニュースを見たけどあなたの家族は大丈夫？　と訊いたら、そんなに近くじゃないから自分の家族は大丈夫、と言っていた。でもまたひと月後に今度はスラウェシ島で地震と津波があり、彼の村や家も大変な被害を受ける。幸い家族は無事だったが、知人も何人かなくなった。

ファイサルにお礼を言って部屋に戻ろうとしたら、コモンルームにアウシュラとロベルトとベジャンとアラムがいて、混ざって一緒に飲む。ベジャンとアラムは間もなく部屋に帰り、アウシュラとロベルトと飲みながらYouTubeで音楽をかけた。ロベルトはジャズが好きで、フェイスブックに大友良英のアルバムをポストしていたので、私も彼の音楽が好きです、と伝えたら、うんうん、とうなずいた。私はロベルトに、たぶんあなたはこれを好きだと思う、とDCPRGがカバーしたジミヘンの「Hey Joe」のライブ映像をYouTubeで見せたらとても気に入って、あとで必ずリンクを送ってくれと言うので、部屋に戻ったあと送った。

8月30日（木）　12日目

快晴。昼、部屋で仕事。昨日の夜からホテルの前の川辺にステージが組まれて、今日は昼からライブのリハーサルをやっていてうるさい。ジミヘンの「Fire」のフレーズがちょっと聞こえた。

午後、買い物に出。ジャパニーズレストランOSAKAに入ってみる。ガラスの冷蔵ケースを設えた寿司屋ふうのカウンターがあり、スシロールもあるが、それ以外はメニューも店の雰囲気もほぼ中国料理屋。店員も中国語圏のひとっぽい。ビールと四川炒めを食べてみる。うまい。アウトドア用品の店で散歩用にスニーカーを買う。何足か試着させてもらうと、メンズサイズは私には大きすぎて、ちょうどいいサイズはウィメンズのものだった。ダウンタウンの酒屋でビールとウイスキーを買う。酒を買うとどこでもだいたいIDの提示をもとめられ、なのでパスポートを持っていないと断られることも多いのだが、この酒屋は三度に一度くらいしか訊かれないので楽。しょっちゅう来るので覚えられているのかもしれないが。三人くらいが交代で店番をしていて、全員パンクスのようなタトゥーやでかいピアスが目立つ男。たまに、三人とも店にいることもあり、そうするとなかなか圧がある。

夕方、散歩へ。川辺のライブは本番がはじまっていて、女性の弾き語りがはじまったのでステージの前の段々になった芝生の階段に座って聴く。そのあと川沿いに歩いて、ホテルから遠い方の橋を渡って、橋の向こうを散策。誰とも会わない。日が暮れるのは九時過ぎで、暗くなってから部屋に戻ってビールを飲んでいると、ホーン入りのパンクバンドみたいなのが演奏をはじめ、むかしのスカコアみたいな「Fire」をやった。部屋からはステージは見えないので、日本から持ってきたテレコで音だけ録る。

8月31日（金）　13日目

昼、パブリックライブラリーのパネル。毎週金曜日にIWPのライター四人がひとつのテーマに沿った発表をする。初回のこの日のテーマは「Writing the Not-self」というもの。私の番はまだ先の十月で、このパネルじたいがどんな雰囲気のプログラムなのか全然わからなかった。今日はジーナ（ニュージーランド）とカトリーナ（ウクライナ）とチャンドラモハン（インド）とエマン（ドバイ）が登壇した。事前にライターが送った原稿がハンドアウトとして配布され、基本的にはそれを読み上げるので、その場で完全に理解できなくてもあとで読み直すことができる。全員の発表が終わったあとに、質疑応答の時間がとられる。場所も公立図書館だし、オープンイベントなので会場には学生も、一般の市民もいる。

その後、シャンバウハウスの二階で翻訳ワークショップの授業二回目。今日も鉢巻きニュートンがいたが、また緊張しているのかこちらを見ているが全然話しかけてこない。翻訳作業はその後どうなっているのだろうか。授業の方はナターシャが例のマシンガンのような弁舌でなにかしゃべったあと、カップリングした作家と学生の紹介や、ガイダンスのようなものが行われた。十七時から、シャンバウハウスでの朗読。今日はジャクリーンとアドリアーナ。

終わったあと、会場に来ていたケンダルさんと食事。ほかのライターもよければぜひ誘って、と言ってくれたので、バイサとカイ、チョウ、アウシュラに声をかけた。ケンダルさんの生徒で修士課程にいるマックさんも一緒に。近くのメキシカンのレストラン。ケンダルさんとは春と夏に日本で二回会って、当然日本語でやりとりしていたので、英語をたくさん話す彼をちゃんと見たのはそのときが初めてで、日本語を話すケンダルさんと英語を話すケンダルさんでは、やっぱり違うと思った。当たり前なのだが、母語である英語で話しているときに、彼の普通の顔も出るし、自然な感情も表れる。ケンダルさんは私より十歳くらい年上なのだが、日本のひと相手には普通に意識するそういう生きた時間の長さの差を、このとき初めてケンダルさんから看て取れたように思った。日本語で私とケンダルさんが話しているときを思うと、もっととてもぎこちない、お互いに遠慮や配慮を張り巡らせた緊張したコミュニケーションだったような気がする。言葉や意見を交わすよりは相手の心中を読み合うような感じ。英語の彼も日本語の彼と同じく常に紳士的だが、そこにあるエモーションの質は違う。英語と日本語の言語としての異質さがそこにはかかわっているだろうし、もちろん、彼にとっての英語と日本語という差異もそこにはかかわっているはず。私もまた、そのような異なる言語に挟まれて自分のキャラクターが分岐していく、そのとば口にいるという感覚がある。そして私がこれから知ることのできるライターたちのキャラクターは、英語を用いる彼らのキャラクターということなのだろうか。

そのあとみんなでGabe'sというバーへ流れる。半地下のフロアにカウンターがあり、テーブルとシートはアパートに挟まれた空き地のような屋外にある。フロアの二階にはライブハウスがある、という変な構造の店。外のテーブルについて、見上げると夜空。両側のアパートから張られたロープに、たくさんスニーカーやブーツが引っかかってぶら下がっている。

あれはどんな意味があるのだろうか。地下のフロアやフロアの外でも、バンドや、昔のシンセみたいな大きな機械を演奏しているひとがいた。ひげの大柄な男性が通りかかってケンダルさんと話しはじめた。聞けば彼は先日図書館のスペシャルコレクションの部屋にいたピーターさんで、見ればなるほどピーターさんなのだが、大学の図書館で貴重所蔵品の管理をしているひとが、酒場で楽しそうに飲んでいる、という事態がすぐに呑み込めない。なぜかと考えるほど、私の日本的な規範意識とかイメージを思い知るだけで、別に彼はなにもおかしいことはしていない。ケンダルさんが教えてくれたところでは、ピーターさんはサックス奏者として長いことパンクバンドのサポートメンバーを務めていて、いまでも演奏にかかわることがあるとかいう話だが、詳しいところはよくわからない。しばらく飲んでいると、突然外から百人以上と思われる学生のブラスバンドが店に乱入してきた。テーブルの上、店の塀の上にのぼって店を埋め尽くし、かけ声をあげながら演奏をする。明日からフットボールのリーグがはじまるのでその前夜祭的なものだそう。壮観。

9月1日（土）　14日目

朝、大阪の心斎橋アセンス閉店の報。九月末までとのこと。去年本を出したときにお店に行った。残念。

今日は湖にピクニックの予定だったが雨なので中止になった。部屋で仕事をして過ごす。あれこれ届いていたゲラなどの作業。

私の部屋、416号室は、部屋の形は四角に近いT字型で、日本式に言えばたぶん十二畳とかそのくらいの広さだったと思う。先日行ったファイサルの部屋はもっと狭くて、日本のビジネスホテルのツインよりじゃっかん広いかなといった感じ。ベッドが二台あるのは無駄だが、普通のホテルとしても営業しているので、シングルの部屋はないのかもしれない。プログラムのライターには基本的にツインの部屋が与えられているようだったが、それにしても私の部屋はファイサルの部屋よりもずいぶん広々としていて、ベッドも二台ではなく大きなダブルベッド一台なので、ひとりで使うにはぜいたくで、なんだか申し訳ないような気持ちになる。入り口から見て奥の正面が窓で、ホテルの西側を流れるアイオワ川が見える。川沿いの道やベンチも見え、朝に昼に、そのベンチを喫煙場所と決めたらしいスモーカーたち(主にダン、イヴァ、ラシャ)の姿も私の部屋から見ることができた。彼らはたぶん私が見ているのを知らない。窓の手前には小さなテーブルとひとり掛けのソファとオットマンがあり、その横の壁沿いに冷蔵庫と電子レンジがある。ベッドは入り口から見て左奥の壁に頭をつけるかたちで置かれ、両側にチェストがあって電話機やライトが置いてある。ベッドと向かい合わせる位置にデスクがあり、ここで仕事をする。卓上にはコーヒープレスマシーンと、デスクライトがあり、プログラムの書類や日本から持ってきた本などを奥に並べて置いている。横に扉と引き出し付きの大きなテレビボードがある。バスルームは入り口の右手で、洗面台とトイレとバスタブ付きのシャワー。よく見るとあちこち古びてはいるが、きれい。

一週間に一度、各階決まった曜日に学生のアルバイトスタッフが掃除に来て、シーツやタオルを取り替えてくれる。コンコン、という素早いノック二回のあと、House keepingと声をかけてくれるのだが、同じフロアが掃除の日には午前中から廊下のそこここでその声が聞こえているし、結局ほぼ毎日どこかの階でHouse keepingをしているので、ホテル内にいると毎日そのノックと声を耳にすることになる。ライターたちも誰かを呼ぶときにその真似をしたり、授業やパネルの雑談でこの合図を真似て笑いをとったりしていた。House keepingの音は、たしかにこのホテルでの滞在を象徴する音だった。

夜、イヴァの誕生日のお祝いで、きのう行ったGabe's barへ。その後、前に行ったfox headというバーに流れる。カウンターの壁に狐の頭の剥製が飾ってあるのでfox head。バイサがジュークボックスでジェフ・バックリィの「ハレルヤ」をかけた。柴崎さんが滞在中にこの曲がかかっているのを聴いて涙ぐみそうになった、と本に書いていたのを思い出し、私はそんな経緯はうまく説明できないけれど、そういった個人的な思いを込めてバイサに、これいい曲だよね、と言った。

ビリヤード台でひとり黙々とプレイしている女性がおり、着ているスウェットの前面にはスパンコールの巨大な鶴があしらわれている。ただ者でない感じ。しばらく飲んでから、イヴァが鶴の女にゲームを持ちかけ、私は鶴の女とチームを組んで、イヴァとカトリーナに勝利した。

9月2日（日）　15日目

九時起床。快晴。散歩へ。川でふたり組の男性が楽しそうに釣りをしている。川沿いの道を歩いていくと、お皿のような帽子をかぶったひげもじゃのお父さんと同じ帽子の小さな男の子が五人、散歩している。男の子ふたりはキックボードを乗り回し、お父さんは片手で本を読みながらもう片方の手でいちばん小さな子が乗ったベビーカーを押している。日曜日だから、礼拝があったのだろうか。

部屋の片付け、洗濯。あれこれ来ていたゲラをあれこれ戻す。『本』の連載、『UOMO』のアンケート、『本の旅人』のエッセイ。こちらではプリントやスキャンが不便そうだったので、日本で買って持ってきたiPadとApple Pencilが活躍。ゲラ作業のためだけに買うのももったいないかなと思っていたが、ほぼいつも通りの感覚で作業ができるので多分あってよかった。

十六時、プレイリーライツへ。朗読会。毎週日曜の同じ時間にこの書店での朗読会がある、ということがようやくわかってきた。そんなことはとっくにアナウンスされていたと思うが、私はほとんど把握していない。今日はアルジェリアのサラと、トルコのベジャン。こういう組み合わせも、どういう趣旨でブッキングされているのかライターたちもよくわかっていない。

サラはたぶんビザの関係で到着が遅れ、何日か前にアイオワに来た。プログラムのスタッフにもSarahという女性がいるが、アルジェリアのサラはSalahで彼は男性。彼はひとりだけ、ホテルとは別の家で寝泊まりしている。その理由もみんなが話していたような気がするが私は全然知らない。図書館のパネルと違って、書店での朗読はハンドアウトがないので、私にとってはほぼ音を聴くだけという感じ。目の前にある情報を拾えないのはとてももったいないがしょうがない。

終わったあとBread Garden Marketに行く。併設のテーブルで、ファイサルとバイサとロベルトとカイでビュッフェのご飯。食べていたら外をサラが歩いていたので、呼んで一緒に食べる。サラは顔じゅうひげもじゃだが物静かで小柄で小熊のよう。紺色のチャイナ服を着ている。夜、シネマテークという各作家が好きな映画を紹介し上映するプログラム。これも毎週日曜の夜に行われるらしい。ホテルから近い、オーディオ・ヴィジュアル関連の施設が入った建物のなかにあるシアター。百席くらいの、小さい映画館のような部屋。今日はエクアドルのアドリアーナの紹介による『En sl nombre de mi hija』という映画。細部までは内容がとれないが、カットは魅力的で、おもしろかった。

映画のあと、ウマルが、ハーゲンダッツのアイスクリームを買ったから自分の部屋で食べよう、と声をかけてくれた。チャンドラモハンとファイサルとアリとロベルトがウマルの部屋に来て、男六人でアイスクリーム・パーティー。ウマルは詩人だがカメラマンでもあり、そのプリントを見せてもらう。ほとんどがモノクロのポートレートで、アイオワでも参加作家のポートレートを順番に撮っている。チャンドラモハンが最近気になっている女性の話をして楽しそうに笑っていた。チャンドラモハンは、パキスタンのアリ、インド系のウマルとは一緒にいることが多いので、彼らとは打ち解けているように見える。むしろ、三人のなかではたぶんいちばん年下（全然そうは見えないが）のはずで、ふたりから弟のように見られている感じもある。女の子の話をするチャンドラモハンは、おちゃらけているのか、照れているのか、どちらでもない感じなのかわからないが、この頃から私は彼の感情の起伏をだんだん追えるようになってきた。

9月3日（月）　16日目

今日はLabor Day。なんだっけそれ？　とぴんとこなかったがともかく祝日で、学校も休み。ダウンタウンも多くの店が休みか早じまいなので気をつけるように、とプログラムのスケジュールにもアナウンスがされていて、今日はなんの予定も組まれていない。レイバーデイは毎年九月の最初の月曜日と決められたアメリカの「労働者の日」。メーデーと分けられ、九月頭に設定されているのは十九世紀のパレードが起源らしいが、アメリカはこういう何月の第何何曜日、みたいな決め方が多いのはなんでなのか。日付より曜日が重要ということか。

朝食の部屋でチャイ（中国）が高倉健について話しかけてきた。ちょうど昨日、私は雑誌（『UOMO』が組んだおじさんセーター特集に高倉健が『幸せの黄色いハンカチ』で着ていたセーターについてコメントした）にゲラを送ったばかりだったのでそのゲラを見せる。私は昨日、そのひとについてコメントする仕事をしました。チャイはほかに、栗原小巻、吉永小百合、松坂慶子などの名前をスマホで見せてくるのでそのたびに、知ってる、知ってる、知ってる、と応える。チャイは詩人だが、大学で数学を教えるプロフェッサーでもある。たぶん五十代くらいなので、みんなのなかではおじさんで、数学者としての姿も、詩人としての姿もまだよく見えず（それは私の理解力不足によるのだが）、パキスタンのアリやインドのチャンドラモハンにくらべても文化的な差異による緊張感がないので、その結果、なんだか作家というよりは親戚のおじさんのような印象で、私は内心でチャイのおっさん、と呼んでいる。

英語の教材をイアフォンで聴きながら散歩。一時間くらい、遠くまで歩いてみる。二月くらいにこのアイオワ行きの打診があって、行くと返事をしてから、どうやって英語の勉強をしようか思案して（英語の語彙も文法も、高校の授業からほぼ止まっていた）、英会話教室なども考えたが、海外での滞在や旅行経験の多いめいこに英会話よりも音声教材を勧められたので、教えてもらった市販の教材三つに絞って勉強していたが、結局夏までに半分くらいしか進まなかった。こちらにも持ってきていたが、実際来てしまえば毎日実地の英会話をせざるをえず、プログラムが進むにしたがって教材を聴くこともほとんどしなくなったのだが、この時期にはまだせめて少しでも上達して、諸々のコミュニケーションができれば、という向上心が残っており、それはそれだけ毎日のライターやスタッフたちとのやりとりのわからなさが切実だったからだと思う。その不安さは、時間が経つとなかなかうまく思い出せない。歩いていると、リスをたくさん見る。ホテルに帰ってから、先日のジーナのパネルのテキストを読んだ。

十四時、翻訳クラスの学生の招待でサッカーのゲームがあり、誘われたので行く。イヴァ、ダン、アラムと一緒に。ダンはジーパンしかないとジーパンで来ていたので、短パンを貸す。ダンは背が高くて足も長いので、自分の短パンを穿くにはあなたの足は長すぎるかもしれない、ということを too ～ to ～構文を使って言ってみた。ダンは、No problem と言って実際なんとか穿けた。知らない女子学生が車でホテルの前まで迎えに来てくれて、街の外れの公園へ。チャイのおっさんが中国人の友人と一緒に別の車で来ていたが、サッカーをするというのにサンダル履きで来ており、結局すぐにサンダルを脱いで裸足で試合に参加した。若い頃にサッカーをしていたそうで意外に俊敏な動きだったが、なにかの棘を踏んで負傷し早々にリタイアした。裸足でやるからだよ、なにしてんだよ。私はどこかドジな親類を見るようにチャイのおっさんを見てしまう。

夜、コモンルームに自然とひとが集まって大勢でパーティーになる。スマホをスピーカーにつないで音楽をかけて、ベジャンが踊った。ヤミラもアウシュラも踊った。踊ることが、自然な、ハードルの低いこととして設定されているカルチャーが、日本にはあまりないんだなと思う。なくはないのは知っているが、小説家が集まって音楽に合わせて踊り出すようなことはあまりないと思う。踊るひとは、当たり前のように自然に踊る。先週のクラスでベジャンの話を聞いてから、私はベジャンを見ると鮮やかなあの色彩も見えるようになった。けれどもその後時々言葉を交わすようになってから、だんだんとその感じはなくなった。それはたぶんベジャンのことをもっとよく知って、実際に目の前にいる彼女から得られる情報が多くなったからだ。ベジャンの表情も、以前の印象とは全然違って、明るく、楽しそうに見える瞬間が多くなった。別の家に寝泊まりしているひげもじゃサラも来て、彼も自然に踊っていた。

夜、大阪の台風のニュース映像をネットで見る。

9月4日（火）　17日目［シカゴ1日目］

十二時、ロビーに出てバスへ。今日からシカゴへ旅行。快晴。ドバイのエマンは風邪で旅行をパスするそうで姿を見せず、いつもエマンと一緒にいるヨルダンのハイファも一緒に残ることにしたらしく、バスにいない。私がそういう事情を知るのは、バスが走り出してからだ。チョウとバイサが、台風のニュースを見た、と心配して声をかけてくれた。朝、妻と電話で話すと東京（は四日の夜だったが）も風が強いとのことだった。

バスのなかの雰囲気が修学旅行のよう。後ろの方でアリがウマルやファイサルに向かって、ハイハイ！　と連呼して騒いでいる。意味はよくわからないが楽しそう。しかし前方に座ったひとたちはあまりそれを気にせず、冷ややかである。二週間ほどが経って、ライターたちのあいだにはそういう緩やかなグループができつつあった。その経過の様子も、学校に似ていた。グループの成り立ちは基本的には気の合う者同士が集まるわけだけれど、そこには当然使用言語や地域、年齢性別といった共通項が看て取れる。しかしもちろんそれもすべてきれいに対応するわけでもない。

アイオワシティの中心を出ると、間もなく窓の外の景色はとうもろこし畑だけになる。柴崎さんの本や、そのほか事前に見聞きした話から、私は、とにかくアイオワは一面のコーンフィールド、という情報ばかりを印象強く受けとっていて、ここに来る前は大学やホテルの周囲にはとうもろこし畑しかなくて店なんか一軒もないみたいに想像していた。しかし実際には、アイオワシティは小さいけれども繁華で便利、なにしろそこで暮らし学ぶ大勢の学生たちの生活、娯楽まで含めた生活のすべてを担うだけの機能がある。そしてここに来て二週間ほど過ごしてみて、ふだんの行動範囲にはとうもろこし畑など全然見あたらない。私は来てからずっとそのことを不思議に思っていた。たぶん初日に空港に到着したのが夜中で、飛行機からも、飛行場からホテルまでの道のりでも景色がまったく見えなかったせいで、今日まで一度もとうもろこし畑を見なかった。なので、初めてバスからとうもろこし畑を見て、これが話に聞いたとうもろこし畑か、という感じ。

三時間と聞いていたが、結局シカゴに入ってからの渋滞などで到着まで四時間以上かかった。シカゴの街に入ると、ぎらぎらした銀色のトランプタワーがあり（TRUMPとビルの上の方にどでかく書いてある）、みんなそれを背景に、中指を立てた写真を撮っていた。その様子をまた後ろから撮る者もいて、それらが早速フェイスブックにポストされる。トランプタワーも、それを見た異国人たちの反応も、SNS映えする格好のターゲットになる。

四時半頃、ホテル着。ロビーでチェックインを待っていると、ロベルトが紙袋に入った金魚の柄の靴下をくれた。ロベルトはいつもかわいい柄（犬とかトラとか恐竜とか）の靴下をはいているのでそれを褒めて、写真を撮ったりしていたら、くれた。部屋に荷物を置いてひと休み。大変豪華な感じのホテルで、落ち着かない。

五時半にロビーに降りる。カイ（台湾）が事前に調べてくれていたブルースのライブハウスに行く。アウシュラ（リトアニア）、ヤミラ（アルゼンチン）、サラ（アルジェリア）、イヴァ（ジョージア）、チョウ（香港）、バイサ（モンゴル）も一緒。ホテルの周囲は高層ビルばかりだが、十分ほどメトロに乗って降りた街は少しひなびていていい具合だった。ライブハウスの近くのメキシコ料理屋でご飯。ライスとタコスみたいなのにする。ヤミラがビールを買ってきてくれたのでふたりで一緒に飲む。酒好きは結構いるものの、酒の好みも、飲みたいタイミングもそれぞれ違い、ヤミラと私はたぶん好みが似ていて、だいたい同じタイミングで同じものを所望している。

七時半にライブハウスへ。ジョアンナ・コナーという女性ギタリストのショー。大きな体でパワフルな演奏。店は壁を隔てた二つのフロアに分かれており、隣のフロアでプレイした別のバンドを挟んでのツーステージ。客はそこそこいるが満員というほどではなく、セットの終わりに、店のオーナーらしきダミ声のおじさんがステージに上がり、演奏が続くなかマイクでショーを締めくくる挨拶をする。その立ち居振る舞いは愛嬌があって大変おもしろく、毎日ここでこうしてミュージシャンが演奏し、おじさんが挨拶をし、客が観に来るのだなあシカゴ、と思う。夜十一時頃までいて、メトロで帰る者、タクシーで帰る者、いろいろだったが、歩きたい組はサラとアウシュラとバイサと私で、四人で歩いてホテルに帰る。途中、夜の公園に寄った。大きな池。サラは二十四歳だそうで、ファイサルと一緒で参加作家のなかで最年少。全然そんな年に見えない。ひげもじゃで、眼鏡をかけていて、いつもチャイナ服を着ていた。それいいね、といつか言ったら、古着で買って気に入っている、と言っていた。

アウシュラとバイサが一緒に並んで歩いていたので、私はサラと歩きながらあれこれ話をした。彼は自身の創作としては詩も小説も書く。フランス語もできるので、翻訳の仕事もある。ジャーナリストとして政治についての記事を書くこともある。

彼はフレンドリーでチャーミングだが物言いは毅然としていた。その毅然さと、彼が年下であることに、私はわずかなたじろぎみたいな感覚を覚える。そこには、たぶん私が持っている日本的なホモソーシャルとか年齢による上下関係が規定するやりとりのフォームがあるのかもしれない。サラのぼそぼそとしながら強さを感じる物言いは私にとって、それを拒否してくれるように感じた。

一時間半ほど歩いてホテルの近くまで帰り着いた。私は疲れて早く部屋に帰りたかったが、アウシュラがお腹が減ったと言うので近くのタコス屋に入って食べるのに付き合う。バイサは先にホテルに帰った。サラとアウシュラとそこでなんの話をしたんだったか、覚えていない。一時過ぎ頃、ホテルの部屋に戻る。

9月5日（水） 18日目 ［シカゴ2日目］

晴れ。十時、ロビーに降りて、ヤミラとアウシュラとサラと散歩。コーヒーショップでパンとコーヒーを買い。十分ほど歩いてミシガン湖へ。砂浜があり、対岸も見えないので、海のよう。人間も犬も泳いでいる。日差しも強く、結構暑い。一時間ほど歩いてホテルに戻り。昼前、希望者はシカゴ美術館に連れていってもらえるとのことでまたロビーに降りる。二十名ほどいた。中心街を美術館まで歩く。きのうバスで見たトランプタワーがあった。街の様子は概ね東京とか大阪のビル街と変わらない。美術館内は大変広い。入館後は散り散りに分かれてそれぞれに観はじめた。私は集まって来たんだからまた集まって帰るのだろうと思っていて、しかし例によってサウニアがみんなにいろいろ言っていることはほぼ聞き取れず(サウニアはネイティブの早口の英語なので私には少し難しい)、何時までここで観ていていいのかがわからなかった。なのではじめは時間を気にしながら観ていたが、二時間くらい経っても誰もなにも言ってこないのでどうやら流れ解散で、このあとは自由行動なのだと思ってゆっくり観た。それでも全然見きれず、一日かけても全部観られるかどうか。アイオワを描いた有名なグラントの「アメリカン・ゴシック」は見つけたが、あとでみんながフェイスブックなどにポストした写真でゴッホの自画像などもあったのを知って、あったなら見たかったが見つけられなかった。三時間ほど観てお腹がすいて、売店で靴下を買って出る。

高架鉄道を下から眺めたりして、食べるところを探しながらホテルの方へ歩いたが、アイオワでの外食はいくらか慣れたもののシカゴだとやはり緊張感があって、何軒か入りかけてはやめたりした。橋の上で、トランプと金正日のお面をかぶってなにかパフォーマンスをしているひとたちがいた。結局ホテルの方まで帰ってきて、ゆうべのタコス屋に駆け込むようにしてビールとタコス。シカゴはアイオワより寒いと聞いていたが、昨日も今日も暑い。汗だく。

十七時過ぎ、ホテルのロビーでカイとジーナとロベルトと待ち合わせて野球を観に行く。これもカイの事前リサーチで、シカゴに来る前から一緒に行こうと誘われていた。スタジアムまではメトロで行く。ホテルから駅まで歩く途中、バイサとチョウが歩いていて、野球に行くと言ったらバイサがついてきた。メトロで十五分ほど移動。メトロといっても、地上を走る。ギャランティード・レイト・フィールドというスタジアムで、シカゴ・ホワイトソックスとデトロイト・タイガースの試合。ユニフォームなどを売っているショップでジーナがホワイトソックスのキャップを買った。ジーナとバイサは野球観戦は初めてという。ロベルトは野球が好きで、昨日誘ってから観戦を楽しみにしていた。最近の日本のプロ野球にもベネズエラ出身の選手は多い（ラミレス、カブレラ、ペタジーニなどなど）。ロベルトも若い頃に(たぶん学校のクラブで)野球をしていた話を教えてくれた。ポジションはどこだった？と訊くと、セカンド、と言い、私も高校でセカンドを守っていたので、同じ、と言った。

少し雨が降っていたがあがり、グラウンドを覆っていたシートをグラウンドキーパーたちがだらだらした動きで丸めて片づけていく。ここに限らず、お店でもどこでもなにかにつけ、だらだらした感じというかちゃんとしていない感じは目につくのだが、どこに行ってもそうなのでかえって日本の店などでの応接の方が過剰に丁寧でセンシティブなのでは、とも思えてくる。ＩＷＰのスタッフにしても、暑いとＴシャツに短パンにサンダルで、日本で外国から作家を迎えるプログラムの関係者がそんな格好をしているというのはなかなか考えにくいけれど、それが不快かといったら別にそんなことはない。それは単に、そういう文化の国だから、なのだろうか。私は前に小売り店で仕事をしていたとき、そういう接客とかホスピタリティについて考えたりほかの従業員を指導する役回りだったから、その頃の前提とか既成概念を揺さぶられる感じもある。日本のホスピタリティは海外のひとから評判がよいが、怒りたがるひとを怒らせないために発揮されているものも多い気がする。受動的。あと物品にせよサービスにせよ、自分が得られるはずのものを得られなかったときの不満が結構エモーショナルでさもしい。不当を訴えることは当たり前といえば当たり前なのだが、それが感情的になされるか、〇〇的になされるかでずいぶん違うのではないか。ホスピタリティとはそこに対する先回りとしてできあがる面もあるから（とりわけ日本は）、不満の表れ方でホスピタリティの表現も変わる。右の「〇〇的」にはなんと入れるのがよいだろうか。政治的？感情的なクレームの対になる語とは？

　試合はいきなり先頭打者ホームランが出て、その後も何本もホームランが出たのだが打つのはアウェイのタイガースばかりで、ワンサイドゲームになり球場はしらけ気味。さらに途中で夕立みたいな雨が二度降ってきて試合は中断し、再開したが遅くなりそうなので六回くらいで帰ることにした。メトロに乗ると、ジーナが、マリファナの匂いがする、とグーグル翻訳で日本語に訳した文章を私に見せた。ホテルの前で、ピザを食べに行くグループに会い。彼らは主にヨーロッパのライターで、アイオワでもよく一緒に行動している。昼の美術館ツアーにもいなかったが、あとで写真を見たらクルージング的なことをして、ビルの高層にあるレストランでシャンパンかなにか飲んでいたり、夜はみんなでミュージカルを観に行ったりと、セレブ的なエンジョイをしている。

我々は疲れている、と彼らには合流せず、ホテルに入る前にセブンイレブンで買い物。ホテルには冷蔵庫があってペットボトルの水もあるが、飲むとあとで結構な金額を請求される。ビールもあるが一本八ドルとかで馬鹿馬鹿しいので、私は酒を買いたかったのだがセブンイレブンには売っていなかった。アイオワだけでなくアメリカでは酒が簡単に買えないことがやっとわかってきた。シカゴでも路上で酒を飲みながら歩くのはだめらしい。それならと、みんなと別れてまた昼のタコス屋に入ってビールだけ頼んで飲んだ。カウンターでお店のひとが栓を開けて缶をよこすのも、それを外に持っていって飲んだり、持ち出したりしないようにするため。部屋に戻り、ネットで北海道の地震のニュースを見る。

9月6日（木）　19日目［シカゴ最終日］

雨。朝少しだけ原稿。ミシマ社『ちゃぶ台』から依頼を受けたエッセイ。十時に出。ロビーで傘を借りる。きのうカイに教えてもらった近くにあるコンテンポラリーアートの美術館（MCA、シカゴ現代美術館）へ。アイオワでもシカゴでもなんでもカイに教えてもらっている。

美術館はいくつかのセクションに分かれており、インターネットや最新のビジュアルテクノロジーをテーマにした企画展がやっていて、高校生が大勢見学に来ていたが、それよりもほかの美術作品がおもしろかった。ミュージアムショップで、ロベルトにお返しの靴下を買う。いろんな国のひとが大勢並んでいる柄。きのうのシカゴ美術館では、ピカソとフリーダ・カーロの顔が柄になった靴下があったが、大きいサイズがなかったのでそれは自分用に買った。フリーダ・カーロはとりわけ人気があるのか、どこの美術館に行ってもいちばん目立つところに関連商品がたくさん並んでいた。この日のミュージアムショップの書籍売り場では、フェミニズムやLGBTQ+関連の本が平台のいちばん目立つところにたくさん並んでいるのが印象的だった。

外に出ると雨はほぼあがっており、一旦ホテルに戻るとロビーでサラに会った。十四時に出発なので、荷物をまとめてロビーに預け、昼飯に出て、サラにテキストを送って誘ったら行くと言うので一緒にメキシカンのお店で食べる。好みでトッピングを選べるボウルを頼み、私はコロナビールも飲む。おいしい。お米とあったかいなにかが一緒になっているものを口にすると、とりあえず安心する。ホテルに戻り、バスに乗り込む。十八時過ぎ、アイオワシティに帰着。三日離れただけなのに、ホームに帰ってきた感じがして私は安心したが、バスのなかでは退屈なアイオワに帰りたくない、と嘆く声もあった。

9月7日（金） 20日目

七時半起床。ロベルトにもらった金魚の靴下をはく。口を縛ったビニール袋に金魚が入っている柄なので、金魚柄というか金魚すくい柄。

朝食の部屋に行くと、アラムがいた。隣のいつも開いているコモンルームの鍵が閉まっていて入れない。ロビーに行って訊くと、カードキーをくれた。それでコモンルームに入って、アラムと朝食。ファイサルも朝ご飯を食べに来て、靴下をほめてくれたので、金魚すくいについて説明をする。お祭りで、プールに入ったgold fishを、薄い紙のスプーンでcatchする、うまくいったらあなたはそのgold fishをゲットできます。

午前、部屋でミシマ社『ちゃぶ台』エッセイ。

午後は図書館のパネルにシャンバウハウスでの翻訳ワークショップ、その後朗読という毎週同じ金曜日のスケジュール。翻訳のワークショップは毎週三時間近くあり、基本的には学生向けの授業なので来ない作家の方が多いのだが、無理に来なくてもいいらしいと私はようやく気づき、来てもほとんど内容がわからないのでもう毎週は来ないようにしようと思う。この授業で会って私の小説を翻訳しているはずのニュートンもまったく出てきていない。私の前に座っていたウマルが、組んだ自分の足の足首にボールペンで蛇みたいな絵を描いていて退屈そうだった。ワークショップの中心はナターシャと学生たちで、活発に議論している。誰かがくしゃみをすると、隣の誰か、あるいは複数の誰かが小声で短くなにか言う。言われた方は、ありがとう、と返す。同じ場面をこれまでもときどき見かけていて、大丈夫？　風邪？　みたいなやりとりかと思っていたのだが、会話の途中でもその応答を挟んだりするのでさすがに律儀すぎないかと思い、たぶんこれはおまじないとか、マナーみたいなことなのだとわかってきた。ネットで調べて、くしゃみをしたら、bless you. と声をかける迷信と慣習だと知ったのは例によってもうしばらく経ってからで、ちゃんと理解するまでのあいだは、誰かがくしゃみをするとその謎のやりとりを聞くのが少し楽しみだった。

朗読のあと、会場でケンダルさんと今後朗読やパネルで用いる原稿と翻訳のことをいろいろ相談。それからブレッドガーデンに行き、ビールとデリのご飯を買ってホテルに帰る。

夜九時、コモンルームにライターが集まる。明日の夜、サラが寝泊まりしている家の庭でパーティーをすることになったらしく、その準備について相談するため。数名来ていないが、プログラムの催しに関係なくこんなに大勢が集まるのは珍しい。イヴァやルメナが中心になっていろいろな役割分担や集金の方法を決めようとするが、ビールを飲むひと、ウイスキーを飲むひと、ワインを飲むひととで別々に集金しようとしたり、なかなか細かい段取りなので話が全然まとまらず紛糾する。誰が買い物に行くか、誰が荷物を運ぶか、その人数や方法などが話し合われているのだが、私はどうしてそんなに細かく分担を決めようとするのかよくわからないので黙って見ている。ほかのアジアの男性陣も黙って見ているだけだったが、次第に飽きておしゃべりをはじめ、会議がまとまらずわーわーなっているのが喜劇みたいでおもしろくて、アリやチャイと一緒に大笑いしていたらルメナに静かにしなさい！　と怒られた。ルメナは学校の先生でもあるので、怒り方も先生らしい。騒いでいた男性はみなしょんぼりと静かになった。

9月8日(土) 21日目

朝九時にロビーでウマルと待ち合わせ。ホテルの前の教会のベンチで少し質問と応答をしたあと、写真を撮ってもらう。ウマルはこうしてほとんど毎朝、ライターたちの写真を順番に撮影している。質問は、What is the writing for you?(あなたにとって書くこととは?)というシンプルなものだった。それに私は、不在のものやひとを思い出すこと、と答えたのだったと思う。ウマルはそういうインタビューをして、そのひとをどのように撮影するか決める。撮影は十五分ほどで終わった。

午前、『ちゃぶ台』原稿。

昼、ウーバーでパーティーの買い出しに行ったグループが帰ってきて、誰か荷物を下ろすのを手伝ってくれとチャットに書き込みがあったので一階に降りていき、大量の肉や野菜、酒、バーベキュー用の炭などを二階のコモンルームに運ぶのを手伝う。今日はフットボールの試合があり、ウーバーがすごく高かったそう。

夕方、アジアと太平洋地域のコミュニティのパーティーに当該地域の作家たちと参加。ケンダルさんの家族や図書館の司書の原田さん夫妻、ケンダルさんの同僚の西さん、八月から大学で日本語を教えているという大垣さんなどと会う。中国と韓国のひとはアイオワシティには多いが、日本人はそんなに多くないそう。しかしモンゴルやインドとなるとたぶんもっと少なく、バイサはモンゴリアンはたぶんひとりもいない、と言う。さみしそうでもあり、妬むようでもあり、なじるようでもある。私はそのたびに自分の恵まれた環境について、複雑な気持ちになり、どちらか選べるならば恵まれない側にいた方が気が楽だと思ってしまうのだけれど、そこに働いている心情はたぶん結構複雑で、個人的なものもあれば日本という国、日本人であることともかかわっている、と思う。七時半頃、みんなでホテルまで送ってもらい、歩いて川の向こうのサラの家へ。さっきのパーティー会場から、スシをたくさん持って帰ってきたのでそれも持っていく。バーベキュー。

サラがホスト役らしく細々動き回っていた。テヒラ（イスラエル）がサラダをつくっているのを少し手伝い、ビールを飲みながら、ふだんの生活や仕事について話す。テヒラの名前を呼ぶたびに、到着した翌日に、名前の発音はテキーラと一緒、と教えてくれたことを思い出しながら呼ぶ。彼女は自国の恋人が恋しい。毎日電話で話すと言う。私もだいたい毎日妻と電話で話す、と言う。

こちらに来て半月ほどが過ぎ、ほかのライターの家族や恋人の話を聞くことも少しずつ増えてきた。だいたいはこの日のように会話の流れで自然と知る。そう特別な話でなくても、プライベートな情報をひとつ知ると、それまでのそのひとの印象がずいぶん大きく変わったりもする。

9月9日（日）　22日目

快晴。朝食。外へ。涼しい。前の広場にカモの群れが来て歩いていた。東京の川にいるカルガモよりもずっと大きい。きのうの朝もいた。

午前『ちゃぶ台』原稿。昼、地下でサラダを買ってきて食べ。夕方、本屋の朗読。ダン、ヤミラと翻訳コースの女子学生。終わったあとブレッドガーデンで夜ご飯を買って帰る。ホテルに戻り、十九時から映画。

エマンが原作を担当した『Ghafa』というショートムービーと、ハイファの推薦する『Al Monataf』という映画。後者は青色が印象的なロードムービーで、リアリズムの裂け目や時間の処理などがとてもおもしろかった。隣にベジャンがいて、日本の映画について訊かれたので、高畑勲の『かぐや姫の物語』の話をする。この日曜の映画の時間に、映画を推薦するのは任意だったので、私は特になにも選ばなかったのだが、何週か観て、質疑応答など見ているうちに、『かぐや姫の物語』をほかの作家が見たらどう思うかと思って、このプログラムの先生であるナターシャに訊いてみたが、もう空いている枠がないのでその時間はとれなさそうだった。

今日は中東のふたりの映画だったので、中東学の勉強をしている日本人の女性が観に来ていて、終わったあとに少し話した。去年藤野さんの通訳などもしたそう。大学は大きく、当たり前だが日本人のひとがいても、そう出会う機会があるわけではない。

ホテルに帰ってから、ベジャンに『かぐや姫の物語』の英訳がついたトレイラーのリンクをメールで送る。その後深夜まで『ちゃぶ台』原稿。ようやく書き終えて送稿。掲載予定の号は「発酵×経済」がテーマで、なにかそれに絡む内容のものを、という依頼だったのだが、アイオワでほかのライターたちと少しずつ関係を結んでいくのが発酵っぽい、と思い、チャンドラモハンについて書いた。

9月10日（月）　23日目

快晴。八時半起床。朝食、ウマルがいたので、昨日のハイファの映画にとてもシンパシーを感じた、と話す。おととい、写真を撮る前にあなたと話したことと、あの映画はとても近しいと思う。ベジャンから昨日送った『かぐや姫の物語』のトレイラーをとても気に入ったとメールがきた。

昼、少し前に見つけたインディアカフェというダウンタウンのインド料理屋にひとりで行ってみる。ビュッフェ形式で、十ドル。サラダやタンドリーチキン、数種類のカレーやおかずなどあって、たくさん食べられる。おいしい。

帰り道、最初の週に利用案内のプログラムで行ったあとどこにあるのだか場所がわからなくなっていた大学の図書館をようやく見つけてなかに入る。思っていたのと全然違う場所にあった、というかホテルからすぐだった。地図などで調べればすぐにわかるのだが、私は日本でもそういうのをちゃんと調べずほったらかしにしてしまう。アジアコーナーのある四階で読書。

十五時半、ＩＬＴ授業。今日はラシャ（ドイツ）とカイ（台湾）とアウシュラ（リトアニア）。カイは台湾の英語学習の話や、台湾のライターの紹介、自身のかかわるライティングプロジェクトの話をした。資料のつくり方が上手で大いに笑いをとっていた。終わったあと、昼にサングラスをカレー屋に忘れたので取りに行くと、ちゃんと取っておいてくれていた。店主らしいおじさんにプログラムで来ている作家かと訊かれ、そうだと応える。彼はバングラディシュのひとらしいが、インドの詩人もいるから今度一緒に来ると伝える。
ウマルが先日撮った写真のデータを送ってくれた。

9月11日（火）　24日目
快晴。午前、今週も火曜日はケンダルさんの授業に行く。今日は翻訳ではなく学生から私への質問などをするとのこと。部屋を出たところで同じ階のジーナがヘルメットを被って、自転車を引きながら部屋を出てきたのでびっくりした。誰かに借りた自転車でサイクリングに行くそう。
授業で扱う『ジミヘン』と『高架線』を学生たちはそれぞれすでに読んでくれていて、その内容の細部や、私自身に関する質問などを受ける。『高架線』の舞台である西武池袋線沿線についての質問があったので、アメリカの大学の教室でホワイトボードに路線図を描き、ここがIkebukuroと西武線や埼玉と東京の位置関係について説明する。なかなかシュールな状況。
『ジミヘン』の原付東北旅行について、私が実際に原付で東北に行った体験を参考にしている、と話す。というのは、『ジミヘン』を『新潮』に発表した直後にB&Bでやったトークで、お客さんから9・11と3・11を結びつけるのは安易なのでは、みたいな質問があって、そのときなんと答えたかは忘れたが、あまりうまく返答できなかった。それでその後もその質問について考えていたのだけれど、その安易さというか単純さは承知しつつもどうしてそのふたつをあえてベタに結びつけて書いたのかというと、たとえ結びつける二項の関係性がベタとか安易に見えたとしても、その結びつき方が安易な結びつき方でなければOKなのでは、と思うようになった。そのベースには自分が実際に二〇〇一年の九月に東北にいて、二〇一一年の三月に東京にいた、という体験があり、そこでそのふたつを結びつけて思うところがいろいろあったという体験がもとにあるのだが、それよりも高橋源一郎が『ニッポンの小説』で書いていた、小説は関係のないふたつのことを結びつけるものである、というごくシンプルな一節を思い出してそう思うようになった、ところで今日は偶然にも九月十一日ですね、みたいな話をした。茨城大学の青木さんという女性が西さんに連れられて授業の見学にいらしていて、授業後に挨拶。

Java Houseに行って、『愛と人生』の文庫版のゲラ作業。アイオワに来る前に終わらせるつもりが結局出発前の準備や詰まった仕事で手が着けられず、こちらに持ってきてしまった。天気がよいのでテラス席で。日差しは少し強いが、日陰の席ならば風は涼しく、気持ちいい。

近くのビルに半旗が揚がっている。九月十一日は妻の誕生日でもあるので、ゲラをだいたい終わらせてから、このあいだ行った花屋に行って花と花瓶を買った。こっちに来てからずっと水筒が欲しかったのだが、通りがかりに服や器などをセレクトして売っている店があり、よさそうな水筒があったので自分用だがこれも今日のお祝いに買う。ホテルに帰ってくるとエントランスの前の道にさっき授業に来ていた青木さんがいた。青木さんがどういうひとなのか授業のときには私はよくわかっていなかったが、茨城大学から夏休みで研修の学生を連れてアメリカのどこか別の都市（聞いたけど忘れてしまった）に来ていて、青木さんはその合間にアイオワ大学に視察にいらしたそう。これからアイオワを発つのでシーダーラピッズの空港に行くタクシーを待っているとのこと。しかし予定の時間なのにまだ来ない。あれこれ話をしていると無事タクシーが来て、見送る。朝晩は涼しいくらいだが、晴れていると日中の日差しはとても強く、日なたにいると短時間でも暑い。

部屋に花を飾る。水筒にお茶を入れてみようとコモンルームに行ったら、これもビザの関係か彼女の都合かわからないが、遅れて到着したロシアからの参加作家がいた。挨拶する。アリサ。昨日の夜着いて、ちょっと風邪気味、と言った。彼女は二〇一二年にもこのプログラムに参加して、六年ぶりに再びやってきたのだったがそのことを私が知るのはだいぶあとになってからだった。

夕方、なにか外で夜ご飯を食べようと思って出。プレイリーライツに入ったらカイがいた。今日は私のパートナーのバースデイなのでお祝いに一緒に食事をしませんか、と言うと、カイは、おめでとうございます、と日本語で言って、一緒に祝ってくれた。すぐそばのマサラというインド料理屋で一緒に夕飯をとる。ビールとカレーとビリヤニを食べる。

9月12日（水）　25日目

午前中、みんなで車に分乗し、大使館のような施設に行く。ドライバーのひとりは若い男性で、ドラゴンボールのTシャツ（「亀」と胸に書いてある）を着て、二の腕には旭日旗のようなタトゥーが入っており、サングラスをかけてレッドブルを飲んでいる。誰なのか知らないが、日本で見たらとてもかたぎとは思えない格好のひとが全然普通の学生だったりプログラムのサポートスタッフだったりするのでおもしろい。とりわけタトゥーは日本にくらべ相当カジュアル、というか日本が過敏すぎる。係官に対面して書類を見せ、質問など受ける。例によって私はなんのためにここに来て面接を受けているのか結局わからないまま行って帰ってきたのだが、ソーシャルセキュリティナンバーを得るためのものだった、とこれもだいぶあとになって知った。

午後、図書館へ行って『愛と人生』ゲラ。細かい箇所を再度確認するなどして、終わり。昨日買った水筒の保温力がすさまじく、朝入れたお茶が夜になっても飲めないほど熱々。

講談社堀沢さんからメール。アイオワからときどきしているツイートを楽しく見ていただいているとのこと。そのほか、大阪に行って心斎橋のスタンダードブックストアで開催中の選書企画「柴崎友香の本棚」を見てきた報告。これは去年同店で『茄子の輝き』と『高架線』の刊行に合わせて「滝口悠生の本棚」をやらせてもらった第二弾で、スタッフの佐藤さんと一緒にあれこれ試行錯誤して実現した催しだったから、アイオワの滞在と重なり行けなくて本当に残念だった。心斎橋アセンスでも柴崎さんの『公園へ行かないか？　火曜日に』刊行記念でアイオワの写真などの展示をやっていたそう。心斎橋アセンスの閉店は近しい編集者もみなだいぶショックを受けている印象。スタンダードの佐藤さん、アセンスの磯上さんからのよろしくの伝言を受けとり（翌年の春には心斎橋スタンダードブックストアも閉店してしまうことになる）。

9月13日（木）　26日目

快晴。暑い。昼、ダウンタウンにあるポストオフィスに行って日本にゲラを送る。早い便だと六十ドルくらいかかるというので、予定よりだいぶ遅れているものの特に催促がなくまだスケジュール的に余裕がありそうなので普通便で。二十五ドルくらい。ちゃんと着くか不安。その足でブレッドガーデンマーケットに野菜を買いにいったらロベルトがいたので、一緒にランチ。おととい水筒を買った店にはいろんな靴下も置いてあったよ、という話をしたらその店を教えてほしいと言うので、一緒に行く。ＡＫＡＲという店。日本でもよく見かけるhappy socksがいろいろ置いてあった。明日がベジャンの誕生日なので、ロベルトはベジャンにあげようと言っていちご柄の靴下を買った。ロベルトとジーナとベジャンの三人は年が近く、一緒に行動していることが多い。彼らは私やカイよりもだいたいひとまわり上で、私とロベルトは同じ戌年。そのあと一緒に花屋に行って、花を選び、花束にしてもらった。

午後と夕方には、大学に講義に来たWendy S. Waltersという作家のQ&Aと講演。居合わせたチャンドラモハンに、あなたのことを日本のマガジンのエッセイに書いたんだけどいい？　と訊くと、ＯＫ、とのこと。

で、編集者がその記事にアイオワの写真も一緒に載せたいと言ってて、私はあなたの写真を載せたいんだけどいい？

ＯＫ。

じゃあとで撮らせてくれる？

ＯＫ。

夜は何人かの参加作家のテキストを俳優が朗読劇にするイベントが川の向こうの劇場であった。アマラが自作の朗読劇の終演後に泣いていた。私には内容がきちんととれていないが、母親と娘についての話で、たぶん、彼女の国（ナイジェリア）の状況を反映した悲しい話だった。隣の席のアウシュラが泣いているアマラを抱きしめていた。その振る舞いの自然さ、スムースさ。

その後、ホテルのコモンルームでベジャンの誕生日のお祝い。誕生日は明日だが、明日の夜はベジャンはいないそうなので、ジーナが中心になって今日サプライズでパーティが企画されていた。九時にライターたちが七、八人集まり、ジーナがベジャンを呼び出すと、部屋着でふらりとコモンルームにやって来たベジャンはサプライズに驚き、両手で頰をおさえて感激していた。それから部屋に戻ってきれいな赤い洋服に着替えてきた。よろこんだり、感激しているときのベジャンは子どものように純粋な表情になる。シャンパンを開けて、ベジャンは一時間以上踊りっぱなしで、みんなで順番にダンスの相手をした。アジアの男性は概ね踊りがへたでみんなの笑いを誘う。こういう場に来ないことの多いチャンドラモハンが珍しくこの日はいて、最初は自分は踊れないと固辞していたが、最後にはとうとう立ち上がって踊った。戸惑い気味に、拳を握ってゆっくり足踏みをするチャンドラモハンの踊りは、日本の演歌歌手のようで、みんなは笑って、チャンドラモハンは恥ずかしそうだったが、私は結構感動した。クールなロベルトもずっと固辞していたが最後は酔ったのかとうとうベジャンと一緒に踊った。男性でいちばんダンスが上手なのはアラムで、アラムとベジャンが踊ると歓声があがった。

9月14日（金） 27日目

快晴。暑い。十二時、図書館のパネルへ。ダウンタウンの路上でブルースを演奏しているおじさんがいた。今日のパネルは「身体」がテーマ。ハイファとアリとジャクリーンとアラムが登壇。劇作家のアリの語りはほとんど演劇のよう。その後のジャクリーンは静かに自分の身体のふるえについて語り、とてもいいコントラストだった。はじめの頃、私にはだいぶ手足が不自由そうに見えたジャクリーンだが、この頃には、ほかの作家たちと一緒にいてもほぼ特別な助けは必要でないことがわかった。朝、朝食の部屋から飲み物やボウルを運ぶのも、ジャクリーンは両手を使って多少ゆっくりだが自分で持ってくる。一緒に歩いていても、ほかの作家とほとんど変わらぬ速さで一緒に歩く。

「私の手の揺れが、私を書くことに導いた。はじめ、それは、私がクラスメイトから受けていたいじめから逃れ、孤独にたえるためのものだった。そして、私は、書くことは、別のボーダーへの通路であると知った。書くことは、お茶のカップをまっすぐ口に運んだり、鉛筆で穏やかな形を描いたり、いま手にしているこの紙を静かに持っていることを妨げる障害を乗り越えて、私が自分自身について話すことを可能にしてくれた。

望まざるもののうち、揺れはいつでも最も意志的なものだった。

私はライターだ。私の意志において。なぜなら私は揺れているから。なぜなら私の体は勝手に揺れるから。」

ジャクリーンがパネルで読んだ文章の一部。私の直訳なので、不細工だけれど。

四時、朗読会前のシャンバウハウスでマックさんと待ち合わせ。月曜日の授業のために原稿を英訳してもらった。英語で読む練習に付き合ってもらい、自習用にマックさんの音読をスマホに録音させてもらう。五時からは定例の朗読会。この日は香港のチョウと中国のチャイという中国語の詩人ふたりの組み合わせだった。意味はわからないが、ゆっくり発音される中国語の響きがとてもきれいで優しかった。

終わったあと、今日はなぜかネクタイ姿だったアリに、なんで今日はネクタイなの？　と訊いたら、わからない！　と元気よく言われた。似合うよ、と言ったら、写真を撮ってくれ、とスマホを渡されたので撮る。アリは歩道で足を広げ、真剣な顔で空を見上げるようなポーズをとる。このあともたびたび写真を頼まれたが、いつもそのポーズ。決めすぎに思えるのだが、彼は真剣である。撮り終わると相好を崩していつものにこにこ顔になり、お礼を言われて、両手で握手をする。

マリアンヌが友人のマリアンヌ（同じ名前）と車でシャンバウハウスまで迎えに来てくれて、カイとファイサルとバイサと一緒に隣町のシーダーラピッズへ。ベジャンが友人のコンサートに誘ってくれた。パブのようなところで先に来ていたベジャン、ジーナ、ロベルト、アラムと会い、食事をしてからすぐそばのコンサート会場へ。美術館が併設された、小さなホール。女性のボーカル、ピアノ、小さい琵琶みたいな楽器、というシンプルな三人編成。曲はフォークロアな感じだが、演奏、特にピアノはモダンで、ジャズやブルース、そこにコンテンポラリーのニュアンスもあった。ベジャンの友人であるボーカリストの歌声もすばらしく、とてもいいコンサートだった。ベジャンの国籍はトルコだが、自分の話や友人の話をするときには、クルディッシュ（クルド人）という言い方をする。今日の歌手もクルディッシュで、最後の歌はクルド人の闘争の歌だ、とベジャンが教えてくれた。

9月15日（土） 28日目

今日も快晴。一日フリーだが来週の授業とパネルが私の番なのでその準備をする。

午後二時、二階にあるアラムの部屋に行く。きのう、カイから、明日自分とアラムはバリカンで髪を切るので、手伝ってほしい、あなたは散髪が上手に違いない、と言われていた。なにゆえそう器用そうに思われたかわからないが、いいよと応えた。

アラムの部屋に行くと、ふたりが待っていた。部屋がずいぶん暑いので、暑くない？ と訊くと、この部屋は空調が壊れてる、とアラムが言った。

カイが学生に借りたというバリカンと、首に巻くてるてる坊主みたいなケープもあって、バリカンの刃先も長さに応じて付け替えられる。カイはもともと坊主が伸びたみたいな髪型なのだが、アラムは横を刈り込んで前髪と頭頂部は長く残したような髪型だったので、それどうするの、上はそのままにして横を刈る？　と訊いたら、この髪型は変だから全部切ってくれと言う。私は失敗したらどうしようと思っているので、いまの似合ってるから上は残したら、と言ったが、アラムは二秒くらい考えて、いい、いい、全部切っちゃおう、と言って笑った。

アラムがベッドシーツを床に敷き、椅子を置いてそこが即席の床屋になる。新聞紙とか敷いた方がよくない？　と言ったが、シーツでいいよと言う。まずカイが最初にアラムの髪を刈りはじめた。途中で私もやらせてもらう。はじめはおそるおそるだったが、アラムは、Come on, don't be afraid と言い、みんなだんだん大胆になっていく。

アーミーに行くときを思い出す、とアラムが言った。まず最初に全員頭を刈られるんだよ、かなしい瞬間だ。

長い部分を刈りおとすときは、三人で、うおー、と笑いながらやった。次にカイの頭を刈り、短い刃で生え際を整えたりと、やっているうちにバリカンの扱いにも慣れてきた。ふたりがきれいに坊主頭になり、私に、どうする？　と言うので、じゃあお願い、とやってもらうことにした。

ふたりは髪の毛がやわらかくて毛量も多くないので、六ミリくらいの刃で刈ったのだが、私は髪が硬くて量も多いので三ミリの刃でがーっといってくれ、と言うと、カイが動揺して、ほんとに？　と言うので、私も、Don't be afraid, come on, no problem. と言ってみた。カイは楽しそうに、You are crazy!　と言った。

それで全員坊主刈りになった。丸めたシーツを抱えて外の川原に行き、川に向かってばさばさ髪の毛を払う。アイオワ川を三人の髪の毛が流れていく。ベンチで座って話していたウマルとロベルトがそれを大笑いしながら見ていた。

カイの本が台湾でなにかの賞をもらったので、川原でコメントの動画撮影をする。これもきのうカイに頼まれていた。カイはこのために散髪をしたかったのかもしれない。

それぞれシャワーを浴びて、坊主三人で日本食レストランSoseki に行く。公立図書館のそばにある。店名は行書のような漢字二文字で、「セキ」が「石」なのはわかるのだが、「ソウ」にあたる字はいくら見てもなんの字だかわからない。たぶん適当な字。夏目漱石の漱石じゃないの？　とカイは言うが、「漱」の字には見えない。ラーメン、ジャージャー麺、テリヤキチキンをそれぞれ食べながら、「HAIKU」という名前の日本酒を飲んだ。アラムとカイは自国の兵役の話をした。アラムのお父さんは去年なくなった。今日髪を切ったときにアラムは緑色の手術着を着ていて、それは医師だった彼のお父さんの遺品だった。カイのお母さんは十年前になくなった。四十代で、若かった。私の両親はふたりとも健在だった。

アラムと初めてしゃべったとき（来て二日目の、みんなで街を歩いたとき）にも彼は私に

兵役の話をしたんだった。彼はアーミーだったときは、アゼルバイジャンとトルコの国境にいた。とても危険で、二年の兵役期間のあいだに何人もの友人を失った。

カイは、兵役は短い期間でそこまでハードではなかったようだけれど、運動が苦手だからトレーニングのときはとてもいやだったし、劣等感を感じることになった、と言っていた（台湾の徴兵制が廃止されたのはこの数か月後、二〇一八年の年末のことだ）。それから彼は、お母さんの死が小説を書くことに深いかかわりがあるとも話した。

チャンドラモハンの差別の話にしても、きのうのジャクリーンのパネルにしても、ライターがライターになった動機や創造性にそういったオブセッションがある（と語られる）ことは多いように思う。そういうものが自分には特にないと思うが、それは自分と彼らが違うのか、それとも、自分と彼らの語り方が違うのか。彼らは母語ではない英語でそれを語るが、母語でも同じように自分がなぜライターになったかを語るのだろうか。その動機は言語が違っても同じだろうか。英語で話すと、自分でも思いもよらない説明をしたり、理由を語ったりすることがあるのだが、それが間違いであるのかどうかはよくわからない。そういったことを私はこのプログラムが終わるまでに彼らと話し、知ることができるだろうか。

九時くらいにホテルに戻り、洗濯機を使えるか見にいったら誰かが使っていて、部屋に戻ろうとしたらコモンルームでチョウがカレーを食べていた。ヤミラとバイサとアマラが一緒にいた。今日何人かがインドレストラン（マサラかインディアカフェのどっちかだろう）に行っていたが、チョウはチャンドラモハンに教えられた時間にロビーで待っていたのにチャンドラモハンはチョウのことを忘れて先に出発していて、置いてけぼりになった。それを知ったバイサが帰りにチョウのためにカレーをテイクアウトしてきたのだという。

チャンドラモハン、と私は言った。

イエス、チャンドラモハン、とバイサは頭を抱えたポーズで笑いながら言い、その向こうでチョウもカレーを食べながら笑っていた。チャンドラモハンのアバウトさはだんだんほかのライターたちのあいだでも共通認識となりつつある。

ファイサルが来て、アマラが空腹と聞くと、ファイサルは食べきれずに持って帰ってきたビリヤニをアマラにあげた。みんなでポルノについて話した。ファイサルはムスリムかと思っていたら親は結構厳格だが自分はそうではないと言い、お酒もポルノもフリーだそうだが、ポルノはインドネシアではイリーガルで、しかしネットがあるので見放題だという。マリアオザワという日本人のポルノ女優が海外の一部では大変人気があるそうで、その名前は前にアラムからも聞いた。私はそのひとは知らないと言うと、驚かれる。女性作家たちはゲイポルノ（たぶん女性が見るための）について語った。私は日本では最近ポルノ女優のひとが文芸雑誌に小説を書いたそうだ、と話した。

9月16日（日）　29日目

八時半起床。ホテルの朝食には飽きたので、買っておいた野菜とパンとチーズで、部屋でサンドイッチをつくって食べてみる。おいしい。

明日の授業の準備。昼、洗濯。しかしいっぺんにたくさん洗いすぎたのか、乾燥機が終わっても全然乾いておらず、しかし次のダンがもう洗濯を終えて待っているのでいったん部屋に持ち帰ってきた。

洗濯機と乾燥機はクォーター硬貨を投入して動かすようになっていて、洗濯機は一回六枚、乾燥機は一回四枚の計二・五ドルかかり、金額はともかく硬貨が十枚必要なのだがそんなにないので、洗濯のたびにいつもどこかで両替してもらうことになる。今日はさらに四枚必要になるので、地下のコンビニみたいな店に行ってカップ麺を買い、クォーターでおつりをもらった。コモンルームでお湯を沸かし、部屋でカップ麺を食べる。アメリカのカップ麺はたいていレンジでも調理が可能なのだが、部屋のレンジがあまり信用できない。音が大きくて、なかの皿がまわるのも速い。前に一度カップ麺をつくったら容器が溶けかかっていた。ケンダルさんが、必要だったら部屋で使えるようにお湯を沸かすポットを貸してくれると言ってくれたのだが、お茶をいれたり、お湯を使うときに、誰かいるかな、と思いながら四階の自分の部屋から二階のコモンルームまで行くのは少し楽しい。今日は誰もいなかった。

十四時半、出。プレイリーライツのカフェでマックと待ち合わせ。サラがいて、パソコンでなにか仕事をしていた。こちらに来てひと月ほどが経ち、こうして各作家がひとりで行動する時間も多くなり、しかし小さい街なので、こうしてカフェなどで出くわすことも多い。マックに音読の練習をしてもらう。十六時から朗読。終わったあと、何人かにご飯に誘われたが断ってホテルに帰る。途中でチャイのおっさんと一緒になる。彼はほかの州の大学に行って授業をしたり、パネルに出たり、車を運転してどこかに出かけたりと、ひとりで行動してアイオワを離れていることも多い。なので最近はあまり姿を見かけず、フェイスブックの投稿でテキサスにいたりニューハンプシャーにいたりするのを知ったりする。あちこち行って忙しそうだね、と言うと、先々に中国人の友人がいる、というので、あなたは友達が多いですね、と言ったら、中国人はどこにも大勢いるから、と言って笑った。帰って洗濯の部屋をのぞくと乾燥機が空いていたのでもう一度乾燥。今度は乾いた。

夜、映画。ダンの紹介による、『The Reenactment』というルーマニアの古い映画。文脈をとれない部分もあったが、活力があってとてもおもしろかった。

終わったあとのダンの解説が印象的だった。

このような古いルーマニアの映画を幼い頃に見たが、ルーマニア革命のあとテレビ放送をはじめアメリカなどのカルチャーが一気に流入してきた（ルーマニア革命は一九八九年。ダンはたぶん私より少し年上で七〇年代後半生まれだと思う）。少年だった自分たちはそれに熱狂したけれど、一方でもうこのような映画が撮られることはなくなってしまった。

ホテルへの帰り道、カイといま観た映画について話す。部屋に戻って、『新潮』の「アイオワ日記」。

9月17日（月）　30日目

九時に朝食部屋へ。今朝、十時から集合写真の撮影があると直前にメールがあり、みんな慌てている。

十時にオールドキャピタルという大学のシンボル的な建物の前の階段で記念撮影。チャンドラモハンとサラが来ていない。サラはホテルに宿泊していないからまだわかるのだが、モハンはさっき朝食のときに写真撮影の話を聞いていたはずなのになぜ来ないのか。サラ(プログラムスタッフの方)にモハンがいない、と言うと、サラは、オウ、教えてくれてありがとう、と言ってメールなど試みていたが、結局モハンもサラも現れず、撮影はそのまま行われた。この写真はアイオワを離れる間際のパーティーで全員に配られたのだが、そこにはフォトショップで合成されたサラとモハンがしっかり写っていた。

ホテルに戻り、午後のクラスのために音読の練習。昼、地下で弁当を買ってきて簡単に済ます。Spicy Teriyaki Chicken Bowl という丼、五・九九ドル。十五時半からILT(International Literature Today)のクラス。十五時過ぎにホテルを出て、日差しが猛烈に暑い。ILTのクラスの教室は、ホテルの前からまっすぐの坂の途中の校舎にある。並びにはほかの校舎もあり、授業の合間は学生の移動路になっていて、お昼などに通るとワゴンの売店も出ている。王蟲みたいなオブジェがある。

ILTのクラスでは、プログラムの参加ライターが自国の文学や文化についてレクチャーをする。今日はカトリーナ、ロベルトと私。私は落語と現代日本の散文について話した。英語はどうだったかわからないが、ハンドアウトもあったのでだいたい伝わったはず。質問はケンダルさんに通訳してもらった。

学生たちは『死んでいない者』の英訳サンプルを読んできており、「外国人の登場人物を書くことは難しかったか」「自分の死について考えることは無駄と思うか（これは作中のセリフを受けて）」「いろんなひとの別々の発話が連なっているように感じたがそれについてなにか考えがあるか」「大勢ひとがいて混乱するが読み手が登場人物を間違えたりすることを危惧しないか」といった質問が出て、それぞれなんと応えたのかは覚えていたりいなかったりなので多少その場で言ったことと齟齬があるかもしれないが、「そんなに難しくない。日本人であれ外国人であれ、わからない部分は無理に書かなくてもいいと思う」「無駄とは思わない。というか、意志にかかわらずひとは死について考えずにはいられないし、考えてしまうものだと思う」「登場人物たちのセリフは、語り手のもとに集まって束ねられていると思う。だからそのもとで誰かの発話と誰かの発話が編集されるみたいに連なったりするのかも」「間違えてもOK、書いてるときもたくさん間違えてた。ひとが間違えるのは自然なことなので、直さなくてもいいと思ったけど、作品が発表されるとただの間違いと思われるので直した」など答えた。一応通訳のことも考えて答えるのだけれど、やっぱり話しているうちに話が込み入って、ややこしい話し方になってしまい、ケンダルさんは通訳が大変だったと思う。ふだん自分が使っている日本語が、ひじょうに曖昧でまわりくどいということに気づく。それは私自身のくせでもあるけれど、日本語の特徴によるところも大きいはず。具体的には主語のあいまいさと構文の緩さだと思うけれど、ネイティブの英語を聞いていると結構主語も構文も自由という気もして、そう単純なことでもないのかも。

横に両腕に入れ墨が入っている巨体の男性がいて、授業冒頭でちゃんと紹介はされていたのだが私は聞きとれなくて誰なんだろう、と思っていた。彼はナイジェリアンアメリカンの作家、クリス・アバニ（Chris Abani）氏で、私たちのあと同様に学生たちに向かって話をした。意味はちゃんととれなかったが、とても優しい、魅力的な語りだった。

終わって、私はプログラム中のタスクがひとつ終わったのでやれやれ、という感じ。アラムとアウシュラとバイサとOSAKAへ。バイサと私はビールを飲む。中華やスシロールなどを頼んでシェアして食べながら話す。一部の作家への反感や、コミュニケーション上のトラブルなどが語られ、ひと月たつとこういう問題もだんだん生じてくる。私が気づいていたこともあったが、話を聞いて初めて知ったこともあった。コモンルームでもう少し飲まない？とアウシュラが言い、ダウンタウンの酒屋でビールなど買って帰り、コモンルームのソファでビールやワインを飲む。コモンルームにはソファのほかに椅子とテーブルがあり、椅子やテーブルは自由に動かせるので、毎日ちょっとずつ位置が違い、あまりきれいに整っていることはなく、皿や食べ物や酒瓶がそのまま翌朝まで残っていたりして、誰か気づいたひとが片づけたり掃除をしたりしていた。飲んでいると、ちょこちょこひとが来て混ざったり、少し話して帰ったりする。ヤミラがビールを飲みにきて、コモンルームのキッチン（といってもシンクと小さな調理台があるだけだが）でグァカモーレをつくってくれた。二十二時頃まで。部屋に戻り『新潮』「アイオワ日記」。

9月18日（火）　31日目

朝から暴風雨。食べながら、『新潮45』をめぐるざわつきをネットで見る。詳細や反応を追っていたら、新潮社の出版部のツイッターアカウントが『新潮45』や新潮社に対する批判のツイートをリツイートしまくっていて、おお、と思う。出版社のこういうアカウントはたぶん複数の編集者が共同で利用しているので、こういう形で自社を批判しても、（少なくとも外からは）誰がそれをしているかわからない。いまは日本は深夜なので、朝までにリツイートを取り消せば表向きにはなにもなかったようになる。目にしたひとを通してスクリーンショットなどで拡散するわけだが、ツイッターのプラットフォームを生かした、ゲリラ的でおもしろい批判の仕方、と思う。

午前、『新潮』日記進める。結構締切がぎりぎりで、編集部におおまかな枚数だけ伝える。今日はファイサルの誕生日。バイサから、ファイサルのためになにかやってあげた方がいいからチャンドラモハンに相談しろとメールが来たが、チャンドラモハンに相談するのは良案とは思えぬ。のでしない。

昼になると雨はやんで、カイからファイサルとランチに行こうとのテキストが来た。行く、と返信して、十三時にロビー。ロベルトがいたので、ファイサルの誕生日だからランチに行くよ、と言ったら一緒に行くというので一緒に行く。ファイサルが降りてきたので、おめでとうを言う。ファイサルは今日で二十四歳で、私とロベルトはファイサルとそれぞれ十二年、二十四年離れている。つまりみんな戌年。

カイはモールで待っているようで、戌年三人で歩いてモールへ。カイと合流して、モール内のSeoul Grillという韓国料理屋に入る。ここのランチはグッド、とカイは言う。彼はシカゴ旅行のときもそうだったがあれこれまめにリサーチしてみんなに情報提供してくれる。

ファイサル誕生日おめでとう、ありがとう、と男四人でランチ。私は麻婆豆腐を食べた。店名からして韓国料理店のはずだが、ラーメンや中華料理もある。中華料理と日本料理はだいたい同じ括りというか、日本食レストランと謳っていてもかなり中華よりだったり、ほぼ中華料理屋なのに店名がIchibanと日本語で、ほぼ中華料理のメニューのすみでうなぎや天麩羅などを提供していたりする。韓国料理のレストランはここ以外知らないのでわからないが、たぶん似たようなものなのではないか。また、アジア系のレストランではほぼどこでもTERIYAKI料理があり、しかし日本の照り焼きとは違い、いまひとつなにをもってTERIYAKIなのか不明なのだが、たぶん甘辛いソースで味付けしたのは全部TERIYAKIで、アメリカ向けの日本メーカーのカップ焼きそばにもTERIYAKI味がある。TERIYAKIバーガーからきているのだろうか。ファイサルはTERIYAKIチキンを食べた。カイとファイサルは古本屋に行くと言い、私はファーマシーで石けんを買ってロベルトとホテルに戻った。

ホテルのロビーにマリアンヌがいた。今日は買い出しの日で、マリアンヌは毎週買い出しの車を出してくれている。いま帰ってきたけど行くならもう一回スーパーに行くよと言われたので、特に必要もなかったがイエス、と応えてしまい、部屋に戻ってからロビーへ。ほかには誰もいないようなのでひとりだけで申し訳ないが、ハイビーに連れてってもらう。また雨が降ってきた。野菜、ビーフハム、せっかくなのでファイサルにケーキを買う。車のなかでマリアンヌと話す。マリアンヌは今年アイオワシティに住みはじめたそうなので、去年や一昨年のことは知らない。何度か日本に行ったことがある。おにぎりが好き。

帰ってきて、コモンルームでカイとバイサが話をしていたので、ファイサルにケーキを買ってきたと伝える。ノートパソコンを持ってきて、コモンルームで新潮の日記。イヴァもコモンルームでなにかイアフォンで聴きながら仕事をしていた。小説を書いているらしい。

日記をやめて、カイとバイサがそれぞれの国の出版事情について話しているのに混ざる。モンゴルは伝統的な歴史についての本が人気だがそれは退屈。バイサはオルハン・パムクの『雪』の翻訳をして自分の出版社で刊行している。モンゴルでは初版は千部ほどで様子を見るのが一般的で、『雪』はいまのところ五千部ほど売れた。フィクションは一万部から三万部ほどのセールスもそう珍しくないが、セールスの動きは日本のように早くなくて、何年もかけてその数字になっていく感じらしい。詩だと部数はそれより少なくなる。競合他社も少ないので、コアな層に届けることができれば部数の見通しはわりと立てやすいそう。当たり前だが日本とはずいぶん状況が違うし、モンゴルの人口は約三百万人というから、日本との人口比で見れば大変な数字に思える。

ふたりに『新潮45』の話をしてみる。私は杉田水脈の書いた論文も、今回話題にあがっている特集の記事も読んでいなかったし、どのみち私の英語力では概略しか伝えられないのだが、その刊行物を出版したのは日本の主要な文芸出版社のひとつであり、私が最初の小説を書いたのもその会社がつくっている雑誌であると説明した。その状況をどう評したものか、と考えて、crazyという語がわりと自然に自分から出てきたことに自分で驚いた。crazyはこちらに来てしょっちゅう耳にしていて、英語では結構カジュアルに使われるが、私には少々強烈に思えて、耳にするとはじめの頃は抵抗があった。ひと月前、成田からダラスまでの飛行機で、隣にはアルゼンチンのカップルが座っていたのだが、外国人（アメリカ人以外）に入国審査表を配っていた日本人のCAがアルゼンティーナと名乗った彼らになぜか日本語の入国審査表を渡した。カップルの男は私を見て、呆れたように、クレイジー、と言った。彼の気持ちはわかったが、クレイジーは言い過ぎではないか、と私は思ったのだったが、私はいま、ごく自然と、クレイジー、と言えるようになっており、言った。

日本の事情にもかなり通じているカイが、しかし彼らはもともと『週刊新潮』のようなゴシップを扱う雑誌もずっと発行しているではないか、と言い、私はその通り、と応え、しかしたぶん今回彼らは、オーバー・ザ・ラインしたのだと思う、と言った。そのやりとりを聞かずに仕事をしていたイヴァが、イアフォンを放り投げるように外して、どん！　とテーブルを両手で叩いたので、みんながいっせいにそちらを見た。イヴァは、Done! と言って両手をあげた。小説を書き終わったらしい。

今日はファイサルの誕生日だよ、とグループチャットにテキストを送っておいたら八時頃から、コモンルームでファイサルの誕生パーティーになった。先日のベジャンの誕生日のときには、いやだ、と言って最後まで踊らなかったファイサルも踊った。ジャクリーンも来て、彼女が踊ると、みんなが歓声をあげて盛り上がった。その様子を見ながら、この場所の、こういう景色を、見慣れはじめている、と思った。ダンスという、日本でふだん暮らしている毎日にはあまり身近でなかったことが、こんなにもすぐそばにあって、近しいひとたちのもとにある。

岩波ホールでジョージア映画の特集上映をやっていて、イヴァは映画監督もしているそうなので、その話をする。スマホでそのページを見せて、こういう映画がやってるみたい、と教えた。同じページに地図とともにジョージアの歴史を紹介しているページがあり、イヴァがジョージア国内の色分けされた地域について、ここはどういう意味で違う色なのか、といくらか強い調子（というか彼はいつも語調が速くてアグレッシブ）で言うので、独立問題を持つ地域を示しているだけだ、と説明した。OK、と納得したようだった。その問題の背景をよく知らず、相手のスタンスもよく知らないでこういう話題にふれるのは緊張感がある。

パーティーのあと、部屋に戻って新潮の日記。

9月19日（水） 32日目

八時起床。午前日記。雨。急に冷え込み。日記は予定の日数は書けているが文字数がオーバーしていて、削らないといけないのだが削れない。煩悶しているうちに出かける時間になり、十二時からアフリカ作家のパネルトーク。雨が強いので、ホテルからすぐの場所だがスタッフが車を用意してくれた。初めて行くビルで、その後も一回も行かなかった。教室に入るとサモサのケータリングがあり、モハンが、サモサだ、インドの料理だ、とよろこんでたくさん食べていた。毎週の図書館のパネルや、シャンバウハウスの朗読のときなど、こういうケータリングがあるのだが、だいたいピザかベーグルで、ほかの料理だったのは珍しい。

登壇者はサラ（アルジェリア）とアマラ（ナイジェリア）、ウマル（モーリシャス）と、月曜日にILTのクラスで一緒だったクリス・アバニ（ナイジェリア）。サラが、各国、各言語にはそれぞれの想像力がある、といった話が聞き取れた。こう書いてみると、一時間以上も聞いていてそれだけか、と愕然とするが、それだけである。しかし少し聞き取れるとその周辺の話もほんの少し理解できたりする。とはいえそれだけなので、こうして参加が必須ではないパネルに来るのは無駄なのかもしれないし、無駄ではないのかもしれない。わからない。

戻って日記。夕方、地下でスプリングロールを買ってきて食べながら仕事。七時頃、やっぱり削らない方がいいと思い、多すぎたら入るところまで切ってほしい、と書き添えて送稿。

きのうの朝見た、新潮社出版部の自社リツイートはその晩のうちにやっぱり取り消されたらしい。ツイッターでは、それを検閲のように見る向きも多かったが、そこまで込みの行動だったのではないかと私は思った。でもわからない、誰かのもっと衝動的な反応と行動だったのかもしれない。そもそも、社内の人間が会社を批判することも、なんら悪いことではないし。当の問題もさることながら、その反応を巡ってもいろいろ考えさせられる。

夕方は晴れてきて、夕焼けがきれい。散歩がてら、ブレッドガーデンへ。ビールとハム（昨日買ってきたのをゆうべのパーティーで全部食べてしまった）、夕飯を買って帰り。店の前でナターシャに会って立ち話をする。私は相変わらずナターシャの速くて長い英語に全然ついていけず、相槌を打つだけでなんの話だかわからないのだがナターシャは私がわからないことはわからないようで、たくさん話して去っていった。一緒に若い女性がいたが、学生だったのか、それとも娘さんとかだったのか。

ホテルに戻るオールドキャピタルの芝生の坂道で、電話で誰かと話しながら泣いているアジア系の女子学生とすれ違った。なにがあったのかわからない。私は日本でもよく泣いているひととすれ違ってどうしたんだろうと思うけれど、ここでは泣いていようがいまいが、ほぼほとんどのひとに対してそのひとがどんな時間を毎日生きて、今日生きたのかうまく想像ができないので、泣いていてもあまり特別でないというか、わからなさのバリエーションに過ぎない感じがある。と思いながら歩いていたら、向かいから坂をのぼってくるこれははっきりとアメリカンの女子がやはり泣きながら誰かと電話をしていた。なにかあったのだろうか。

チャンドラモハン。

そうすらすらと書くものの、その名前をちゃんと覚えて、戸惑いなく言えるようになったのは、たぶん五日めか六日めくらいだった。ラストネームは未だに覚えていない。いまは二十日めで、ラストネームで呼ぶことはほとんどないので、このままずっと覚えられないかもしれない。

アメリカの、アイオワ州の、アイオワシティが、地図のなかの大きなアメリカのどのへんにあるのかも、やっとここ数日でわかってきた。大きなアメリカ、というか、自分がそこにいてみて、歩いたり、バスで移動したりしてみて、その大きさがやっと少しわかった。アメリカは大きい。そのアイオワシティにあるアイオワ大学で毎年行われているインターナショナル・ライティング・プログラムという、いろんな国の作家が集まって十週間ほど滞在する催しに招待された。八月のお盆明けにアイオワに来て、三週間が経とうとしている。

このプログラムの目的や主旨を私はちゃんと理解できているのか心許ない。いろいろな説明やアナウンスはすべて英語で、私はたまに大事なことを知らなかったり、勘違いしていたりする。その日の予定や、その場でいま何が行われているのかよくわかっていないことも多く、幼児のように無力で、心細く、人に助けてもらいながら過ごしている。いくつかの朗読や発表がある以外は、わりと好き勝手に過ごしてよく、みんなホテルやカフェや図書館で自国での執筆仕事をやったりしている。私もやっているのだが、不慣れな環境であまり仕事は進まない。

チャンドラモハンはインドから来た。彼は詩人である。参加している作家は総勢三〇名ほどで、ほとんどひとつの国からひとりずつ来ている。インドから来たのはチャンドラモハンだけで、日本から来たのは私だけだ。日本からは古くは中上健次、近年では水村美苗や柴崎友香といった作家が参加して、その経験に基づく文章を書いている。

チャンドラモハンと最初にしゃべったのは、簡単なNice to meet youの挨拶を除けば、二日めの朝にみんなが集まった部屋で、壁に貼ってあった世界地図を見ていた時だった。たまたま隣にいた私の方を見て、インドの南の方を指さしながら彼はたぶん、自分はここから来た、と言った。参加している他の作家たちは、得意不得意はあっても、英語でのコミュニケーションに大きな支障はないように見えた。私だけが極端に英語を使えなかった。英語を母語とする参加者はいないから、発音にそれぞれくせがあったが、チャンドラモハンの英語はとりわけ独特で、はじめの頃は英語なのかどうかも聞きとれなかった。私は日本の東京のへんを指さして、私はここから来た、と言ってみたが、チャンドラモハンはもう向こうを向いて別の人となにかしゃべっていた。

そのあと、スタッフの案内で街を見てまわっている時に、そばにいたチャンドラモハンに、私はカレーが好きだ、と言ってみた。馬鹿みたいだが、私の英語はそんなことしか言えない。あなたはインドの南の方から来たと言っていた、東京には南インドのレストランが多くある、最近増えたと思う、みたいなことを言うと、チャンドラモハンは、わかった、と短く応えただけだった。私は拍子抜けするというか、自分が彼に、へーそうなんだそれはナイスだね、くらいの反応を期待していたことに気づいた。

チャンドラモハンの髪はぼうず刈りが少し伸びたくらいの直毛の黒髪で、それはいつも帽子をかぶったあとみたいにぺたりと寝ていたが、彼が帽子をかぶっているのは見たことがないので、そういう生えぐせなのだと思う。肌は褐色で、口ひげをたくわえている。めがねをしている。恰幅がよく、顔も体も丸っこいので、ころんとしている。いつも襟付きのシャツを着ているが足もとはゴムのサンダル履きのことが多かった。パーティーなどでは茶色い革靴を履いていた。

参加作家のプロフィールには生年や年齢の記載がなく、見た目で推測するほかないが、私はチャンドラモハンがもしかしたらいちばん年上か、少なくとも年長の方で、四十代か五十代だろうと思っていた。しかし実は三十二歳で年下だったと知ったのはしばらく経ってからで、それまで私はずいぶん年上の人と話す心持ちで彼と話をしていた。彼の年齢を知って、Really? と驚いている人は多かった。

プログラムの開始を記念して、作家だけでなく大学の関係者や地元の人たちも交えたパーティーがあって、その時にまたチャンドラモハンと話した。チャンドラモハンは私が英語ができないことをまだよく知らないから、他の人に話すのと同じように早口の英語でしゃべってくる。多少の単語は拾えても、彼が全体として何の話をしているのか、私はほとんど理解できない。くせのある発音に加えて、表情の変化が少ないことも、いっそう話の内容をとりにくくさせた。それは彼個人の特徴かもしれないが、それこそ東京のインド料理屋で、インド人の店員に対して同じように思うことも多かったから、日本人から見たインド人の特徴と言えるのかもしれない。深刻そうな顔で早口で話しているから怒っているのだろうかと思うと、突然笑顔になって、怒っているのではなかったとわかる。途中の表情がなくていきなり感情が表れるように感じる。その時も、チャンドラモハンがどういう感情で、どういうテンションで話をしていたのか、私はわからなかった。彼は笑ってはいなかった。ならばもしかしたら怒っているのではないか、自分がなにか責められているのではないかと不安だった。

その日の晩、ホテルに帰ってプログラムの小冊子にあったチャンドラモハンのプロフィールを読んでいて、彼がインドで「ダリット」というアウトカーストに属することを知った。カースト制度の外、最下層。そして、パーティーで彼が話していたのは、差別に関する話だったかもしれない、と思い至った。思い至ったが、彼の話のなかにcaste、という語が、たぶん何度か出てきたことに気づいただけで、具体的に彼が何を言っていたのかは依然としてわからなかった。彼はin Japan、after warという語も繰り返していた。私が途中で、あなたはいま日本の戦後の話をしている？　と訊いたら彼は、そうだ、と返した。他にはliterature、Japanese writer、religionという語もあったはずだった。私はそれらを組み合わせて彼の話の内容を推測するほかなかった。

翌日、参加者向けのレクチャーの場で、私はチャンドラモハンの隣の席に座り、あなたが昨日パーティーの時に話していたことを、私は昨日理解していなかったが、あとになってちょっとわかったかもしれない、だからいま勉強している、もう少し待ってください、と言ったら、わかった、とチャンドラモハンはまた変化の少ない表情で言った。

数日後に私は、チャンドラモハンに日本の差別問題について私の知っていることを、できる限り客観的に、概説的に、英文で書いて、メールを送った。そして、あなたはこれらに関心があるかもしれません、と添えて、中上健次と島崎藤村の「破戒」のウィキペディアのページのリンクも送った。偶然なのだが、日本から持ってきた数冊の本のなかに、岩波文庫の『破戒』があった。私は彼にそれを見せることができるが、それはまだしていない。

翌日会った時に、チャンドラモハンは、メールを読んだ、ありがとう、と言って少し笑顔になった。彼の笑顔らしい笑顔を見たのはこの時がはじめてだったのだが、それはたぶん彼がその時にはじめて私に笑顔を見せたのではなく、彼の笑い方や笑った時の顔を私が認識できるようになったということかもしれない。

それが五日め頃までの話で、そのあと私とチャンドラモハンは、一緒に大学で開かれていた日本のお茶会のイベントに行ったり、本屋で出くわして一緒にホテルまで帰ろうとして道に迷ったりした。今度インド料理屋に一緒に行こうという約束もした。年下と知って驚いた頃には、聞き返したりわからないことも多いけれど、言葉を交わす機会は多くなっていて、私は彼の名前をスムーズに言えるようになった。チャンドラモハン、という名前は日本人の名前とくらべて長いので、覚えづらいし呼びづらい。特にドラモハンの部分がドラハモン？

ドモラハン？　とたびたび混乱した。発音も難しいが、ドラモハンをひと息で、勢いよく言うといい感じになるというコツをつかんで、うまく名前を呼べるようになった。ドラモハン！と早口言葉みたいに言う。そのためには最初の、チャン、の勢いも大事で、私の発音に沿って記してみると、チャドゥルモハン！　と早口で言う感じ。

チャンドラモハンのことを私はまだよく知らない。彼は時々、インドの、あるいはインド以外のいろいろな差別についての記事を参加者で共有しているチャットに投稿している。特に彼のコメントはないので、彼が関心を持った記事を共有しているのだと思う。私個人に宛てて、BBCが取材した日本の職業差別についての記事（日本ではなかなか目にしない踏み込んだ内容だった）を教えてくれたりもした。少し訊いたり調べたりしたところでは、現在のインドのカースト制度は地域などによっても事情が大きく異なり、ダリットの人が今もシリアスな差別を受けている場合もあれば、ごくふつうの生活を送ったり、社会的地位の高い人もいるそうだった。あなたの場合はシリアス？　と私が訊いたら、Yes、と彼は応えたが、あとで私は自分の質問が、過去形だったのか、現在進行形だったのか、自分でよくわかっていないことに気づいた。チャンドラモハンがこれまで彼の国でどんな生活をしてきたのか、そしていま、彼の国でどのような生活をしているのか。そしてそれが彼の創作とどんな関係にあるのか、たぶんいちばん大事なことについて私はまだ彼と話していない。

一方で、メールに絵文字を多用したり、お菓子をくれたり、ガールフレンドはいないが気になっている女性はいると教えてくれたり、彼のチャーミングな面を私は知った。昨日、彼は自分の愛称は、モハン、であると教えてくれた。だから私はたぶん今日から彼を、モハン、と呼ぶ。（言いやすい……！）

三週間はあっという間だったが、プログラムはまだ半分も終わっていない。私は他の参加作家たち、そしてチャンドラモハンと、あと二か月近くを一緒に過ごす。私たちはいま、だんだん互いのことを知りはじめている。なんとなく気の合うもの同士が一緒に行動することが多くなってきて、ゆるやかなグループができつつもある。チャンドラモハンはパキスタンの劇作家やモーリシャスの作家と一緒にいることが多いが、自由参加のイベントには来ないことも多く、マイペースだ。私とチャンドラモハンは、これからもっと親しくなるかもしれないし、ならないかもしれない。ここに書いたことは私とチャンドラモハンの関係の途中だ。もしもっと親しくなったら、私は彼についてもっと詳しくしか書けない。あるいはもしこれ以上親しくならなければ、むしろ、私が彼について書けることは、いまのこの文章よりも、きっと少なくなる。私たちはやがて別れて、多くのことを忘れる。私はチャンドラモハンと、そして他の作家たちと、やがて忘れてしまう私たちの過程の、途中にいまいる。

［初出：『ちゃぶ台』Vol.4（ミシマ社、２０１８年）］

Chandramohan

Chandramohan.

The name flows right onto the page, but it wasn't until about the fifth or sixth day that I could remember it, or say it without getting lost in the middle. I still couldn't tell you what his last name is. I am writing this on the twentieth day of the residency, and no one is really using last names anymore, so it is quite possible I will never learn it.

Something else I've only just figured out in the last few days: where exactly on the map of these vast United States it is that Iowa City, in the state of Iowa, in *America*, is located. I have felt for myself just how vast America is by trying it on for size—walking it, rolling across it by bus. It is vast. I was invited here to participate in the International Writing Program, a program in which writers from around the world are brought together for ten weeks, held each year at the University of Iowa in Iowa City. I arrived in Iowa in August, shortly after the end of the Japanese Festival of the Dead (Obon), and as I write this I have been here for nearly three weeks.

Naturally, all of the various explanations and announcements are in English, and often, I don't catch a lot of important things, or I misunderstand them. So many times, I don't understand the day's schedule, or I don't understand what is going on wherever we are. I am as helpless as a toddler, and I nervously rely on the people around me to get through the day.

Chandramohan is from India. The first time I talked to him was on the second day of the program, in Mary's office, when we were looking at the world map on the wall. I happened to be standing next to him, and, pointing a finger at Southern India, he looked at me and said, "This is where *I'm* from." I think that's what he said. He may have said other things in addition to that, but that's all I managed to catch. The writers have their various strong points and weaknesses, but I quickly sensed that communication in English wasn't a problem for any of them. I was the only one who struggled a lot with English. Most of the participants don't speak English as their native language, and their pronunciations really run the gamut, but Chandramohan's English was special even among that lot. I pointed at Japan, roughly around Tokyo, and tried to tell him, "This is where I'm from," but Chandramohan was already facing away from me and talking to someone else, about something else.

Later, we were wandering around town, getting a tour from the staff, and Chandramohan was walking next to me. "I like curry," I ventured. It was ridiculous, but it was the only thing I could say in English. *You said you're from Southern India. There are a lot of Southern Indian restaurants in Tokyo, and recently, even more have appeared.* I said something to this effect, but Chandramohan responded only with a short, "I see." I was . . . I don't know if I would say disappointed, but I realized I had been expecting a bigger response from him.

Chandramohan's hair is black and straight; he wears it as though it has been allowed to grow out after being completely shaved clean. It is always flattened against his scalp, the way hair gets when you wear a hat, but I have never seen him wear a hat, so I imagine that must be the way it grows naturally. His skin is a rich brown, and he has a mustache. He wears red frameless glasses. He is stout, with a round face and body, like a snowman. He always wears collared shirts. At parties he has worn leather shoes, but often he wears sandals made of blue rubber. It wasn't until much later that he told me that his favorite color is blue. A plastic loop is still attached to his sandals, although the price tag is gone.

On the author profiles, there is no mention of our birth years or ages; all I could do is try to guess how old the others were. I thought that among the participants Chandramohan must be the single oldest one, or at least close to it. It wasn't until later that I realized that he was thirty-two, younger than me. Until then, I had talked to him with all the reverence one has for people who are much older.

To mark the opening of the residency, there was a party to which not only the writers but also people from the university and members of the community were invited. There, I once again spoke with Chandramohan. He wasn't yet aware that I don't really speak English, so he said something to me in the same rapid English he used to talk to everyone else. I was able to pick out a fair number of words, but I had almost no idea what he was talking about. His accented English and his generally stoic nature conspired to make it even more difficult for me to follow him. Here again, I had no idea how he felt about what he was saying, or whether it was a serious matter or not. He wasn't laughing—so far as I could tell. And so, was it possible that he was angry? I worried that I was being castigated for something.

That evening, I went back to the hotel and read Chandramohan's profile in the program booklet we had been given. From that I learned that he is a Dalit, a member of the so-called untouchable caste in India. I started to think that what he had been telling me at the party had to do with discrimination, only because he had used the word "caste" a number of times when he was talking. But that still didn't get me any closer to figuring out what he had been saying. He had also used the phrases "in Japan" and "after the war" a number of times. I had interrupted him to ask, "Are you talking right now about postwar Japan?" and he had answered, "I am." He had used a few other familiar words: I thought "literature," "Japanese writer," and "religion" had also made appearances. There was nothing for me to do but piece them all together and try to guess at what he had been saying.

The following day, at a lecture for the writers, I sat down next to Chandramohan and said to him, "At last night's party, I didn't understand what you were telling me, but afterward, I think I understood it a little better. So now I'm looking into it—please wait a bit longer."

"OK," Chandramohan said, his face again expressionless.

A few days later, I sent Chandramohan an email in which I laid out for him in English, as objectively as I could, an outline of the problem of discrimination in Japan as I understood it. I also sent him links to the Wikipedia pages for the writer Nakagami Kenji [IWP 1982] and for Shimazaki Tōson's novel *The Broken Commandment* (Hakai, 1906). By complete chance, among the handful of books I brought with me from Japan was a paperback copy of *The Broken Commandment* published by Iwanami Bunko. I should really show this to him, but I haven't yet.

When I crossed paths with Chandramohan the next day, he said, "I read your e-mail—thanks," and smiled ever so slightly. This was the first time I saw him smile to the extent that I recognized it as a smile. It is possible that this wasn't the first time he had smiled at me, but rather, the first time I was able to perceive *how* he smiled, what his face looked like when he was smiling. The expressiveness of a person's face, whether it is animated or impassive, is a product of my ability to comprehend it.

That is where things stood five days into the program. After that, Chandramohan and I went to a Japanese tea-ceremony event being held on campus, and once we got lost together on our way back to the hotel from the bookstore. We have also promised we will go out for Indian food soon. And I was surprised to learn that he was younger than me. By now we were talking more and more. I missed a lot of what he said, or I had to ask him to repeat himself, but at least I learned to say his name smoothly.

Compared to Japanese names, "Chandramohan" is long—it's hard to remember and hard to call out to him. I kept getting the "-dramohan" part mixed up. "Drahamon"? "Domorahan"? It's difficult to pronounce, but so satisfying to be able to declaim it in a single breath. Getting "-dramohan" right was my key to getting his whole name right. Dramohan! I say it as though it's a tongue-twister. But you also need to pronounce the opening "Chan-" with equal verve. If I were to write out what his whole name looks like when I say it at full speed, it's more like, *Chadurumohan!*

There is still so much I don't know about Chandramohan. Sometimes he posts articles about discrimination in India or other places to group chats among the IWP writers. He has sent things only to me, such as a BBC report on discrimination in Japanese hiring practices (this is the kind of thing that you don't hear much about from the Japanese media). From what I have heard from him and what I have been able to research, the caste-system situation can be entirely different depending on where you are in the country. There are Dalit people facing serious discrimination, but it also appears that there are others living completely ordinary lives, or who are even of high social status. "What about your situation?

Serious discrimination?" I asked him, and he answered, "Yes." Later I noticed that even though I was the one asking the question, I had no idea whether it had been in the past tense or the present progressive. Tense in the Japanese language can be rather ambiguous, and I carry that ambiguity over into my English. What has Chandramohan's life been like in his own country up until now, and what is his life like there now? And I have yet to talk with him about what might be the most important question of all: What is the relationship of that life to his writing?

On the other hand, I know a lot about his charming ways: he uses a lot of emoji in his emails, he gives me sweets, he tells me about the type of women he likes. The other day, he told me that his nickname is "Mohan." I think from this day forward I will be calling him Mohan—it's so easy!

These first three weeks have flown by, but we still have more than half of the program yet to go. I will spend almost another two months with the other writers and Chandramohan. We are just now starting to really understand one another. People have started to do things with the writers with whom they click, and loose groups are starting to form. Chandramohan spends a lot of time with the playwright from Pakistan and the writer from Mauritius. But he is free-spirited, and is often absent from the non-mandatory events.

It remains to be seen whether Chandramohan and I will grow closer or not. As I write this, we are still in the middle of figuring out our relationship. If we do grow closer, I will be able to write about him in ever more detail. If this is all the closer I get to him, however, I will never be able to write anything more about him other than what I have said here.

In the end, we will go our separate ways, and forget a great many things. I am writing this in the middle of everything with Chandramohan and the other writers, in a moment along the way that we will all inevitably forget.

Translated by Kendall Heitzman (abridged for Shambaugh House reading on Oct. 19)

III

2018.9.20～10.5

9月20日（木）　33日目

八時起床。小雨、少し散歩。夜降っていた雨で、ホテルの前の川の水量が増え、歩道脇の芝生が水に浸り、歩道にも迫っている。何年かに一度洪水になるそうだが、日本の川のように堤防はない。

この水は結局その後私たちがアイオワを離れるまで引くことはなかった。ひと月後の大雨では、歩道が浸水してとうとう通行止めになった。

プログラムがはじまって、つまり私がアイオワに来てひと月がたった。ここ数日、作家たちはひとりの時間をつくりはじめているように思う。知らなかった者が二十八人も集まっての共同生活に、みんな少々疲れている。これまでは、ホテルの二階のコモンルームに行けばたいていいつも誰かがいて、つまり行けば自ずと誰かと話すことになったが、最近は誰もいない時間が増えた。私も例外ではなく、お湯を使いにコモンルームに行ったときなど、誰もいないと少しほっとした。

朝食後、図書館へ。昨日も気温が低かったし朝は空気がひんやりしていたので、あたたかい格好で出てきたら日が出てきて一気に気温があがり蒸し暑い。図書館では二階のアジアの本のコーナーの窓際の席をいつも使った。窓から、鉄道のレールが見える。レールは川の方へ延び、川向こうへもつながっているが、列車の姿を見たことはなかった。はじめの頃、夜中に列車の汽笛の音が聞こえた気がして、何人かのライターに、列車を見た？　なんでレールがあるのに列車が走らないのか不思議なんだけど、と訊いたが誰も列車を見た者はなかった。幽霊列車じゃない？　と言ったひともいた。一度、プログラムのスタッフのアリーと線路の脇を歩いているときに、この線路は使われているの？　と訊いたら、アリーはなにか教えてくれたが、アメリカ人の英語は私は全然聞き取れないのでなにを言っているのかさっぱりわからず、そのうちわかるだろうと思っていたが、結局あの線路がなんだったのかは最後までよくわからないままで、列車も一度も見なかった。最後の方は、列車が通らないのをあまり不思議にも思わなくなっていた。

図書館で日本から持ってきたヴィム・ヴェンダース『リスボン物語』のＤＶＤを観る。「PINTSCOPE」というウェブではじまる映画についての連載の初回原稿のため。渡米前に受けた仕事がこちらに来て重なってしまい、なんだか日本にいるときより忙しい。自分の無計画が悪いのだが。

昼過ぎ、ホテルに戻る。教会の横でベジャンとジーナが立ち話をしていた。このふたりはロベルトといつも一緒にいるが、ロベルトはいまピッツバーグのイベントに行っていていない。今日はジーナの誕生日。

ホテルの部屋に荷物を置き、暑いので着替え、昼を食べに出る前にコモンルームに寄る。今日は地元のカメラマンのトーマスがライターたちのポートレイトを撮るためにホテルに来ていた。トーマスはオープニングパーティーで少し話して、毎年ライターのポートレイトを撮っていると言って、去年撮った藤野さんの写真を見せてもらった。ただ、それが彼の仕事なのかなんなのか、彼が大学の関係者なのかなんなのかも全然わからないままだった。で、いまもわからないのだが、たぶん彼は地元のカメラマンで大学内のひとではない。そして私は、そういうよくわからないひととよくわからないまま接することにだいぶ慣れてきた。

この街に暮らしているということは大学のなかに住んでいるようなもので、大学のプログラムやイベントも一般市民にかなり開かれているし、このＩＷＰ以外にもしょっちゅう大学の招きでいろんなライターやアーティストがゲストで来て、そういうひとたちがローカルのひとと交流する機会が自然と発生する。キャンパスが街なかに分散しているので、物理的な意味でも来訪者は大学内に留まりようがない。日本の、特に東京の大学では、なかなかこういう状態は考えにくいように思う。

たとえばホテルのコモンルームにはときどきチャックというおじさんが新聞を持ってきてくれるのだが、チャックもたぶん大学の職員ではなくて、しかし彼の仕事がなんなのかやはり私は知らない。たぶんどこかで自己紹介されたり、誰かに説明されたりはしているはずだが、私はその情報を聞き逃し、そしてそのままひと月がたち、いまではチャックと会えば、ハロー、チャック、と挨拶もするし、あれこれ話したりもするのだが、なぜ彼がホテルに新聞を持ってきてくるのか私にとっては謎のままだ。

このプログラムには、そういうかかわり方をしているひとがたくさんいて、正式にプログラムスタッフとしてクレジットされているひとも、全員が大学に所属しているわけでもないと思う。そういう、誰がどういうひとなのか、どこのひとなのか、ということがわからないことにもうすっかり慣れて、慣れたがゆえにずっとわからないままだ。柴崎さんの本の「とうもろこし畑の七面鳥」に出てくる「チャック」はあのチャックのことだ、と思い至ったのは、たしかプログラムが終わって日本に戻ってからだった。

いまはエマンとハイファ、ファイサルが順番に写真を撮ってもらっていた。写真を撮ってもらいたいひとは適当にコモンルームに集まってくれとのことだった。

私もあとで撮ってもらうことにして、ダウンタウンへ。外はすっかり夏の陽気になった。前に行ったAKARという店で、ジーナに自転車のピンズを買った。ジーナはサイクリストで、ここでも誰かからクロスバイクを借りて時々乗っていた。そのあとマサラに行ってひとりでランチビュッフェ。欲張って食べすぎた。酒屋でビールを買ってホテルに帰る。

コモンルームに行くとバイサが写真を撮ってもらっていて、カイ、チョウ、アドリアーナがいた。チャンドラモハンとヤミラも来た。さっき見た『リスボン物語』の話をみんなにしてみたが、ヴェンダースは知っていてもその映画は誰も観たことがなかった。その流れで、エクアドルのアドリアーナとアルゼンチンのヤミラはスペイン語話者なので、こちらに来る前に書評を書いたポルトガルのジョゼ・ルイス・ペイショットの『ガルヴェイアスの犬』の話をしてみるがポルトガル語はほとんどできない（そのできなさがどのくらいなのか私にはよくわからないが）し、その作家も知らないという。アドリアーナは、でも覚えておいて読んでみたい、とメモをしていた。

アドリアーナは心理学者でもある。それが関係しているのか、彼女の立ち居振る舞いはいつも毅然としていた。おそらく英語力がひじょうに高く、そのため彼女の英語はひじょうに速く、アメリカ人の英語と同様に私には聞きとりづらかった。そのせいもあって、これまで彼女とはあまり多くのコミュニケーションがとれていなかった。年齢ははっきり知らないが、おそらく参加者の女性のなかでは彼女がいちばん若かった。彼女とはプログラムの最後の方でアウシュラとバイサを通じて思いのほか親しくなって、いろんな話ができるようになったのだけれど、この頃にはそんなふうになれる気が全然していなかった。ひと月もたつと、親密になっていく関係がある一方、近づかないまま固まりはじめる関係もあって、アドリアーナもそのひとりだと思っていた。

カイは、古本屋で鰐の装画の本を買ってきた。台湾の邱妙津の『ある鰐の手記』の英訳。ジーナの誕生日プレゼントだそう。『ある鰐の手記』は九〇年代に書かれたレズビアンの女性が語り手の小説(作品社による『台湾セクシュアル・マイノリティ文学』というアンソロジーに日本語訳がある)で、邱妙津は若くして自殺してしまった。ジーナは少し前のパネルで性的指向を含めた様々な個人の属性にまつわる話をした。カイの選書はそれに呼応してのもの。

トーマスに写真を撮ってもらい。私が最後だったので、お疲れさま、とコモンルームの冷蔵庫に残っていたビールを一緒に飲む。

コモンルームに来たバイサに、先日話した『新潮45』の話の補足に、杉田議員の記事内容についての英字の記事を見せて説明する。

部屋に戻って、明日のパネルの原稿の確認。私が日本語で書いた原稿をケンダルさんの生徒であるアレクサさんが翻訳してくれたので、明日午前中に会って読む練習をしてもらう約束をする。夜、「ピントスコープ」原稿。九時から、コモンルームでジーナの誕生祝い。今日はベジャンが主催で、おいしいケーキを用意していた。マリアンヌも来た。九月は誕生日のひとが多く、誕生日パーティーが立て込んでいるのだが、今日もさながらダンスパーティーに。音楽をかけるときは、ホテルの誰かの部屋から備品のラジオ付きアラーム時計を持ってきて、それをパソコンに接続して音を鳴らしていた。そうするとパソコンのスピーカーよりもでかい音が出る。この日は「Beat It」「Holding Out for a Hero」「Modern Love」と往年のナンバーでみな踊っていて、ディスコかよ、という状態。

9月21日（金） 34日目

七時起床。「ピントスコープ」原稿、送稿。パネルの準備。十一時に出。曇天、今日は気温が低く、今週は寒暖差が激しい。約束したブレッドガーデンでアレクサと会い、一時間ほど原稿の朗読の練習をしてもらう。十二時、パブリックライブラリー。月曜のクラスでもゲストだったクリス・アバニ氏、ヤミラ、カイ、アマラとともに「Works in progress」（「進行中の作品」）というテーマで順番に話す。

私は講談社『本』で連載している「長い一日」について、エッセイのつもりではじめた連載がいつの間にか小説になってしまった、という話をした。なかなかよい反応。質疑応答はケンダルさんの通訳にかなり助けてもらった。

終わったあと、奥さんが日本人でご自身も早稲田大学で勉強したことがあるというアイオワ在住の車の修理工のジム・ニシダさんというひとが感想を言いに来てくれて、名刺をくれた。時間があったら飲みましょう、とのこと。

大勢でSosekiへ。ケンダルさんやマックも一緒に。クリス・アバニも来て、魚のTERIYAKIを食べていた。車の運転などでプログラムのサポートをしてくれているアンドレといろいろ話す。ベジャンがパネルの質疑応答のとき私に、あなたは小説をどう終わらせるか、という質問をしてくれて私は、どう終わるかは終わるまでわからない、勝手に終わる感じ、あ、終わったと気がつく感じ、みたいなことを答えたのだが、アンドレとその続きのような話をする。自分では終わらせたくない感じ、関与したくない感じ。アンドレは犬を飼ってる。彼も奥さんも日本に行きたいけど、犬がいるから一緒には行けないので、犬を奥さんに預けてひとりで行く、と言って笑った。例によってアンドレがどういうひとなのか、なぜこのプログラムのサポートをしているのか（たとえばそこに賃金的なものは発生しているのか）などを私はよく知らないで話している。ので、アンドレが私の話にどういう角度で興味を持っているかわからないで話している。しかし、こちらに来てからはたいていの会話がそういう五里霧中みたいな状態のなかで進んでいる。子どもの頃に、大人同士の話が理解できないまま、それを聞いたり、そのなかに混ざったりしていた感じに少し似ている。ちなみにあとになってわかったのだがアンドレも地元のライター（か翻訳者）だったので、マリアンヌと同様に地元のライターとしてこのプログラムのサポートをしているのだった。

そのあとカイとアラムとジャバハウスへ。珍しく、小説のテクニカルな話になり、人称のことなどを互いに話す。マックが別の席にいて本を読んでいた。途中でアウシュラも店に来て、別の席で仕事をはじめた。カフェにいると、たいてい知り合いがいて、ハイ、と手を振ってそれぞれ仕事をしたり本を読んだり話をしたりする。それがこの街のサイズである。アウシュラはリトアニアのウェブマガジン用に「アメリカ日記」を書いている。なぜアイオワ日記でなくアメリカ日記かというと、彼女はこのアイオワでのプログラムのあともアメリカに残り、テキサスかどこかの別のレジデンスに参加するので、そこまで含めた記事になるからだそう。こちらに来てちょっと驚いたのは、他国のライターたちの多くが、いろんな国のレジデンス（単にresidenceと略称的に言われることが多く、日本語だとちょっと意味がとりづらいが要はこのＩＷＰのような滞在型プログラムのこと）に参加していることだった。期間も待遇も手続きもそれぞれだが、自分で申し込んだりするものも多く、日本のライターからそういう話を聞くことは少ない。

ジャバハウスを出たあと、カイとアラムはセメタリー（墓地）に行くと言った。ダウンタウンやキャンパスの中心からは少し離れたところにあるセメタリーはアラムのお気に入りの場所で、しょっちゅう行っている。アラムは歩くのが好きで、前に訊いたら今日は一日中歩いてた、たぶん、二十キロくらい歩いた、と言っていた。私は寒いし夕方のクリス・アバニの朗読に行きたかったので行かないことにして、シャンバウハウスまで一緒に歩いて、歩きながらカミュの話や信仰の話をした。誰も信仰を持っていなかった。

シャンバウハウスのテラスにはブランコがあり、そこで今日のヤミラのパネルのテキストを読んだ。スタッフのサラがいて、私は来週の朗読についてサウニアに確認したいことがあったので、なかにサウニアがいるか訊いたがいないらしい。サラの英語は速くて私にはほぼなにも聞き取れないが、いるかいないかぐらいはどうにかわかる。

シャンバウハウスのはす向かいの家みたいな小さな図書館で五時からクリス・アバニの朗読。途中、感極まって涙しながらの朗読だった。やはり残念ながら意味はほとんどとれない。しかし大きな体に一見怖そうな風采の彼の話や朗読はいつもとても優しく、意味だけ空欄のまま声や佇まいは強く印象に残った。物書きが他者に与える第一の情報は言葉とその意味に違いないが、言葉の意味がわからなくても結構な情報が残る。そのあと一年経っても、私は彼の話した内容や朗読の内容をわからないままだが、彼が私の前で話し、作品を声に出して読んでいるその姿と、それを聞いている自分のことを思い出せる。

朗読に来ていたジャクリーンが、終わったあと私とアウシュラのところに来て、自分はまだ一度もフォックスヘッドに行っていないので行きたい、と言った。もちろんだ、ぜひ行こう、と、ヤミラも誘って四人でバー・フォックスヘッドに歩いた。今日は風が冷たく、みんな厚い上着を着ている。ベジャンやジーナと同様ジャクリーンは参加者のなかでは年長の方だったが（五十一歳という正確な年齢はずいぶんあと、たしかワシントンで一緒にいるときに聞かされて知ったのだけれど）、ベジャンたちと一緒にいることは少なく、ひとりでバーに行くようにも思えなかった。そこに彼女の「ふるえ」が関係あるようにはあまり思わなかったが、まったくないとも思えない。たとえばこの日バーの高いカウンターから、小柄な彼女がふるえる手でビールのジョッキを受け取ってテーブルに運ぶのは難しかったから、私やアウシュラが代わりにそれをした。

フェイスブックの投稿を見ると、ジャクリーンはひとりで行動したり、大学内やアメリカのほかの地域の誰かと取り付けたアポイントをこなしていることも多かった。ひと月が過ぎて各々ひとりの時間が増えたなかでそれは特に目立ちも気になりもしなかったけれど、みんながたびたび足を運び、どうやら例年このプログラムのライターたちの行きつけになっているフォックスヘッドに行ってみたいとジャクリーンは思っていたのだ。

彼女がアウシュラを選んでその意を告げた理由が私にはよくわかる気がした。ライターたちのあいだに緩やかなグループができあがるなか、リトアニアのアウシュラはモンゴルのバイサ、台湾のカイ、香港のチョウ、日本の私と一緒にいることが多く、私にとっても一緒にいる時間が最も多い、つまり仲のいいひとりだった。それが意識的なものか自然なことかはわからないが、アウシュラは東アジアの私たちと過ごしつつ、ほかのライターやグループとも距離を置かず、人間関係を固着させないよう気をつけているように見えた。私はそのアウシュラの志向にひそかに共感しつつ、しかし私の英語力ではすべてのライターとスムーズにコミュニケーションがとれるわけではなく、だからアウシュラの動向をときどき興味深く観察していた。台湾のカイもたぶん同じことを考えていたかもしれなくて、彼も機会があるとほかのグループのライターともとても上手にコミュニケーションをしていた。私は（おそらくカイも）アジア圏の人間だけが自然と集まりがちになってしまうことに、いくらか居心地の悪さを感じる瞬間があった。そんなとき、そこにアウシュラがひとりいるといないとではずいぶん気持ちが違ったし、アウシュラのボーダーレスな振る舞いに救われるような気持ちになることもあった。ジャクリーンともアウシュラは時々一緒に行動していた。それでジャクリーンはアウシュラにフォックスヘッドへの同行を頼んだのだ。

で、ジャクリーンとアウシュラ、ヤミラと一緒にフォックスヘッドに行った。ヤミラは先に帰ったが、入れ替わるようにマリアンヌが来て、四人でビリヤードをした。あとになって、イヴァとダンが来た。九時くらいまでいて、アウシュラとジャクリーンとホテルに帰った。ジャクリーンはホテルの入り口ではなく、ホテルとつながった隣の学生組合の建物から入り、そのエレベーターで四階に上がる。そして通用口から部屋に行く方が近いのだ、と言うので同じ四階の私は一緒についていった。そんな通路があるとは知らなかった。部屋のカードキーでホテルへの通用口を開けるときに、ジャクリーンは子どもみたいに、私の秘密の通り道、と言った。

9月22日（土）35日目

八時起床。サンドイッチをつくって部屋で朝食。ホテルの前の広場で舞台やモニュメントが設営されている。アメフト関連のイベントらしい。テレビの中継やチアリーディングなどをやっていて、ひとが大勢集まっていた。

44-3780

今日はジャクリーンがマリアンヌに車を出してもらい、ダビュークというミシシッピ川の近くの地域にドライブするそうで、行くと言っていたアマラがドタキャンしたので空きがあるから来ないかとファイサルから連絡が来た。が、疲れていたのと詳細がよくわからなかったので私は行かないと応えた。

昼、モハンからインディアカフェにランチに行こう、とテキストが来て、一緒に行く。ウマルとチョウも一緒に来る。カイとアラムもジャバハウスにいたので、途中で合流。が、インディアカフェは閉まっていた。ので、街のもう一軒のインド料理店であるマサラに行くことに。ウマルはマサラは好きじゃないので渋々。マサラもインディアカフェと同じくランチは食べ放題のビュッフェで、約十ドル。インドのモハン、モーリシャスのウマルはインディアカフェ派だが、ドバイのエマンとヨルダンのハイファはマサラ派で、やはり自国に近い食べ物にはみな好みが厳密さを増す。ダウンタウンに何軒かある中華にしても、私はどこもたいていおいしいが、香港のチョウも台湾のカイも、あの店のはちょっと……、みたいなことを言う。私もアメリカのスシとかTERIYAKIにはさすがについ注釈を挟みたくなる。モハンに、アメリカのインド料理はインドのと違うでしょう、と訊くと、マサラにしてもインディアカフェにしても、アレンジされててインドのカレーとは違う、と言っていた。

前にモハンにふだんの食事について訊いたことがあって、彼はひとり暮らしだが自炊は全然せず、朝昼晩ホテルで食べると言っていた。彼の住むコーチという街にはホテルがたくさんあって、おいしいし値段も安いから、そのときどきの気分に合わせて場所を選び外食する。

海沿いの街なので魚の料理が多い。へー、ホテルで、と私はホテルのラウンジとかレストランみたいなところで食事をする彼を少し意外さとともに想像していたが、その後インドではhotelは食堂という意味だと知った。

モハンの話し方からして、彼はあまり食べ物にこだわりはなさそうだったが、そういうひとの方が少なかった気がする。多くのライターは、どこかでなにか食べるたびに、Not goodとかBadとか厳しく言評し、あっちの店はいいがこっちの店はだめだ、みたいな比較もよくなされた。私はわりとなんでもおいしく食べられるので、こちらに来たばかりの頃はちょっと意外に感じた。そして他人のこだわりはときに理解できず、なにをおいしいと感じるかももちろん一致しない。味の好みは住む場所が違えば当然違うわけだが、それなのに店や味の評価になるとしばしばみな語調が強く、断定的になりがちなのもおもしろかった。

ベジタリアンも多かった。そのなかにも、魚や海老は食べるペスカトリアンもいれば、魚介も食べない、というひともいた。アイオワシティのダウンタウンでも、シカゴでも、このあと行くことになるワシントンでもニューヨークでも、見た限りほとんどのレストランや食堂ではベジタリアンに完璧に対応していた。対応というのは必ずしもメニューがあるということではなく、ベジかそうでないかの説明ができるという意味で。たぶん、日本のお店で、動物性のものを使っていないか、と訊かれて即座に返答できるところはまだなかなかないと思う。見た限り聞いた限りだが、ベジタリアンには豆腐が人気で、食事に行くと、日本語とは違うTofu（トフと聞こえる）という言葉をよく聞いた。

イスラムのハラールも同様で、ドバイのエマンとヨルダンのハイファは、ムスリムだから豚肉は食べられないしお酒も飲めない。誕生日のお祝いなどでみんなでお金を出しあうときも、彼女たちからはお酒の分をのぞいた額をもらった。お酒を買うことも禁忌なのだ。パーティーなどでお酒を飲むひとがいる場にふたりが同席することはあった。けれど思えばそんなに多くはなく、ふたりはいつも一緒に行動していた。彼女たちは、大半のひとがその禁忌を共有しないグループのなかにいることが窮屈だったろうか、と思いかけるが、それも浅はかだろう。私が思う禁忌と、それを宗教的な行動としているひとの禁忌とは同じではない。

違いは味とか食材だけではない。いつだったかアウシュラとコモンルームでなにか食べていたときに、彼女が塩のボトルを見て、これは iodized されてる塩だ、と言ったことがあった。意味がわからないので調べたら、ヨウ素を添加してある塩ということだった。と言われても、塩にヨウ素を添加？ とピンとこない。それでおいしくなるの？ とアウシュラに訊いたら、たぶんあなたたち日本人は海産物をたくさん食べるからその必要がないんだけど、食べ物からヨウ素を摂取する機会がほとんどない国ではこうして添加する必要がある、と教えてくれた。それを聞くまで私はそんなこと知らなかった。彼女はベジタリアンなのだが、いつも塩や醤油を料理にたくさんかける。それを見て、そんなにかけたら体に悪いのでは、と私は思っていたが、肉を食べるひととそうでないひとでは塩分の摂り方も違ってくる。

好みや好き嫌いとなれば、誰もが多かれ少なかれ我慢をしたり、アメリカの食に合わせていくほかない。手に入る食材は限られていて、ホテルでは自炊もできない。毎週火曜日のオープンキッチン（街のオープンスペースの調理場を使える）をよく使っていたのは、エマンとハイファ、アウシュラとナイジェリアのアマラで、私は結局一度も行かなかった。ここでとれる食事にまったく不満がないわけではなかったけれど、一度も風邪もひかず、体調を崩すことはなかった。たまに食べたくなったけど簡単に食べられなかったのは生魚くらいで、日本的なご飯＋温かいおかずという食事への欲求はダウンタウンに何軒かあった中華料理屋で満たすことができた。

ランチのあと、モハンとチョウと古本屋に行くことに。ダウンタウンの外れにある、ホーンテッドブックショップという古本屋。新刊より安く、品揃えもいいので、誰かがここはいい、と発見してその噂が広まってから、ライターたちはこの古本屋にたびたび通っていた。私は場所がよくわからず今日初めて来た。店には猫が二匹いる。モハンはレジの前の詩のコーナーの床に座り込んで、長時間本を読んでいた。チョウは先に帰り、私たちも帰ろうという頃にカイとバイサが来た。私とモハンは二時間くらいいて、モハンは七冊くらい詩集を買った。

モハンと一緒にホテルに帰る。買った詩集を見せてもらう。気温はそれほどでもないが、日差しが強く歩いていると暑い。ホテルの地下の店でコーラを買い、部屋で「長い一日」原稿。進まない。少し昼寝。昼飯を食べすぎた。

夜、早めに風呂に入り、サラダをつくって食べながら飲む。九時、イヴァから「Beer?」とバーへの誘いのテキストが来たが、スキップ。

9月23日（日）36日目

午前「長い一日」原稿。昼、モハンがまたインディアカフェに行こうと言うので、行く。ウマル、アリ、ファイサルが一緒。今日は開いていた。ビュッフェはつい欲張って食べすぎてしまう。

近くの駐車場のような場所で、小さなお祭りみたいなのをやっていた。ラテンアメリカのなにかのお祭り。ファイサルと少し見て、このあとどうする？　と話し、私は夕方の朗読会まで図書館で仕事する、と言ったらファイサルもじゃあ自分もそうする、と言うので、パブリックライブラリーに行き、ふたりで机に向かい合って仕事。こんなふうにほかのライターと一緒に仕事をする機会は日本ではない。学生の試験前の勉強みたい。四時、プレイリーライツの朗読。ファイサルは結局朗読には来ずホテルに帰った。

夜、映画。イスラエルのテヒラとマケドニアのルメナが推薦した『Gett: The Trial of Viviane Amsalem』というイスラエルの法廷映画。ユダヤ教の離婚調停の話。やはり細かい内容はとれないが、宗教的な慣習で調停が一向に進まないのはわかるし、画と編集がよいのでそれだけでも見応えがあった。上映後の質疑応答は紛糾し、サラが少々ヒートアップしたのだが私にはやはりやりとりの詳細がわからない。終わったあと、ホテルに寝泊まりしていないサラは川の向こうの家に帰るが、一杯ビールを飲まない？　と誘うとコモンルームに来たので一緒に夕方買ったビールを飲む。映画の話の続き。イヴァがいつものようにイアフォンでなにか聴きながらパソコンでなにか書いていた。バイサがスープクッカーで夕飯をつくくりにやってきた。テヒラもやってきて、一緒にビールを飲んだ。映画のよくわからなかったところなどを教えてもらう。それでも私の理解は完璧ではない。

テヒラとはプログラムの二日目頃に、朝食の部屋で話した。名前を教え合い、Tehila はテキーラと同じ感じの発音でOK、と言われた。最初に話した相手だったからそのやりとりが印象強かったし、私にとっては名前を覚えるのが早かったひとりだった。私たちは変わった、顔も変わった、とテヒラはこのプログラムがもうひと月も過ぎたことの感慨を述べた。私もそれを感じていたから、同意を示した。

私はここに来た最初の日は、本当に混乱していた、とテヒラは言った。覚えてる？　最初の日の自己紹介のときに、私は突然泣き出してしまった、自分でもなぜだかわからなかったけど。

私はそれはもちろん覚えていたし、もしかしたらテヒラはなにか泣くに足る理由を語って泣いたのであり、私がそれを理解できていなかっただけかと思っていたが、そうではなかったのだとこの日知った。全員知らないひとばかりで、これから三か月近くここで過ごさなくてはならない、それを思うと、なんだかよくわからないが、たぶん不安と寂しさで、涙が出てきたんだと思う、とテヒラは少し笑って言った。

ひと月前、自分ひとりが極端に英語のできない私は、まわりのひとたちが自分より強く、たくましいひとに思えたが、そうではなくみんなそれぞれに緊張と不安を抱えながらこの場所にやってきていたことがいまはよくわかる。テヒラの言う通り、私たちの顔は変わった。

はじめの頃の彼らの顔を思い出すと、みな強ばっていて、けれどもいまはそれがとてもほぐれて、柔和に、豊かに、いろんな感情を表すようになっていた。それでも私の観察はもちろん、全然、十分じゃない。テヒラが兵役の経験や、エンジニアとして働いている職場での、とりわけ女性にとって厳しい環境などについて、私は彼女がみんなの前でいろいろの機会に話してくれたそれらのことの詳細を理解できていない。彼女の混乱や涙には、それら私がつかみきれていない背景もたしかにある。それでも、こうしてひとりのひとにとってひとつ新しいことを知り、わからなかったことがわかるようになることは、ものすごく大きなことで、私はテヒラのことをさっきまでよりもずっとよく知れたように思っていた。

部屋に戻り、『新潮』の柴崎さんとの対談原稿のゲラ。

9月24日（月） 37日目

午前「長い一日」原稿。

午後、ＩＬＴのクラスの前になにか食べようとモールへ。チャイナスターという中華料理屋。来て間もない頃、アウシュラと長い散歩のあとに惣菜をテイクアウトした店だが、ランチに来たのは初めて。肉と野菜の辛い炒め物を頼む。ランチだと六ドルほどで山盛りご飯もついてくる。野菜も多くておいしい。香港のチョウから、前年の参加者があそこは脂っこいのでほかの中華料理の店の方がおいしいと言っていた、と聞いてこれまで避けていたが、私にはその微妙な違いはわからず、うまい。

三時半、ＩＬＴクラス。今日はアマラ（ナイジェリア）とエマン（ドバイ）とダン（ルーマニア）とヤミラ（アルゼンチン）。ダンは高校の先生なので学生たちの前で話すにも場慣れしている感がある。その場ではいろいろと思うことや気づくことがあって楽しいのだが、図書館のパネルと違い各人がほぼフリースタイルで話すこのクラスは、私には内容を追いきれない細部も多く、あまり整理された状態で内容を持ち帰れない。記録ができない。

終わったあと、ホテルに戻り原稿。

七時頃、きりのいいところでダウンタウンに出る。ファーマシーでトマトジュース、酒屋で酒を買う。日本にいるときより野菜不足の感が常にあるので、トマトジュースを部屋の冷蔵庫に常備しておき毎朝飲むようになった。ファーマシーで売っているＶ８というブランドの low sodium（低塩）の大きいボトルをよく買った。酒は六缶セットのビール、それからウイスキーのボトルを部屋に備えていた。アメリカはローカルのクラフトビールが種類もたくさんあって値段もそう高くない（六缶で十ドルくらい。もっと安い銘柄もある）。いちばんよく買ったのはよく行った酒屋にあった BIG GROVE BREWERY というアイオワのブリューワリーの缶ビールで、何種類かあるのを適当に変えたりしながら飲んだ。ウイスキーはふだん飲まないのでいつも適当に選んだ。部屋に置いておいたが、しばしばコモンルームに持ち寄って飲むので、結構すぐなくなる。

夜、「長い一日」送稿。その後明日からの旅行の準備。廊下でパキスタンのアリに会い、明日の旅行で向こうに着いたら一緒に劇場に行かないか、と言われたので、いいよ、と応える。アリはひげをたくわえた劇作家で、よろこんだり話したりするのも芝居がかった感じがして、最近は私を見ると執事のようなポーズでお辞儀をして見せる。それを日本式と思っているのか、ただおどけているのかわからないが、私も同じポーズをして返すようにしている。

9月25日（火）38日目［ニューオリンズ1日目］

朝五時にロビーに集合なので、四時過ぎに起床。ネットで『新潮45』の休刊の報を見る。荷物を持ってロビーに降り、カイがいたので、Shincho45 is gone. と言ったら、うむ、というような表情をした。雲もあるが満月が明るくとてもきれい。車に分乗してシーダーラピッズの空港へ。みな眠いので静か。移動するにつれ濃霧、視界がない。

今回の旅行はニューオリンズに行くグループとシアトルに行くグループがあり、私はニューオリンズを希望した。シーダーラピッズの空港はとても小さい空港で直行便はないので、まずは全員でシカゴへ行き、そこでニューオリンズ組とシアトル組に分かれる。

私の前にセキュリティチェックを通ったアリが、バッグのなかを細かく確認されているので後ろで待つ。アリのバッグからはバナナや袋に入ったパン、使いかけのコーヒーの粉などが出てきた。何事も感情表現過多めに見えるアリは、こういうときの表情もものすごく困惑して見えるので見ている方が心配になる。横で見ていたスタッフのサラが、呆れたように笑いながら、なんでこんなの持ってきたの、と言ったが、アリは泣き出しそうな顔をしてチェックする空港職員の様子を見ている。どうにかチェックを終えて、慌てて搭乗ゲートに向かうアリのナップザックのひもがねじれまくっているので後ろから直してあげながら、ねえなんでコーヒーまで持ってきたの、旅先でも手に入るのに、と訊いたら、ユウショウ、コーヒーは大事だ、とアリは言った。そういえばたしかに彼はいつもコモンルームでお湯を沸かし、コーヒーを丁寧にいれて飲んでいた。アリのチケットを確かめたら私とアリはシカゴから先は別の飛行機で、アリはシアトルに行くらしい。昨日、旅先で一緒に劇場に行こうと約束したのだが、私たちの行き先は別だった。もっともアリはそんなこともう忘れているっぽい。相手にもよるが、明日ここに行こう、とかの口約束は次の日になるとなんの連絡もなく流れたりすることが珍しくなく、最初のうちはしばしば翻弄された。そこには私が気づいていないだけで、もし明日気が向いたらね、みたいなニュアンスがあったのかもしれない。だんだんこちらも怪しい約束は話半分に聞くようになってきた。

シカゴ行きの飛行機にいったん搭乗したが、霧のせいでなかなか出発せず、結局みんな一度ロビーに戻って床に座ってコーヒーを飲んだり、なにか食べたりして待つことになった。窓から見える滑走路は霧で真っ白だった。ダンが煙草が吸えないことを嘆いている。空港内には喫煙室のような場所もない。どの便も同様に遅れていて、近くのゲートでも大勢のひとが待っている。そのなかに先日太平洋地域の関係者のパーティーで会った大学の西さんがいたので声をかけてしばし話す。知り合いのお葬式があってアトランタに行くのだが、やはり遅延で足止めされているとのこと。先日会ったあとにダウンロードしたという電子書籍の『寝相』をスマホで読んでくれているところだった。

二時間ほど待って霧がおさまり、ようやく出発。二時間ほどでシカゴ着。乗り継ぎ便の時間が迫っているので急いで降りていくシアトル組とは機内でお別れ。ニューオリンズの乗り継ぎ便はもう間に合わないので別便に変更になった。待ち時間でてんでに朝ご飯とお昼を兼ねた食事。四、五人でハンバーガー屋へ。チーズバーガーを頼む。おいしいがポテトが大量についてきて食べきれない。その後乗り継ぎ便のロビーで「ピントスコープ」の原稿の直し。ニューオリンズ行きの機内でも原稿。カイに、働き者、と言われる。

ニューオリンズは蒸し暑かった。空港からは貸し切りの小型バスでホテルへ。ホテルはフレンチクォーターにあるコロニアル様式の古い建物で、ヤシの木や白いテーブルセットの置かれた中庭を囲むように回廊があった。ジーナが隣の部屋で、チェックインしたあとに回廊で会ったので、夜一緒にご飯とライブを観にいく約束をした。カイやアウシュラからも夜のプランを確認する連絡があったので、みんなで六時に待ち合わせすることに。アウシュラから、変な音楽が聞こえない？　とメールが来て、たしかにどこかから音程の外れた笛のような演奏が聞こえていた。たぶん Voo-doo だよ、と返す（のちに、遊覧船の水オルガンの演奏と知った）。待ち合わせまで少し外を散歩。サラと会ったので一緒に港にミシシッピ川を見にいく。

六時にジーナ、カイ、チョウ、アウシュラとでロビーに集まって、外へ。夕飯の場所をいくつか見て回る。ホテルの近くでアマラとアドリアーナがハンバーガーを食べているのを外から見つけて手を振る。私たちはガンボのレストランを見つけて入った。全員オクラとシーフードのガンボ、それからビールなどを飲む。ガンボはカレーのようなスープ（だが味はカレーとは結構違って、似た味のものがうまく思い浮かばない）のなかにさらっと炊かれたライスが沈んでいる。おいしい。それからカイの案内でプリザベーションホールという古いライブハウスへ。バンドはセプテットで、フロントの三人はもうおじいさんと言うべき年齢。リラックスした演奏はすばらしく、その呼吸はなんだか居酒屋のカウンターに並ぶ常連客の会話を聴いているよう。ジーナが大変感動して、ライブハウスの名前が入ったTシャツを買っていた。チョウとカイはホテルに戻り、私がもう少し飲みたいと言うとアウシュラとジーナが付き合ってくれて、閉店間際のバーへ。ジーナと一緒にこうして過ごすのは珍しい。ジーナがいつも一緒にいるロベルトとベジャンはシアトル組だった。それからホテルに帰る途中、別のバーでライブをしているのが通りから見え、なかにアドリアーナとアマラがいたので入る。ジャズではなくロックで、ギターボーカルの女性とベースの女性、それにドラムの男性という三人組。ギターボーカルの女性が引っぱる感じのバンドだったが、ほとんど動かないで淡々と弾く黒人女性のベースがよかった。ボーカルが即興で三つのワードを客に求め、ひとつめを指名されたひとは、Love と答えた。二つめを指名されたのがアマラで、アマラは、Sex!　と答えて、アマラもバンドのボーカルも大笑いした。三人めは、Bingo と応え、ボーカルの女性はその三つのキーワードを即興で織り込んだ歌を歌い、Love!　Sex!　Bingo!　と盛り上がった。ライブが終わって私以外のひとは先にホテルに帰り、私は少し深夜の街を歩いた。

ホテルの近くのファーマシーで水とトマトジュースを買って帰る。夜中に知らない番号から電話がかかってきて、誰かと思って出たら産経新聞の海老沢さんで、エッセイの依頼だった。いまアメリカにいるんですと言ったら、えー、と驚いていた。

9月26日（水） 39日目［ニューオリンズ2日目］

八時起床。今日はホイットニー・プランテーションという奴隷制の歴史博物館のツアーが組まれていたが私はそれは行かないで自由行動をとることにしていた。アウシュラもツアーをパスしたそうで、一緒に歩こうとのこと。十時にホテルのロビーで会い、アウシュラが友達に勧められたというカフェ・ドゥ・モンドへ。快晴で、結構暑い。名物のベニエという粉糖がかかった揚げパンみたいのとコーヒー。六ドルほど。柴崎さんがこの店のことを本に書いていたけれど、私はこのときには読んだ内容といまいる場所が全然一致しておらず、だいぶあとになってあそこが本に書いてあった場所か、と気づいた。日本でも最近までチェーン展開していたが、私は行った覚えはなくピンとこない。川沿いの遊歩道と通りのあいだにあるカフェの半分は屋根だけがかかって横は吹き抜けのテラスで、店の前の歩道では朝からストリートのジャズバンドが演奏をしていた。私とアウシュラはテラスの通り沿いの席に座った。軒は緑と白の縞々で、お店の各部も緑色がテーマカラーになっている。揃いの白シャツを着たホールの店員はアジア系のおばさんが多い。壁際に椅子が並んでいて、店員たちは手が空くとすぐそこに腰掛けて、呼ばれると立って注文をとったり商品を運んだりする。なにか飲んだり、おしゃべりしたり、疲れた様子を隠さずに腰掛けている様子が客から丸見えというのは日本だと考えにくいけれど、アメリカのこういう店員の自由さというか抑制されてなさは、慣れると全然気にならず、私は見ていておもしろいし好きだった。

それから市場を見て歩き、途中でひとりでいたアラムに会ったので三人で一緒に街やフレンチマーケットの店を見て歩いた。

ギャラリーやお面を売っている店を見て、カフェで休憩した。私はビールを飲んだ。万年筆やノートを売っている店で、試し書きの紙にアラムが、なにか書いていたので見たら、Hello New Orleans! Aram and Yusho 2018 Armenia and Japan! と書いてあった。ルイ・アームストロング公園を抜けて、墓地を見にいく。途中で陽気な兄ちゃんが話しかけてきて、聞いていたが結局お金をくれということなのでアラムが一ドルあげた。大きい通りを渡るとぐっと人通りは少なくなり、黒人が多く住む住宅街になる。墓地は閉まっていて入れなかった。

フレンチクォーターに戻り、遅い昼食。私はジャンバラヤと亀のスープ。アラムはサンドイッチ、アウシュラはガンボ。暑いなかを歩いて三人とも疲れたのでいったんホテルに戻って、夜また出かけることに。合間を縫って部屋で少し「ピントスコープ」の原稿。

七時半にロビーに集合、カイも合流して、昨日歩いたのとは別の地区のライブハウスへ。ほとんどの店はＩＤの提示が必要で、アラムがパスポートを持ってきていなかったので何軒か断られた。アラムは断られるたびにげんなりとして、怒ったような悲しいような表情になる。もう自分はいいからみんなで行ってきてくれ、と彼は言うが、私たちはIDなしで入れる場所を探した。このときのアラムの、この世界に対する決別を示すような諦めに満ちた表情を私はたぶん一生忘れない。ほかの多くのアラムの表情のひとつとして。

連れがIDを見せれば同行者もOKというところがあり、そのクラブに入った。胸に金板を下げたパーカッション、ギターボーカル、金管というトリオが陽気ないい演奏をしていた。電車のボックスシートのような席で飲みながら話す。参加者のあいだで少し前から水面下で問題視されている、ひじょうにデリカシーを欠いたあるライターの行動についていろいろと話す。理解できないと憤る者もいれば、そこにある文化的背景の説明を試みる者もいる。あとから、アマラとアドリアーナも店に来た。次のバンドはもう少し人数が多い編成のモダンな感じのジャズだった。

ジャズクラブには十一時頃までいた。お腹が減ったがこの時間だと開いているのはほとんどバーだけで、バーもIDがないと入れないので全員で迷走するうちにアマラとアドリアーナは空腹に耐えきれず露店で売っていたケバブみたいなのを買って食べはじめ、歩いているうちにホテルの方まで戻ってきたので疲れたしもう帰ったらよくない？　と私は思ったが、アウシュラは頑なになにかを食べたがり、しかし食べられればなんでもいいというわけでもなく、そうなるとなかなか食べ物を食べる店が見つからない。アマラはホテルに帰った。アラムは一緒についてきたが、IDの件以降静かだった。もはや私は食べ物はどうでもよくて早く帰りたかった。おそらくカイも同じ気持ちなのが見ていてわかった。けれど、なかでの飲食はＩＤがないと無理だが、ＩＤを持っているひとが注文したものをテイクアウトするならＯＫというバーを見つけ、そこでフィッシュアンドチップスを注文する。アウシュラの分と、私とカイも疲れて眠かったがせっかくなのでとひとつ買って分けることにした。私は近くの夜間営業のスーパーにホテルで飲む用のビールを買いにいって、戻ってきてカイとカウンターに並んで座ってできあがるのを待つあいだ、私とカイはこういうときにさっさとグループを離れて帰れずに、乗りかかった船で無理して付き合ってしまうよね、これは単に私たちの性質でもあるけれども多分に日本や台湾の文化的な傾向のようにもやっぱり思えるよね、みたいなことをふたりで話しはしなかったが、私は内心でそうカイに語りかけ、たぶんカイも同じようなことを思っていたのではないか。

私たちがフィッシュアンドチップスの袋を下げて店を出ると、アウシュラたちは私がさっきビールを買ったスーパーでなにか食べ物を買っていて、またそれを買うのに迷っているのかやたら時間がかかり、私とカイは外で待ちながら、ここでなにか買うならはじめからそれでよかったのでは？　と勝手に振り回されていることはわかりつつも、ややいらだちと脱力の感じをふたりで覚え、愕然と立ち尽くす、みたいにふたりで路上に立っていた。手に下げた袋のなかのフィッシュアンドチップスを食べる気力ももうほとんどなかったのだが、それでもホテルに戻って、アラムは部屋に帰り、中庭のテーブルでアウシュラとアドリアーナとカイと私とでビールを飲みながらフィッシュアンドチップスを開けて食べはじめたら、味など全然期待していなかったこれがひじょうにおいしく、私とカイは、おお、ベリーナイスだ、とふたりで驚き励まし合うように感激して元気になった。どういう流れでだったか、雪の話になり、エクアドルのアドリアーナは、自国ではほとんど雪を見たことはない。台湾もほとんど雪は降らない。東京はしょっちゅうではないがたまに降る。リトアニアは冬はずっと雪だ。私は、子どもの頃、朝目が覚めて外に雪が積もっていると、一瞬でわかる。たぶん外が明るいから。その瞬間はとても特別だ、みたいな話をアドリアーナにした。私はアドリアーナと内容のある会話をしたことは数えるくらいしかなかったから、話せて嬉しかった。二時くらいにお開きにして、みな部屋に帰った。

9月27日（木） 40日目［ニューオリンズ3日目］

八時半起床。外は雨。九時にロビーでアラム、カイ、チョウと待ち合わせ。アウシュラも来る。アラムが昨日の朝行っておいしかったという近所のカフェへ。エッグベネディクトや、サンドイッチなど。給仕の女性が気さくで、いろいろ話しかけてくれる。こういう場合、たいていどこから来たの？　と訊かれ、みな別々の国だ、と応えると、自然と滞在プログラムの話、自分たちがライターであることを話すことになる。私が日本から来たと言うと、自分のいとこだか兄弟だかが日本に長く住んでいた、と言った。どこに？　と訊いたら街の名前は思い出せなかったが、アーミーだったと言うので、沖縄？　と訊いたら、そうそう沖縄、と応えた。女性は、アイオワ大学のプログラムと聞くと、あら、と驚いて、息子がいまアイオワ大学に通っていると言った。

食べ終わった頃に土砂降りになった。隣のテーブルの赤ん坊が大泣きした。私たちは雨が止むのを待ち、やんでから店を出て近くの古本屋に行った。古本屋を出て、カイとチョウは今日のホイットニー・プランテーションのツアーに参加するのでホテルに戻り、アウシュラとアラムはフォークナーが住んでいた家がいまは本屋になっているところを見にいくと言い、私は今日はひとりで動こうと思っていたのでみんなと別れて昨日閉まっていた墓地に行く。

歩いて行けそうなふたつのうち、遠い方の墓地へ。昨日通った静かな住宅街。墓地、開いていた。もう少し離れたところには、たぶんもっと大きくて、ガイドなどもいる観光客の多い墓地があったけれど、私はあまり人気のないこちらを見てみたかった。門は開いていたが、管理人らしきひとも、ほかに訪れているひとも誰もいない。ただ墓地内の通路に車が一台停まっていて、誰も乗っておらず、少し怖い。墓地のすぐ先には首都高みたいな高架の道路があり、道路沿いに立つ宝くじの大きな看板も見え、当選番号みたいな数字が電光掲示されている。並んでいるお墓は、どれも結構大きい。花が供えられているところもあれば、荒れて崩れかけているお墓もあった。形も様々だった。道路と墓地を仕切る壁にも棺が収まっていて、三メートルほどの高さでレンガの積まれた壁の内側には縦に三つずつ棺が収められている。棺の収まった場所は名前と日付が刻まれた石板で塞がれている。石板がなく、レンガで塞がれただけの棺の入っていないスペースもある。外からはただの壁だが、内側はそのようにお墓になっているので、この壁は棺が入る分だけの幅というか厚みがあるのだ。大きな墓石は偉いひとかお金持ちで、壁に収まるのは貧しいひとなのだろうか。トカゲがいた。開い

たまま雨でびしょ濡れになった聖書があった。ホテルに帰る途中で土砂降りになった。

シャワーを浴びて着替え、少し「ピントスコープ」の原稿をやって、二時四十分にロビーに集合。スタッフのミーガンのアテンドでバスに乗り、イベントに呼ばれたライターはニューオリンズ大学へ。パネルとリーディングがある。バスでアラムにフォークナーの本屋はどうだったか訊くと、よい本屋だったけど高いし、ほとんどアメリカの本だった、といまひとつだったよう。向かいの席に黒人の母親と兄妹が座っていて、妹が見てくるのでアイコンタクトをしたりして過ごす。バスの運転が荒い。

大学に着き、芝生を歩いているとアマラが悲鳴をあげ、芝生にいた小さい蟻が、裸足にスニーカー履きだったアマラの足にたくさんのぼってきて噛んだらしい。教室に案内され、パネルの時間までアラムと学生食堂のスターバックスでコーヒーを買って飲む。ひとの少ない食堂内や、大きな窓から見えるがらがらの広い駐車場と芝生を見る。いつの間にか、特になにもしゃべらなくても一緒にいられる相手にアラムはなった。

四時からパネル。ラシャとルメナとジーナとウマルが登壇。愛読書という漠然としたテーマだが、パネリストたちはみなひねりをきかせて、いい内容だったっぽい(私はあまり理解できていない)。少し休憩のあとに朗読の予定で、私が自分の朗読する英文の紙を見ていたら、隣にいたアマラが、私はいますごく困惑しているんだけど、と言うので話を聞くと、朗読用のプリントを用意していないのだという。アマラはふだんからアバウトなところがあって、飛行場でもはぐれたり荷物が多すぎて預ける受付で大混乱に陥ったりしていた。わりとみんなほったらかしなので、気がついたときには手を貸すと、ユウショウまじありがとう、みたいに大変感謝される。たしかに詳しい準備のアナウンスはなかったのだが、いまになるまで自分がなにを見て朗読をするか全然考えなかったのかアマラよ、と思いながらなにを読むのか訊いたら、プログラムのライティングサンプルのテキストだと言うので、それならウェブにあがっているからここでもネットが通じる私のスマホを見ればいい、と私が電話を貸すとアマラは首を振りながら、ユウショウまじありがとう、と感情たっぷりの表情で感謝された。その後テヒラ、アラム、アマラ、私、アウシュラの朗読。私は『死んでいない者』の冒頭部分の英訳を読んだ。イベント後に簡単な立食パーティーがあり、八時頃までいてまたみんなでバスで帰る。

夜はまたジャズのライブを聴きに街に出た。二、三軒見てまわる。最後に行ったクラブは大変混んでいたが、ひとの群れのなかで上手にオールドスクールなカップルダンスをする男女がいて格好よかった。演奏が終わってみんなは帰ったがサラが残っていたので一緒に一杯飲んでから店を出た。路上のトラックの荷台にスピーカーを積んでラップをしているお兄ちゃんが客を煽って盛り上がっていて、しばらくふたりで見ていたが私には退屈で、サラはもう少し見たいと言うのでサラを置いて先に帰った。昨日のスーパーでビールとサラダを買ってホテルに戻り、風呂に入ってから飲んで食べる。直しが滞りまくっている「ピントスコープ」の原稿に向かうが、こんなに疲れて酒を飲んでできるわけがない。

9月28日（金）　41日目［ニューオリンズ最終日］

八時半起床。毎朝西武ライオンズの動向をチェックしているのだが、破竹の連勝でいよいよ優勝マジック1になった。妻と電話。九時半、ホテルをチェックアウトして荷物を預け、外へ。今日もひとり行動。気楽。また快晴で暑い。ホテルから川に向かって右側、というのはたぶん西側なのだけれど、これまで行かなかった方へ歩いていく。路面電車の走る、道路に大きなヤシの木が植わったニューオリンズらしい景色の大通りがあり、そこからさらに歩いて、第二次世界大戦ミュージアムへ。

トム・ハンクスが案内人のようなかたちで出演している4D映画を観る、というか体験する。戦車の映像に合わせて椅子が揺れたり、会場に雪が降っているように見えたりする。当たり前だが、アメリカでは二次大戦は、戦勝国になったという結果から語られる。物語は、どんな苦節も、勝利という結末に向かう。受容する方もそれを知っている。敗戦国になった日本は、どんな話も敗戦にしか向かわない。ある程度の中立性と公正さを維持したうえで同じ対象について語ったものでも、やはりその違いは大きい。当たり前だが日本の戦争の語り方が日本人である自分には染みついているのだとわかる。日本にとって、二次大戦が最後の戦争であるのに対し、アメリカにとってはそうでないことも、たぶん大きな違い。

そのあと日本戦の展示を観ていると、中年の男性に、日本人ですか、と話しかけられた。そうだと応えると、きっと日本とは全然違う見方と感じるでしょう、と彼は言い、私は、イエス、と応えた。家族が戦争に行きましたか？　と続けて訊ねられたので、親は戦争には行っていないが、祖父の家族が硫黄島に住んでいて戦闘前に疎開した、と私は言った。彼は、おお、と言って、別れ際にも静かになにかを言ったが、残念ながら私には意味がわからなかった。祖父の弟は軍属として島に残り島で死んだが、ちょっと説明が難しいのでそれも言わなかった。あとから思ったのは、彼に、あなたの家族は戦争に行ったのですか、と訊き返すべきだった、ということだった。ミュージアムでは、WW II VETERANとか、VIETNAM VETERANなど、帰還兵であることを示すキャップやワッペンを着けた年配のひとも結構いた。彼の、おお、という感嘆に込められた意味はむろん哀悼だけではなく複雑なものだったが、彼の家族について知っていると知らないとではその複雑さの質も違うはずで、戦争に行っていようがいまいが、いずれにしてもそれを知ればさらに複雑になったであろうものを。しかしそれでも、先に書いた、日本とアメリカの語り方の違いのクリアさがこの博物館の印象になりかかっていたところに、この男性との短いやりとりは私にとってとても重要な曖昧さだった。

その後ドイツ戦の展示も見た。日本戦でもドイツ戦でも、現在の国旗ではなく、旭日旗が日本を、カギ十字旗がドイツを表す。別館も行ってみたが潜水艦映画みたいなのは待ち時間があり、切符も買っていなかったのでパスして帰る。館内の冷房が寒く、たぶん疲れもあって限界。外は暑い。

近くにあったコンテンポラリー美術館に寄って展示を観て、ホテルの方へ戻る。あまり時間がなかったがレストランに入ってビールとガンボ。なんか足りない、と思って、隣の一軒に入ってまた小さいガンボとビールをもう一杯、という馬鹿げた昼飯のとり方をしてしまった。お土産屋に入ってお土産を買う。

三時半、ホテルに集合してバスで空港へ。ほぼオンタイムで出発したが、シカゴではゲートが混んでいて着陸後しばらく機内で待機になった。冷房が強く機内がとても寒い。サウニアは肩が丸出しのノースリーブの服装だったので、リュックに入れてあった上着を貸してあげた。シアトル組の飛行機が技術トラブルのため飛ばず、今晩は空港泊で帰りは明日になるとの情報が入って、うわぁ……という声がそこここからもれた。気の毒だがこちらも疲れていてあまり同情する余裕がない。ようやく飛行機を降りられて、あまり乗り継ぎの時間がないのでみんなで急いでホットドッグを食べて、九時二十分シカゴを出発、シーダーラピッズに十時半着。外に出ると、夜ということもあるが、数日いないあいだに、冬のような寒さになっていた。迎えの車に分乗するところで、私は自分が手ぶらであることに気づいた。手荷物のリュックを機内に忘れてきた。ドライバーである学生のムージルに付き添ってもらい問い合わせる。二十分くらいで係員が持ってきてくれた。同じ車だったカトリーナとアラム、ウマル、チョウを疲れているなか待たせてしまったが、荷物を持って車に戻ると拍手して迎えてくれた。ムージルとは結局この日にしか会わなかったが、親切にしてくれた。国際政治学を勉強してると言っていた。十二時頃、ホテル着。

9月29日（土）　42日目

八時起床。曇天。西武は負けて本拠地胴上げならず、優勝は持ち越し。というナイターの結果をこちらでは毎朝起きてチェックする。朝食部屋でパンを焼いて部屋で食べ。午前、「ピントスコープ」送稿。たまっていたメールを返信。部屋が寒い。のでダウンを着て仕事。暖房が壊れていてつかないよう。

午後、散歩に出る。午後も日は出ず、気温低い。結婚式らしく、オールドキャピタルの前で記念写真を撮っている。モールのチャイナスターで昼飯。夜にはバーン（納屋）パーティーがあって、これはとても楽しいと聞いていたが、疲れているのと仕事もたまっているのでパス。部屋で『新潮』の日記進めておく。どうにも部屋が寒く、チャットのやりとりを見るとみんなフロントでヒーターを借りたりしているらしいが、数は限りがあって出払っているよう。みな不平たらたら。ゆうべ空港に泊まったシアトル組も帰ってきたっぽいがたぶんみんな寝ている。

夜、コモンルームに行くとバイサとロベルトがいた。ふたりともシアトル組だったので、空港に泊まって災難だったね、と言う。バイサにシアトルの話を聞く。ジミヘン、カート・コバーン、パール・ジャムがシアトルを代表するロックスターだそうで、ジミヘンとカート・コバーンはわかるけど、パール・ジャムがそんなに人気があるのは意外。ニューオリンズでは墓地がおもしろかった、という話から、モンゴルと日本の葬式の話をする。モンゴルのノマドは遺体は埋めずに野に置いて動物が食べる。見えないところに遺体を置くために、大きな梃子《てこ》のようなもので遺体を遠くに放り投げたりもするそう。善いひとほど早く動物に食べられて、形がなくなる。幼い子どもがなくなったときは、親類が馬に乗って、遺体を後ろにくくりつけて馬を走らせる。しばらく走ると遺体はどこかに落ちてなくなっている。埋めはしないし、墓もつくらないそうだが、どこだかわからない、見えない場所、誰も知らない場所に遺体を置くことが重要だそう。一方犬はとても大事にされていて、死ぬと丁重に土葬され、生まれ変わると人間になると考えられている。ウランバートルなど都市部ではノマドと違って墓も墓地もある。しかし埋葬したあとはあまり管理しないそう。お墓参りの習慣もない。日本のお盆の話や、日本の墓の継承や管理が大変だ、というような話もする。

納屋パーティーに行ったカイがチキンを持って帰ってきてくれて、コモンルームでお裾分けをもらう。パーティーは楽しかったそうで、なぜ来なかったんだ、とアウシュラやアラムに言われたが、疲れてたんだよ、と応える。バイサに加え、ファイサル、ヤミラといったシアトル組がコモンルームに来て、空港でひと晩過ごした話や、シアトルのホテルにお化けが出た話を聞く。

日本は台風。東京のJRが八時に全部止まる、とネットニュースで見てそりゃ前代未聞だと思う。廊下が賑やかなのでドアののぞき穴から見てみると、昼に見た結婚式のカップルやその親族らがパーティーから戻ってきたらしい。この階にみんな泊まるらしく、新婚夫婦は私の部屋のすぐ隣の部屋に入っていった。

9月30日（日）　43日目

八時起床。起きたら西武の優勝が決まっていた。久しぶりにコモンルームで朝食を食べる。チョウと日本の台風の話、インドネシアの地震の話をする。

今日も部屋は寒い。昼、モハンからインディアカフェでランチの誘いが来るがお腹減っていないので断る。日記進める。三時頃、アウシュラからメールが来て、寒いからスープを飲みにいかない？　とのこと。一緒にブレッドガーデンへ。スープとビュッフェで遅いランチ。第二次大戦博物館の印象を話す。パースペクティブ、という語をたくさん使う。それからジャバハウスに行くと、カイとアラムがいた。ホテルの部屋が寒いよね、という話をするが、アラムの部屋だけは暖房が効いているらしい。というか、アラムの部屋は前に髪を切ったときに行ったらやたら暑かったから、もともと空調がおかしい。アウシュラはこのトラブルとホテルのいい加減な対応に怒り心頭で、プログラムのスタッフにメールでどうにかするよう進言するそう。

ジャバハウスを出て、アラムはホテルに帰り、アウシュラは古本屋に行って猫と遊ぶと言う。カイはブレッドガーデンでご飯を食べると言うので、一緒に行ってハムと野菜を買ってカイと別れホテルに帰る。

七時、映画。ジャクリーンのチョイスによるベネズエラの画家レベロンをモデルにした映画。画家のエピソードはおもしろいのだが、映画のカットはあまりいいと思えず、内容もとれないので少々退屈。帰りにカイに、どうだった？　と訊くとおおよそ同じ印象だったよう。

画家の人生の話、上映後にベネズエラのその画家について解説したジャクリーンとロベルトの話の方がおもしろかった。部屋に戻り、日記。ようやく今日まで追いつく。

10月1日（月） 44日目

いとこの子どもが生まれたと連絡がある。午前読書。今日も寒い。大学の図書館で水村美苗『日本語が亡びるとき』を借りてきて読んでいる。水村さんがIWPに参加したのは二〇〇三年で、この本はだいぶ前に読んで今回来る前に読んでおきたかったが結局余裕がなく読まないままだった。こちらで再読するとやはりプログラムの部分を現地で読むのは特別な経験で、二年前の参加者である柴崎さんの本もこちらでぱらぱら読み返しているが、日本で読むのとこちらで読むのではやっぱり感じが違う。中上健次『アメリカ、アメリカ』も図書館で借りた。中上健次がIWPに参加したのは一九八二年で私が生まれた年だ。そのとき中上は三十六歳だったが、私も同じ三十六歳でここに来ている。偶然ですね。

昼、モールに行ってソウルグリルでチゲスープとご飯。おいしい、満足、あったまる。あったかい飯の尊さ。三時半ILTクラス。アリサとモハン。旅行で疲れているのか来ている作家が少なかった。マリアンヌの誕生日らしく、お祝いにバーに行く人もいたが、休みが必要でお祝いだけ伝えてパス。講談社『本』の担当の坂本さんから産休に入るご挨拶のメールをいただく。日本は台風とともに秋らしくなってきたそう。

夜、コモンルームに行くとバイサがパソコンで仕事をしていた。『日本語が亡びるとき』

に水村さんがモンゴルの詩人のことを書いていた話を、本を見せながらする。モンゴルの詩人はロシア語が交わせるのをきっかけにリトアニアの若い詩人と親しくなったとある。リトアニアのアウシュラに、モンゴルのバイサに、日本の私、今年の私たちみたいだ、とバイサは言った。

バイサは、モンゴルの詩人が「さびしい」「モンゴルが懐かしい」とたびたび水村氏の部屋を訪れて一緒にビールを飲んだ、というエピソードを気に入って、私が示したそのページを写真に撮っていた。そのモンゴルの詩人ダシュニム（Luvsandamba Dashnyam）は民主化運動のときのリーダーのひとりで、大統領選挙にも立候補したことがある人物だそうで、そのエピソードは彼のイメージととてもギャップがある、とバイサはおもしろがった。アウシュラがコモンルームにお茶をいれに来た。寒さのせいで風邪をひいた、と不機嫌そう。アウシュラにも本の話をする。アウシュラも、書かれているリトアニアの詩人のことを会ったことはないけど知っていると言った。

ギンターリスというそのリトアニアの詩人がホテルの前の川で大きな魚を釣り、困ってホテルのバスタブに泳がせていたら、ダシュニムが「獲った獲物は食せねばならぬ」と料理した、と『日本語が亡びるとき』には書かれている。バイサにその話を説明すると、うむうむ、とうなずいて、モンゴルのノマドの考えだ、と言った。

ちなみにその後、プログラムの世話役（と私は思っているが、正確な役職があるのかは知らない）みたいなかたちで長年かかわっているメアリーにその本と今年の私たちの話をしたら、彼女はその年のこともちろん覚えていて、ああー、と顔をしかめ、リトアニアのそいつはとてもBad guyだった! と首を振りながら嘆いた。大事な本を貸したら、返さなかったか、ぼろぼろにして返したとか、そういう話だった。

十五年前とは各国の事情も、このプログラム自体もいくらか変化をしていて、日本からは英語の全然できない私が来ているし、バイサとアウシュラはロシア語で会話はできない。『日本語が〜』ではウクライナの女性作家の貧しさについて書かれていたが、今年ウクライナから来ているカトリーナは十七歳のときに最初の本を出版し、まだ三十歳前後だ。ソ連崩壊後のニュージェネレーションで、小児がんの基金にかかわったりもしている。彼女のSNSは頻繁に投稿がされ、多くのフォロワーがいる。キリル文字の内容を私は読めないが、記事にはたいていなんかファビュラスな感じの彼女自身の写真が添えられていて、セルフプロデュースが上手なのがよくわかる。少なくとも、そこに貧しさや暗さは全然見えなくて、シカゴでもニューオリンズでもとにかくアッパーな感じでエンジョイしている。

そこにどの程度昔といまの各国の事情が影響しているのか簡単には言えない。ひと月以上近くで過ごせば、見えてくるのはそれぞれのキャラクターとか人間性の方で、その背景にあるそれぞれの国や歴史的変遷についての知識や印象はしばしば不正確だったり裏切られたりした。しかしまた、人間関係上生じる距離や軋轢、あるいは結びつきを観察していると、そこにある国とある国の過去の歴史が影響していたのかもしれないと気づくことも、また多かった。

10月2日（火）　45日目

八時起床。今日も寒い。イベントの謝礼を受け取るのに必要な書類をつくって二階にあるメアリーの部屋にいるスタッフのミーガンに渡しに行く。

昨日、カイとアラムとお昼にSosekiに行く約束をしたので、一時に行く。アラムはSosekiをいたく気に入っていて、この店に住みたい、とまで言っている。スシもあるし日本酒もある、たぶんこの界隈ではいちばん日本らしい店だが（もう一軒近くにスシバーがあったがそこは高そうだから結局一回も行かなかった）、やっぱり日本の日本料理とはちょっと違う。私は台湾風の牛肉ラーメンを食べた。辛くて美味。アラムはTERIYAKIチキンがお気に入りだが、今日はトンカツ定食に挑戦していた。これもおいしいけどTERIYAKIにはかなわないとのこと。

食べたあと、カイは午後にアイオワのほかの大学でパネルに参加することになっているためホテルに戻った。アラムとフォックスヘッドの近くの古道具屋に行く。家具や雑貨、洋服に、がらくたのようなものがたくさんある店で、ふたりでいろいろ見て、おそろいの陶器のコーヒーカップを買った。MADE IN JAPANと裏に書いてあったが、外国向けにつくられたものか、エキゾチックなデザイン。アラムがコーヒーを買いたいと言うのでブレッドガーデンで買い物。私はビスケットを買った。

ホテルに戻ると、コモンルームにアウシュラがいてパソコンで仕事をしていた。風邪の具合を訊くといくらかよくなったそうだが今日は外出せずおとなしくしているとのこと。ビスケットをあげる。「長い一日」ゲラ戻し。「Webでも考える人」の松原俊太郎さんとの往復書簡原稿。夜、地下の売店でスシのパックを買って部屋でお酒を飲みながら食べる。初めて握り寿司を選んでみた。味は日本のコンビニのそれといった感じだが、十分満足。

10月3日(水) 46日目

八時起床。部屋でサンドイッチ朝食。往復書簡原稿。水筒にお茶をいれるのにコモンルームに行くと、ハウスキーピングで追い出されたファイサルが仕事をしていた。ハウスキーピングは各階で違う曜日に週一回、学生のアルバイトのようなホテルのスタッフがやってくれる。なのでそれに合わせて部屋を空けるのだが、決まった曜日に来なかったり、違う曜日に来たりとアバウト。一度アルバイトの女子が、日本人ですか、と日本語で話しかけてくれたことがあった。お母さんが沖縄のひとだという。スケジュールはアバウトでも私の部屋に来ていたひとはみんな結構丁寧だったと思うのだが、ほかのライターはタオルを替えてくれなかったとか、よく不満を言っていた。

ファイサルは、今週はプログラム関連のタスクが重なっていてやることが多いそう。インドネシアの地震の話を聞く。ひと月前の地震と違い、今回のは彼の故郷の島で起こり、被害もさらに大きそうだがニュースを見る限りまだ被害状況は不明な部分が多い。ともかく家族は無事。悲しく心配そうな顔も見せたが、そう動揺しているようにも見えない。彼は二十四歳と若く、みんなで話してはしゃいでいるときなどはその年の通り若い男の子に見えるが、他人に対する礼儀やマナーはとてもしっかりしていて、ときにわがままで身勝手に見えることもあるほかのライターにくらべ、周囲に迷惑をかけたり気を遣わせることが全然なかった。彼はごく自然にそうしているように見えたが、そういうユニバーサルなスマートさみたいなことで、私は彼から学ぶことは多かった。彼はシアトル組だったので、ニューオリンズで買ったお菓子をあげた。

外に出て、川を眺める。川の水はこのあいだの雨からずっと多いままだが、今日は快晴で、昨日までの寒さが嘘のように暑い。日差しが強く、空気がすんでいて、風景の色味のコントラストが強い。

部屋に戻って薄着に着替え、モールのなかにある大学の国際交流プログラムの窓口に行く。来週の出張のために取りに行くよう言われていた書類を受け取り、そのまま散歩。花屋で花を買う。いつも行くのとは別の、フォックスヘッドの前の酒屋に行き、MOMOKAWA という名前の日本酒が売っていたので買ってみる。四合瓶で十五ドル。日本でも、まあ安くも高くもないかなという値段か。JUNMAI GINJO CRAFT SAKE と書いてある。

お腹がすいたので、プレイリーライツの横のアイリッシュパブに入ってみた。いつも同じ店にばかり行きがちになってきたので、開拓。ギネスビールとフィッシュアンドチップスとサラダを頼む。ひとりで食べきれるかわからないのでどのくらいの量か若い男の店員に訊いたら、一生懸命なにか言っているがさっぱりわからないのでそれでOKと伝えると、どうやらチップスつまりポテトフライをなくして、その分安くしてくれたそう。ポテトを食べたい気もしたけれど、どうせ食べきれないし親切にしてもらったのでありがたい。ビール二杯飲んで、満足して帰る。まだ夕方で明るい。オールドキャピタルの前の芝生の斜面で、リスを観察。日本の動物園にいるのとは違う灰色の大きなリスは、最初こそ珍しいしかわいいので見かけるたびに嬉しくなったが、さすがにひと月もたつと見慣れた。しかし尻尾や体の動きは犬や猫と違ってよく見ているととてもおもしろい。体の半分ほどもある尻尾は、ぴょんと飛び跳ねて移動するときには全然動かず、同じ高さを保っていて、胴体の移動が終わったあと、その動きをなぞるように尻尾が波打つ。かと思えば胴体が止まっているときにぴくんふわりと尻尾が動いたりもする。私が思い出したのは『となりのトトロ』のネコバスの動きで、あれはネコでなくてリスなのではないか、宮崎駿はリスの動きを参考にしていたのではないかと思ったり、野球のバッティングにおいて、どんなフォームであれ頭の位置だけはあのリスの尻尾のように停止したように保たれなくてはならない、みたいなことを酔った頭で思い、ホテルに戻ったら王貞治のスイングの動画を探してみよう、そしてリスについてもっと考えてみよう、と思う。

部屋に戻り、買ってきた花を飾る。花瓶が足りないので、空いていたウイスキーの瓶も使う。往復書簡の原稿を最後に読み返して確認し、送稿。先日パネルのあとで声をかけてくれたジム・ニシダ氏からメールが来ていた。なにか行きたいところや知りたい場所があれば遠慮なく相談してほしい、とのこと。ありがたい。

カイからテキストが来て、買ったフルーツをお裾分けするよ、とのことなのでコモンルームに行き、イチゴなど食べる。バイサとチョウ、ファイサルも来た。ファイサルは昼やっていた仕事はだいぶ進んだそう。彼の家族か友人から送られてきた地震直後の動画を見せてもらう。これは自分の家の車、とファイサルが教えてくれる。周囲の建物は大きく壊れて、揺れる画面のなか、大勢のひとが混乱している様子。まだ詳しい被害の状況はわからないが、なくなった友人も何人かいるようだとファイサルは言った。

カイがまだフォックスヘッドに行ったことがないから行ってみたいと言った。バイサと三人で外に出たがホテルを出たところで雨が降ってきたので今日はやめて明日行くことにし、コモンルームに戻り、昼に買った日本酒を飲んだ。アラムとアウシュラも来た。

10月4日（木）　47日目

木曜日は四階がハウスキーピングの日なので午前中に部屋を出る。コモンルームの新聞でインドネシアの地震の記事を読む。がれきのなかを歩く被災者がドラえもんのトレーナーを着ていた。

図書館に行って本を読み、OSAKAでビールと麻婆豆腐定食。そのまま散歩に出て、花屋のそばの気になっていた古いコーヒーショップでコーヒー。変なケーキをなんとなく頼んでしまったが多すぎてお腹がいっぱいに。いったんホテルに戻って荷物を置き、セメタリーに行ってみることに。川沿いの遊歩道から、歩道を外れて林のなかへ。ハンモックを吊して音楽を流しているカップルがいる。ひとの家の裏庭に出て、誰もいないがバレーボールのネットが張られている。学生寮のような建物の裏手から坂道の車道に出る。その坂を下ると昔このプログラムの宿舎に使われていたメイフラワーというアパートがあるが、セメタリーはそっちではない。メイフラワーはいまは学生用の下宿のような場所になっている。私は歩くときあまり地図を見ないので（見てもよくわからないので）、事前に調べたおおよその方向を目指して歩く。住宅街に入って歩いていると、ケンダルさんのクラスのアレックスが車で通りかかったので話す。アレックスは福岡で先生（たぶん英語の）をしていたので、日本語も結構話せる。セメタリーはあっち？　と訊くと、そうです、と言い、私は前にセメタリーの方に住んでいたことがあります、と言った。

しばらく歩いてセメタリーに着いた。私はこのときにはよく知らないがここはオークランド・セメタリーという墓地だ。丘のようなアップダウンのある芝生の土地に、たくさんのお墓が並んでいる。ひとはほとんどおらず、リスはたくさんいて、夕日が射してきれい。広い敷地をぐるりと一時間ほど歩く。鹿の親子もいた。

セメタリーを出て適当に歩いていくと知っている道に出て、フォックスヘッドの通りで、もう開いていたので入って、カイとバイサに、私はすでにフォックスヘッドにいる、とメール。しばらくしてカイが来て、やがてバイサも来た。

10月5日（金） 48日目

昼、パブリックライブラリーのパネル。この日は「You must read this」というテーマ。香港の詩人チョウのパネルは日本の金子みすゞを紹介するもの。チョウから、最後に日本語の朗読をしてくれないかと頼まれていたので、最後に日本語で「こだまでしょうか」を読んだ。この詩を読んですぐに思い出すのはやっぱり東日本大震災のときのACのテレビコマーシャルで、私は震災前に金子みすゞのことをちゃんと知っていたか思い出せない。作品には触れたことがあったかもしれないが、金子みすゞというひとをちゃんと認識したのはたぶん震災のときだ。チョウが金子みすゞを知ったのも震災後のことかもしれない。彼はアイオワ大学の図書館で、金子みすゞの詩集やみすゞについての本をよく借りて読んでいた。

午後は久しぶりにシャンバウハウスのトランスレーションワークショップのクラスに顔を出した。今日はバイサのモンゴル語の英訳に詩を学生が挑戦することになっていたので。モンゴルの詩は頭韻を踏むのでそれをどう英訳したかという話など、翻訳にトライした学生とバイサが説明するのを聞く。

やはりクラスに来ていたカイと、終わったあと二日連続でフォックスヘッドへ。私は財布をホテルに置いてきて手持ちがなかったからカイに金を借りた。ニューオリンズで行ったWWⅡミュージアムの話をした流れでイラク戦の話になり、チェルフィッチュの『三月の5日間』をカイに教えたり、台湾がアメリカとイギリスと共同制作した映画『ビリー・リンの永遠の一日』について話したりした。

イラク戦争がはじまったときに、渋谷のラブホテルで行きずりの男女がセックスをしまくる話、と私は『三月の5日間』のストーリーを説明し、その上演の特異さも、可能な限り説明を試みた。同作の小説版を収めた岡田利規の本は『私たちに許された特別な時間の終わり』という長くて一見わかりにくい書名だけれど、プログラムが終わりに近づくにしたがって、この書名はまさにいま自分たちが置かれている状況を過不足なく表しているように私は思い、しばしばその長いタイトルを思い出し、口に出したりもしてみた。三か月弱の特別な時間を許された私たちライターは、間もなくその時間が終わりを迎えることに気づいている。気づきながらも、終わりを先に延ばすことはできない。

『ビリー・リンの永遠の一日』は原作であるベン・ファウンテンの小説の日本語訳（上岡伸雄訳）を読んだだけで、映画については詳しく知らなかったが、監督は台湾生まれのアン・リーで、日本ではこの映画は予定されていた公開が中止になったのだとカイに教えてもらう。最新の映像技術が用いられていることが話題のひとつだったが、もしかしたらその技術設備に対応した劇場が少ないというのが問題だったのではないか、とカイは述べた。実際どうだったのかは知らない。外が大雨になった。バイサから、スープがあるから帰ってこい、とテキストが来る。

店を出たが土砂降りなので途中途中で雨宿り。入ったことのなかった大学の建物では、まだ学生たちが授業を受けていた。静かな廊下のソファにカイとふたりで座って、窓の外を見ながら雨がやむのを待つ。ドアの向こうでは学生たちが授業をし、廊下では東アジアのおじさんふたりがほろ酔いで雨宿りしている。ふたりは特になにもしゃべらない。こういうどうでもいい時間をいつまで覚えていられるだろうかと思い、壁面にあった大学のポスターの写真を撮る。なんて変な、小説みたいな時間だろう、と私はカイに言えばよかった。でも言ったのは、あのポスターの女のひとはちょっとバイサに似てるね、ということで、カイは、あ、みたいに応えた。あとで写真を見ても、そんなに似てない。そうやって写真を撮ると、このときのことを思い出せるが、写真を見ても思い出せないことはきっともう二度と思い出せなくなっている。私はどのくらいあのポスターの女のひとをバイサに似てると思ったのか。どんなふうにか。

結局びしょ濡れでホテルに帰りつき、コモンルームでバイサのスープをいただく。牛肉と、うどんのようなヌードルが入っている。おいしい。段ボール箱を抱えたファイサルが来た。インドネシアのインドミーというインスタントヌードルをアマゾンで箱買いしたのが届いたのだそう。にこにこ笑って嬉しそうに、箱から出したインドミーをみんなに見せて、安くておいしいインドミー、インドネシアの人はみんな大好き、と宣伝した。それから何個かつくってみんなに食べさせてくれた。自分の生まれた場所がまだ被災の混乱にあるなか、明るく自分の国のお気に入りのインスタントフードを紹介するファイサルの顔を、私は感動しながら見ていた。

アイオワシティはアイオワ大学の街なので、街にある商店も、ほとんどのお客さんは学生や大学の教職員やその家族たちといった大学となんらかの関係がある人たちだ。大学の施設は街のなかに点在していて、新しいビルもあるが教会や個人の住まいだった建物を利用したところも多く、古さと新しさが混ざっている。

街ぜんたいが大学に特化され機能化されている印象で、どこからどこまでがキャンパスという線引きはなく、ダウンタウンも大学の施設に囲まれるみたいに存在している。日本の古い学生街のように混沌とした感じではなく、清掃や芝生の整備を仕事とする人たちによって、道や芝生は常にきれいに整備されている。そういった景観保護に携わる仕事をする人たちもまた大学関係者と言ってよいだろう。あらゆる商店や人々の生活を込みにして、街がひとつの大きなキャンパスになっている。

アイオワ大学は、アメリカではじめてクリエイティブライティングのコースを創設した大学で、過去にはレイモンド・カーヴァーや、カート・ヴォネガットが教鞭をとったりもした。大学じたいは総合大学だが、ことに文学の方面で伝統と格式を持つ学校である。

当然、書店も重要な場所だ。街には大型書店はない。学生生協のような店に書籍売り場が併設されているほか、ダウンタウンに本屋が二軒ある。

私がこの秋に参加した同大学のIWP（インターナショナル・ライティング・プログラム）は、毎年世界中から物書きが集まって十週間アイオワシティで過ごす、というもので、今年は二十七か国から二十八人が参加した。

プログラムでは毎週書店での朗読会が組まれており、その会場となるのがダウンタウンの中心にあるプレイリーライツブックストアだった。そんなに広くはないが、地上二階地下一階の三フロアを持つ新刊書店で、店に入るとレジの前には文芸書の平台と棚のスペースが大きくとられている。平台には新刊や注目書がピックアップされ、棚には著者名のアルファベット順にFiction の書籍が並ぶ。最近のものもあれば、『モービーディック』などのマスターピースも一緒に並んでおり、また海外文学の英訳とアメリカ文学も分けられていない（ニューヨークで何軒か見た書店では、英訳でもドイツ、フランス、アジアなど国や地域ごとに棚が分かれている書店が多かった）。

ほぼ全タイトルが揃って並ぶ村上春樹は誰の目にもとまる存在感だが、他の日本の作家の本もやはり自然と目にとまる。Kのコーナーには、川端康成に川上弘美、川上未映子と日本人の名前が多く並んでいた。Sのコーナーにあった柴崎友香『SPRING GARDEN』（「春の庭」）の隣には分厚い『The Tale of Genji』があり、日本では現代文学と源氏物語が隣り合うことはあまりないが、これも古今ないまぜの妙で、しかし紫式部 Murasaki Shikibu はSではなくMのコーナーではないのだろうかと思った（でも他のアメリカの書店でも見た限りだいたいSのコーナーだった）。

Fictionの奥にはPoetryの棚があり、ここも結構なスペースが割かれている。これだけで奥に長い店の片側一面を占めているのでさすが文芸に強い大学の街の書店、という感じがする。大学の授業の教材となる書籍を置いてあるコーナーもあり、私がいろいろお世話になった同大学のケンダル・ハイツマン先生の教科書コーナーには村田沙耶香『コンビニ人間』、大岡昇平『野火』、目取真俊『眼の奥の森』、そして獅子文六『自由学校』の各英訳本があった。いずれもいくつかの授業で取り上げるものだそう。

他の分野の書籍も売り場が分かれていて、二階には小さなカフェが併設されている。アルコールやラップサンドなどもあって人気。朗読会は二階の売り場に椅子を並べて行われた。と、この店は私たちのプログラムにとっても、大学の文芸系の学生たち、そして本好きな街の人びとにとっても重要拠点と言うべき書店なのだったが、プログラムに参加したライターたちの多くが好んだのは、ダウンタウンの外れにあるもうひとつの書店、ホーンテッドブックショップという小さなセカンドハンドブックショップ、つまり古本屋の方だった。理由は品揃えのすばらしさと、なにより安いこと。

古い民家を利用した建物は、短い階段をあがって小さいドアを開けるエントランスがあって、なかに入るとまず廊下と二階への階段がある。奥にのびる廊下から左右に部屋が振り分けられた構造は、そのまま古き良きアメリカのファミリーの家という感じ。

入口の横のレジカウンターの周辺には本が積み上げられていて、いつもたいてい二、三人の店員が仲良くおしゃべりをしながら本を整理したり値付けをしたりしていた。店には猫が二匹いる。うち一匹はよくレジの近くにいた。灰色と白の長い毛の猫で、おとなしいがあまり体は触らせない。香港から参加した詩人の周漢輝はこの猫に腕をひっかかれた。窓辺には布を巻いた円柱が置いてあり、そこで猫が爪をとぐ。

店内にはぎっしり本棚が並び、最低限の通路を確保しつつ、床から天井まで文字通り本で埋まっている。一階のフィクションの棚はここでも国や時代に関係なく、著者名のアルファベット順に並んでいた。

一階奥には絵本やおもちゃなど子ども用のスペースがあり、ソファが置いてある。二階には歴史や宗教などテーマに分かれた棚があり、戦争（一次大戦、二次大戦、ベトナム戦……と戦争ごとに分かれているのが印象的だった）の棚の横の椅子ではもう一匹の猫が寝ていた。

古本屋なのでもちろん刊行されたばかりの本はないし、欲しい本が必ず見つかるわけでもないが、本の量は数倍の売場面積があるだろうプレイリーライツと比べても遜色がない。なおかつ、ただ量だけでなく、他の作家の評によればここの棚の品揃えは大変よろしい、とのことだった。

日本の古本屋でも、ただ買い取った本を並べているだけに見える店と、魅力的な本の並びに感心する店とがある。この店も量の充実と同時に、きちんと考えて本を並べて売っていて、英語の本を読めない私にも棚を見ていればそれはよくわかった。

私は何度かこの店に行ったけれど、結局何も買わなかった。

そもそもろくに英語を読めない私は、たとえ何か本を買っても読み通せる自信がない。それでも、日本語訳で読んだことのある作家の、まだ翻訳されていない作品をここで見つけて、トライしてみようかと思ったりもした（たとえば何年か前に新潮クレスト・ブックスで『もう一度』という作品を読んだ、イギリスのトム・マッカーシーの『C』とか。分厚い大型本で装丁も格好よかった）が、滞在中はなんだかんだプログラムの関連でやることも多く、加えて日本の仕事にも追われていて、とてもそんな余裕がないと思い、結局買わなかった。

いろんな国に住み、いろんな言語で文章を書くライターたちと長期間過ごし、彼らの言動を見てあらためて知ったのは、日本で暮らし、日本語で本を読める自分が、相対的にかなり恵まれているということだった。これは二〇〇三年に同プログラムに参加した水村美苗さんが『日本語が亡びるとき』で書いていたことでもある。

そもそも、英語がろくにできないにもかかわらずこのプログラムに参加しているのは私ぐらいで、英語の不得手な日本の作家が参加する状況は、どうやら去年（藤野可織さん）も一昨年（柴崎友香さん）も似たような感じだったらしいのだが、それはなぜかといえばひとつには前述のケンダルさんが滞在中の通訳や翻訳などのサポートをしてくれるからで、そんな待遇は他の国の参加者にはない。

そしてもうひとつ、日本で小説を書こうとする時に、英語が読めないことは致命的な問題ではない。どういうことかといえば、日本では多くの海外文学が日本語に翻訳されていて、私はそれらを日本語で読むことができる。しかし、多くの国では、たとえ世界の主要な文学作品であっても自国語の翻訳があるわけではない。カフカを、マルケスを、パムクを読もうと思ったら、自ずと英語を学ぶ必要が出てくる。もちろん、ネイティブのように完璧に読めるわけではなく、苦労しながら読むことになるが、自国語で読めない以上そうするほかない。そうやって文学と英語とがセットになっている国が多くある。

英語が読めれば母語だけで読むよりも、より多くのテキストにあたることができるというのは研究論文などの世界では当たり前の話だと思うが、こと文学に限っては、日本語で読める海外の作品はとても多い。

で、それが端的に表れていたのが、他の国の作家たちが書店で見せる本への執着や熱意だった。新刊書店より安価の古本屋が人気だったのは、できるだけたくさん本を買いたいという切実さの表れでもあった。プログラムがはじまってしばらく経ち、誰かがこの古本屋を見つけると評判はあっという間にライターたちの間に広がり、みな口を揃えてあの店はいい、それに安い、と言って足繁く通うことになった。

私は自分が英語が読めないせいもあって、図書館に行っても書店に行っても、ぼんやり棚を眺めているだけで、たまに気になる本があっても、日本語訳があったか考えたり、いざとなればあとからでもどうにか手に入るだろう、と思ったりして、その機になんとしてもそれを手に入れて読もうという気持ちにならないのだったが、英語が読めるライターは、読みたかったけれど自国では英訳がなかなか手に入らなかった本を、ようやくアメリカのアイオワの小さな古本屋で見つけて買い求め、興奮してその旨を私や他のライターに伝えることになる。

あるいは、読んだことのある本をライター同士勧め合う。もちろん本は英訳だが、原書はイタリア語で、勧めているのはアルメニア人、勧められているのは台湾人だったりする。

私が本を買うのを躊躇するのは持って帰る荷物の重さの心配ももちろんあったが、そんなことは他の作家も同様で、というか搭乗時に手荷物を二つまで預けられる私はいい方で、多くのライターは帰国時に手荷物をひとつしか預けられなかった。プログラムが終盤に近くなると、お金を払って荷物を送るか、もうこれ以上本を買わないか、悩んでいる人が多かった。

それでも彼らは本を買った。インドの詩人チャンドラモハンは一緒にその古本屋に行った時に、レジの前の本棚の前の床に座って二時間くらいいろんな詩集を読みあさっていた。それで七冊くらい買って帰った。台湾の黄崇凱は、古本屋で買ったいろんな本を他のライターにプレゼントしていた。アルメニアのアラムは、アイオワ在住の中国人作家の本を古本屋で見つけた。あまり期待せずに読んでみたらとてもおもしろく、しかも三ドルだった！　と興奮していた。ホテルで他のライターの部屋に行くと、買った本や図書館で借りた本が十冊とかそれ以上並んでいた。

直訳すれば「お化け書店」という名前のその古本屋が、どうやって本を仕入れてどうやって運営しているのか結局わからないままだったが、土地柄を考えれば並んでいる本は地元の学生や住民が手放した本なのだと思う。小さな、けれども本や文学に親しみの深い街だからこそ、古本屋にはいい本がたくさん集まる。ホーンテッドブックショップは、きっと、この街と文学の関係の縮図のような本屋だ。私たちのアイオワ滞在は十月に終わって、その店の棚からは文字通りいくつもの本が世界中に旅立った。

〔初出：『すばる』２０１９年1月号（集英社）〕

IV

2018.10.6～10.31

10月6日（土） 49日目

ゆうべの大雨でとうとうホテルの前の川が溢れた。気づかなかったが、夜中に洪水の警報も出たらしい。朝起きて外を見ると、川沿いの遊歩道が浸水していた。いつもダンやラシャやイヴァが煙草を吸っていた、私の部屋から見えるベンチも、脚まで水が浸っていた。

今週は街でブックフェスティバルが開催されていて、連日いろいろな催しが行われていたが、私は自分の参加するプログラムがないのと日本の仕事が忙しかったのでほとんどなにが行われているのかよくわからないまま過ごしており、よくわからないままもう明日が最終日だった。

今日はＩＷＰのライターが参加する予定のパネルがあったので、小雨のなか、中東のふたり（エマンとハイファ）、バイサが一緒に登壇する回を聴きにいく。パブリックライブラリーの近くのビル。客は少なかったが、アウシュラが来ていた。「Writing as Recovery」というテーマ。例によって私は内容がほぼとれない。対面のやりとりなら結構コミュニケーションができるのに、こういうただ聞くだけの英語は依然としてほぼわからない。

終わったあと、みんなでランチに行くことに。インディアカフェに行ったが閉まっていたので、またSosekiへ。アラムとカイとチョウも来た。アラムは今日はカツ丼に挑戦。私は鍋焼きうどんを頼んでみる。エビの天ぷらにボイルしたエビ（なのでエビが二種！）、かまぼこ、ブロッコリーなどがのっていてきれい。普通の丼で出てくるので、鍋焼きじゃないと思うのだが、おつゆは日本のうどんと同じでおいしい。アイオワの店で食べたなかでは、こ

れが唯一日本と同じ味と思える日本料理だった。

外は寒い。アウシュラとバイサとカイとチョウとアラムでジャバハウスへ。アウシュラがノートを開き、ここに自分の好きな作品を書いて、と言い、順番にノートを回していく。バイサもノートを出して、自分のにも書いて、と言う。みな真剣に悩んで作品名や作家名を挙げ、ひとつひとつ説明をする。

十月に入ってから、長いと思っていたこのプログラムがもう残りひと月しかないということにみんな気づいて、急に終わりが意識されるようになった。もう一か月後には離ればなれだ、みたいなことをよく聞くようにもなり、この日のアウシュラみたいに、情報を交換したりそれを記録しようとしたりすることが急に増えた。それぞれの国に帰ったあとのことを想像して、少し寂しくなりながら、友人に伝えるべき自分の読書体験を思い出し、それをノートに書く。

10月7日（日）　50日目

昼の十二時にケンダルが車でホテルに迎えに来た。今日は一緒にウィスコンシン州のベロイト大学に行く。

隣町のシーダーラピッズでお昼休憩。私はお腹が減っていなかったのでコーヒーを飲んで、ケンダルはメキシカンのボウルを食べた。プログラムのライター間での食事事情や、アメリカの食生活や健康問題などについて話す。今週、ほかのライターも誘ってケンダルの家でパーティーをすることになっていて、なにを用意したらいいか考えているよう。いろんな国のひとがいると、食べ物の用意がなかなか難しい。宗教的な禁忌もあるし、ベジタリアンも多い。来そうなのが誰と誰で、だからこういうものなら大丈夫だと思う、みたいな話をする。

ご飯のあと、古くからあるシーダーラピッズの街のパン屋さんを案内してもらう。このあたりはチェコからの移民が住んでできた街で、このパン屋さんもチェコのトラディショナルな焼き菓子を売っている。平たい生地の真んなかに、ジャムをのせて焼いたコラーチェという名前のパン。いろんな種類がある。黒に近い紫色をしたポピーシードのジャムのがあって、これ食べたことがないからトライしてみたいんですけど、と店員さんに言ったら、はじめは微妙だけどみんなだんだん好きになるよ、と教えてくれたのでそれにする。小さなつぶつぶで、ごまのようなイチジクのような感じの食感。おいしい。まわりの生地はスコーンとデニッシュの中間のような素朴で穏やかな味。先日ベジャンの誕生日にコンサートを観たホールがある建物も古いチェコスロバキアのソサエティとかかわりの深い場所だとケンダルに教えてもらう。ケンダルもご先祖のルーツをたどるとチェコからアメリカに来たひとなのだそう。

ベロイトはアイオワとウィスコンシンとイリノイの境目あたりにある。だから走っているのはほとんどアイオワ州で、しかしそれでも三時間以上かかった。車で移動するとアメリカの広さがわかるというか、日本の感覚がベースの自分にはその広さが想像できない、ということがわかる。道中の景色は延々畑が続き、多いのはやはりとうもろこし。日本のとうもろこし畑は緑色のイメージだが、こちらのは茶色。食用ではなくほとんどは飼料や燃料に加工されるので、からからに乾燥してから収穫される。その違いをケンダルに話すと、ああー、そう言われればそうですね、と言った。私ははじめ収穫を終えて立ち枯れているのかと思っていたが、これからが収穫期だそう。だから、そういう畑のとうもろこしの実は、たぶん茹でて食べられることも、焼きもろこしになることもなく、立ち枯れてからからになる。それはなんだかもったいないが、自国の産業やエネルギーと、土地の広さとのバランス、そしてそこに生じる想像力が根本的に違う感じがして、そのことが私が滞在中最もアメリカの大きさを感じられたひとつだったかもしれない。

道路はほとんど直線で、アップダウンがあっても日本のように傾斜に沿って曲がらずそのままのぼったりくだったりするのはアメリカの道路計画の特徴、と柴崎さんの本に書いてあった。時々道端にはねられた動物の死体がある(なんだかわからなかったが、あとで聞いたらラクーンが多いそう。少ないがシカも何頭かいた)。

長い移動のあいだ、ふたりの話は止んだり、思わぬ方へ進んだりもして、とてもその全部は思い出せない。ミシシッピ川に出て、川の話をしていると、ケンダルが少年の頃に家族で住んでいたミネソタ州のおばあさんの家の前にはミシシッピ川があって、その家でたくさん本を読んだ、と教えてくれた。それはすごく大切な時間だった、と彼は言った。

私とケンダルがふたりで話すときはほとんど日本語だけれど、この頃になるとほかに誰かが一緒のときはケンダルと英語でやりとりをすることも多くなっていて、ずっとケンダルさんだったケンダルの呼び方も、こうして文章に書くときには敬称なしの方が自然な感じになってきた。日本語で話すときには私はケンダルさんと言うし、ケンダルも私のことを滝口さんと呼ぶ。ケンダルが英語で私のことを紹介をするときも、口頭の場合は Takiguchi-san と、さん付けのまま英語になる。けれどほかのライターやスタッフがいて、つまり私が Yusho と呼ばれているときはケンダルも私を Yusho と呼ぶので、よく考えたらすごい複雑な使い分けがされている。私はその感覚が自然と理解できるし、ケンダルも同じだと思うが、日本語を知らないひとにそれを説明するのはすごく難しい。

ベロイトには夕方に着いた。ケンダルの友人で、今回の出張の窓口になってくれているスーザン先生が出迎えてくれた。今日は移動だけで用事はないので、スーザンさんと同僚の先生たちと夕食をご一緒する。きれいなホテルのレストランで、先週オープンしたばかりだそう。街にトランプ大統領の熱心な支持者であるお金持ちがいて、そのひとがつくった上等なホテルなのだ、と複雑な表情で教えてもらう。

宿は大学のゲストハウスを用意してくれていた。緑の多いキャンパスのなかにある小さなワンルームの家。夜はあたりは真っ暗。もう少し飲みたかったがそう近所に店もなさそうなので、おとなしくお風呂に入って寝る。今晩アイオワではカイが映画の時間にエドワード・ヤンの『牯嶺街少年殺人事件』を選んで見せているはず。上映時間が四時間と聞いて、うわー、パス、と言っている者が多かったが、誰か観に来ているだろうか。

10月8日（月）　51日目

七時半頃起きて、少し散歩。木々、盛り土、リス。道ばたのキャンパスマップを見ると、ここもアイオワ同様に大学の敷地がはっきり分かれておらず、街のなかに広がっている。大学の施設として利用されている建物が古いのも同じ。古い木製の電柱があった。アイオワシティは地中に電線が通っているのか、ホテル近辺には電柱はなかったと思う。しかしここも建物に対して電線が少なすぎる気がするので、わずかに地上型が残っているだけなのかもしれない。アメリカに来てから電柱のことなんか深く考えなかったけれど、こうしたふとしたきっかけで、その有無が興味深く思われてくる。電柱や電線がないのはたしかにすっきりして見映えがいい。だが一方で日本の空を見たときの、電線の猥雑さもなにかではある。

八時十五分にケンダルとスーザンさん（スーザンさんにはさんを付けたくなる。彼女は旦那さんが日本人で、日本に住んでいた期間も長く、日本語もできるので、敬称の効果が感じられるからだと思う。英語を使っていていちばんはっとするのは、そこに敬語や敬称がないことだ。逆に言うと、日本語を使うときに無意識のうちに細かく敬語を、つまり敬意を操作しているということに気づかされる。それがなくなることによって損なわれるニュアンスはもちろんあるにせよ、引き換えに得られる気軽さ、気安さ、明快さもあって、それは日本語話者としての言語感覚を結構揺さぶる）が車で来て、朝ご飯を食べに川の向こうのカフェへ。スーザンさんおすすめのメキシカンフードを食べる。コーンチップを敷いた上にチキンとソースと野菜が少し、あとチーズと目玉焼きとアボカドがのっているもの。おいしい。スーザンさんが佐賀で日本語教師をしていた頃の話や、子どもたちの話など聞く。

授業まで少し時間があったのでケンダルと大学内の美術館を見学。セネガルの現代美術の展示をやっていた。美術館は数年前に新しくできた建物で、開館間もない頃、やはりケンダルのアテンドで吉増剛造さんが来てホールで朗読のパフォーマンスを行った。美術館は火気厳禁だが、吉増さんはしれっと無断で火を使って石の床がちょっと焦げた。大学のひとたちはちょっと問題と思ったかもしれないですが、でもその焼けた跡はよい記念ですよねえ、とケンダルは笑って言っていた。

お昼前に、日本語のクラスに参加して紹介されたり質問を受けたりする。特に小説や文学を専門としている学生ではなく、語学としての日本語を学んでいるクラスなので、小説の書き方や、小説を書くようになった動機といった素朴な質問が多い。『死んでいない者』を読んできてくれた日本に住んでいたことのある学生（両親のどちらかが日本のひとだった）が、親戚の集まりを懐かしく思い出した、と言ってくれたりした。カタカナで「ベロイト」と大きくプリントされたTシャツの男子学生がいた。

お昼は日本から留学している学生十人ほどとランチ。文学の専攻のひとはおらず、国際政治学を専攻している学生が多い。みんな積極的によく話す。仲も良さそう。あまり本は読まないと言っていたが、話していると結構あれこれ読んでいる子もいて、村上春樹や夏目漱石といった名前が出る。西加奈子『サラバ！』に大変感動した、と話す学生もいた。訊き出すうちに東野圭吾、伊坂幸太郎といった名前も出る。たぶん、読んだものをきれいに説明したり言語化したりできないから、あまり読んでいない、と言うのだけれど、実際みんな結構読んでる。私は彼らの年齢の頃はほとんど本も読まず、大学にもまだ行っていなかった。小説家になろうとも思っていなかった。そのあと十五年くらい経って、アメリカの大学で学生の質問に答えたりしながら、小説が書けるなんてすごい、と言われたり、特別なひと、みたいに思われたりしている。でも私は、みんな本をたくさん読んで、英語もできてすごいなあ、と思っている。変なものだと思う。

夕方からは朗読。私が日本語で、ケンダルが英語で、『死んでいない者』の冒頭部分を読む。ケンダルの朗読がすばらしく、私は同じ箇所をニューオリンズで朗読していたのだが、自分の英文で読むことへのアプローチは全然間違っていた、と思った。日本語の文章と英語の文章というのは完全に別の組成なのである、ともちろん理屈ではわかっていたけれど、こう違うのか、と目の当たりにした感じ。日本語であれ英語であれ、語り手の意志や感情と言語化された文章は距離のあるものだけれど、母語ではそれは近接しているかのように感じられ、実際言語が感情に働きかけることももちろんあるが、ふたつは遠く離れていて、翻訳された文章には、もはや別のかたちの意志がある。日本語の語り手と英文の語り手は別なのだ、言語が違うのだから当たり前だ、みたいなことを打たれたように感じつつ、そういう言い方をすると、原文と翻訳の違いが大きくて結局翻訳ができない、みたいな話のような感じがするかもしれないけれど（実際右のようなことをあとでケンダルに話したら翻訳者である彼ははじめ少し不安そうに聞いていたけれど）、私が思ったのはネガティブな話ではなく、異なる言語にするというのは、意味を同じくするのではなくその言語における意志のかたちを探す、ということなのかもということで、だから翻訳が可能なんだな、みたいなことだった。そもそもこういう長いセンテンスを英語で言おうとして形だけ長くしても、日本語の散文の長さがもたらす感じにはたぶんならない、みたいなことでもあり、私はこのときまで、どこかで翻訳は不可能と思っていたのかもしれないし、自分で自分の書いた小説の英語訳を読んでも、なるほどこういう言い方になるのか、みたいなことしか思っていなかったのだが、その思いはこのときケンダルの朗読を聞いて大きく変わった。ケンダルは演劇を勉強していたことがあるので（ちなみに彼は茶道や狂言の実技にも通じている）、彼の朗読の技術の高さというのももちろんあった。日本語と英語では、テキストと音読の関係もおそらくかなり違う。ともかく私はなにか画期的な気づきを得つつ、同時にあと何回かアイオワで自作を英語で朗読しなくてはならないので、どうしたものかと悩ましくもなった。

五時過ぎにベロイトを出発。大学でもらったbeloitというバッジをふたりで付けていたら、それを見た高速道路の入り口のおばさんが冗談半分になじるようなことを言い、ケンダルもなんだか意味がわからなかったようだが、ポリティカルな、おそらく選挙にかかわる内容だったらしく、おばさんはバッジを誰かの名前と見間違えたらしい。見知らぬひとに向けて（しかも一応勤務中にお客に向かって）政治的信条の対立をぶつける、というのは日本ではなかなか考えづらい。中間選挙は約一か月後だ。その頃もうこのプログラムは終わっている。

日が暮れて、イリノイの畑のなかの道は真っ暗で、地平線と夜空の境がわからなくなって、目の前が大きな山みたいに思えたりもする。途中ファミリーレストランでご飯を食べて、少し道に迷ったり、レーガン大統領のホームタウンのディクソンに寄ったりした。アイオワ出身の唯一の大統領はちょうど大恐慌のときのフーヴァーというひとで、歴代でも一、二位の人気のなさだ、と教えてもらう。

十一時頃にアイオワシティに帰り着く。こういうドライブは大好き、と道中ケンダルは言っていたが、二日で九時間くらい運転してくれた。地図を見たら、昨日と今日行って帰ってきたのはアメリカの右上のほんのわずかな場所でしかなくて、アメリカの大きさがわかる、いやわからない。

10月9日（火）　52日目

お昼に院生のマックと会い、スターバックスで朗読の練習をしてもらう。明日はＩＷＰから斡旋された隣町の美術館での朗読イベントがある。マックが訳してくれたジミヘンの冒頭近くの部分を読む。

前に川原で撮影したカイの受賞コメントがウェブで公開された。受賞を知ったアウシュラたちがお祝いをしようと言い出し、夜マリアンヌの家でパーティーをすることに。

お昼の買い出しでスーパーまでの車中、カイがいくら賞金をもらうのかみんなでスマホで調べる（カイはその場にはいない）。だいたい三万ドルくらいのようだ、とわかると、みな一瞬黙って、おおー…、という反応だった。ただこれは間違いで（たぶん米ドルと台湾ドルを混同した)、もっと少額だった。このときに限らず、原稿料だの賞金だのの話はよく話題に上がった。誰だったかがあとで意を決してカイに、あなたの賞金は三万ドルか、と訊いたらカイは慌てて、ノーノーノーノー! と手を振って否定した。

夕方、マリアンヌの家へ。ホテルから車で十分ほどのところ。カイ、チョウ、アウシュラ、バイサ、ジャクリーン、アマラのライター組に、車を運転してくれたアンドレと家主のマリアンヌ。あとからファイサルも来た。小川沿いできれいな庭もある素敵な家。

アウシュラとバイサがキッチンで料理をつくり、そのあとアマラがつくりはじめた。あれこれしゃべりながらアマラの手伝いをする。庭のテーブルセットで食べて飲み、急に雨が降ってきたのでそのあとは家のなかで。ピアノがあって、アンドレがピアノを弾いた。

九時頃、ホテルに戻り、部屋で明日の朗読の練習をしようとしたら、アウシュラとバイサが部屋に来て、週末にアウシュラが古道具屋で買った『シャイニング』のDVDを見よう、と言う。なぜ俺の部屋で。ふたりに呼び出されてカイとチョウとファイサルとアラムもやって来て、みんなでビールを飲みはじめた。明日朗読だから練習しないといけないんだけど、と私が言うと、アウシュラが、Don't worry 私たちがトレーニングしてあげる、と言い、みんなの前で朗読の練習をすることに。発音がおかしいと、アウシュラとバイサがビール片手に発音を訂正する。

I started twirling my ankles in…

違う、それじゃ叔父さん(uncle)になっちゃう。

Ankle.
No, "Ankle".
Ankle.
Good.

といったチェックが再三入る。厳しい。カイたちは気の毒そうに私を眺めていた。昼に練習してもらったマックにくらべて、ネイティブでないアウシュラやバイサの方が発音にシビアなのは、ネイティブでないからこそだ。何度か通して読んで、練習が終わると十二時を過ぎていたが、じゃあ『シャイニング』を観よう、とアウシュラは言い、私はもう寝たいしホラーは好きじゃないし、とどうにか帰ってもらおうと思ったのだが、アウシュラとバイサは観ると言って聞かない。観はじめると早々にカイとファイサルとアラムがもう寝ると言って部屋に帰り、女性だけが残ったらいやだなと思っていたらたぶんチョウが気を遣って眠いだろうに最後まで残ってくれた。ビールを飲み、スナックをつまみながら、観終わったのは三時頃だった。

私は八月にアメリカに来た飛行機でも『シャイニング』を観た。帰りの飛行機でもなぜか観た。

10月10日（水）　53日目

午後、車に分乗して同じアイオワ州のダベンポートにあるフィッジ美術館へ。展示を観て、夕方からジーナ、イヴァ、アラム、私四人の朗読。どうやって人選しているのかはわからない。マックも来てくれて、直前にも少し読む練習。夕飯を食べるタイミングがないので、朗読の前に近くのサブウェイへ行くが、時間がなくて慌てて食べるほかなく、ライターからの文句がちらほら。お客さんの少なさもだいたい予想通りで、一緒に来たライターをのぞけば純粋な聴衆は五人くらいだった。こういった、イベントのやりっぱなし感はプログラム中これまでにも見られて、シアトルでは、現地の巨大な書店の広い会場で朗読のイベントが組まれたが、結局会場にはＩＷＰのライターとスタッフ以外数人しかおらず閑散としていたと聞いた。

ともあれ私の朗読は練習の甲斐あってどうにかうまくいった。ベロイトでのケンダルの朗読、そしてゆうべのトレーニングのおかげ。昨日直された箇所をうまく乗り越えると客席にいたアウシュラが、グッド、と親指を立てて見せた。バイサは寝坊したようで結局来なかった。

松波太郎さんからメール。鍼とお灸の治療院を開くことになったという報告。彼は鍼灸などの有資格者でもある。この夏から文芸誌での仕事を離れ、開院に向けて準備を進めるとのこと。文芸誌での仕事はしないが小説をやめるわけではないというし、これまでも鍼灸についての小説を書いている。なのであまり驚きはなく、ストイックでユーモラスな松波太郎の次作としての開院、と受け取り、返信。

10月11日（木）　54日目

夕方、散歩。天気よい。これまで行ったことのなかった方面へ歩いてみる。ダウンタウンの南側。お城みたいな建物がある。線路。知らなかった店。バイシクルショップ、楽器店、バーバー。前にケンダルの奥さんのゆりさんに教えてもらった東西商会というアジア食材の店を見つけたので入る。日本のお菓子や味噌や梅干し、納豆なども売っている。韓国や中華の食材なども。「ほんだし」があったので、コモンルームにメアリーが持ってきてくれたスープクッカーでなにかつくってみようと思い、あれこれ材料になりそうなものを買う。レジで店主らしいおばさんと話す。おばさんは韓国のひとで、大学のプログラムで来ているライターだと言うと、あれこれ質問をされた。

あなたが小説で伝えようとしているメッセージはなにか、と訊かれたので、メッセージとかは別になくて、と言うと、メッセージがない？　と彼女は文字通り目を丸くして驚いた。読んでるひとが読んでるときにたとえばなにか関係ないことを思い出したり考えついたりするのがおもしろいし、それは結構すごいことなのではないかと思うんですよね、メッセージのやりとりというよりコミュニケーション？　あとに残らない読むあいだだけの経験みたいな？　みたいなことをほかのお客さんが来ておばさんがレジを打つたびに中断しながら時間をかけて英語で説明してみたら、最終的に、そんなことは全然考えたことがなかった！　すごい！　と思いのほか響いたようで、ちゃんと話してよかった。また来る約束をする。

ホテルに帰る途中、ここに来て最初の日に延々歩きまわって見つけた酒屋を発見。あの日以来どこにあるのかわからなくなっていて、ふだんはもっと近くの酒屋に行くようになっていた。店のおじさんに親切にしてもらったからまた来たかったが、今日は買った荷物が重いのでスルー（結局その後一度も行かずじまいだった）。

ホテルに戻り、カイとアラムに頼まれてまたアラムの部屋で散髪（今日は私は刈らない）。切った髪はまたシーツにくるんで川に持っていって捨てる。前回の散髪は暑い日だったが、もう外が寒い。

そのあとコモンルームでスープをつくって振る舞う。高野豆腐、油揚げ、スナップエンドウ、にんじん、きのこ、長芋を入れて、ほんだしと醤油で味つけ。みんなに食べてもらったらなかなか好評。

みんなでアマラのウイッグをかぶって写真を撮って遊ぶ。私はアマラの編み込みの髪の毛がウイッグだとは知らなかった。このあいだマリアンヌの家で一緒に料理をしているときに、あれ髪の毛ほどいたんだ、と言ったら、アマラは、そうだよ、なんて言っていて、けれども今日また編み込みになっていたからそんな毎日編んだりほどいたりできてすごいな大変だな、と思っていた。マリアンヌのキッチンで私は、undo という動詞を使ったので、ウイッグを取ったんだね、と伝わっていたのかもしれない。あるいはなにも伝わっていなかったのかもしれない。

この日、カイに続いてファイサルもインドネシアで文学関係の賞をもらったことがわかって、おめでとうを言う。今年はノーベル文学賞の発表がないとか、その代わりみたいな賞を村上春樹が辞退したとか文学賞の話になり、日本の芥川賞についても質問される。芥川賞は結構知られていて、しかし芥川という発音はとても難しいらしく、みんなうまく言えない。ついでに言うとタキグチも難しいようでみんな舌を噛みそうになっている。たぶん、t-k-g とか k-g-ch という子音のつながりが難しい。私は、芥川賞は新人の賞であり、いちばん有名だけどいちばん重要というわけではない、と説明した。ミシマ賞もあるけど新人向けで、作家の名前がついてるのだとタニザキ賞とかカワバタ賞とかもあって、そっちの方がたぶん重要だと思う、と説明。途中で誰かがユウショウは日本で有名なのかどうか、と言ったらしいのだが、私はそれに気づかず芥川賞の話を続け、とても有名だがあまり重要ではない（very famous but not so important）と応えると、みんなが大笑いした。この言い回しはみんなの気に入ったようで、ことあるごとに、I am not so famous and not so important. と嘆いてみたり、You are not so famous but very important! と励まし合ったり、ちょっと流行り言葉みたいになった。

10月12日（金）　55日目

明け方、ホイッスルのような音がどこかでしていて目が覚める。虫の音のように思えなくもなく、なにかコオロギ的なものが部屋にいるのか、それとも外からか、結局なんだかわからないまま寝たり起きたり。

昼は図書館のパネル。その後、図書館の近くのタイ料理屋に行く。最近はカイ、チョウ、アウシュラ、バイサ、アラムというのが、いつものメンバー、という感じになりつつあって、イベントのあとでどこか行くとなると自然とこの顔ぶれが集まる。夕方はシャンバウハウスのリーディング。今日はアリとチャンドラモハン。

夜はケンダルの招待でホームパーティー。ケンダル、マックの車に分乗して、ケンダル邸へ。いつものメンバーにウマル、モハン、ジャクリーンが来た。ゆりさん、薫くんに挨拶。図書館の原田さん夫妻、プログラムのディレクターのヒュー、ナターシャもあとで来た。

薫くんは知らないひとが大勢で緊張気味だが、前に会っているからか私には寄ってくるので一緒にクラッカーなどを食べる。ペコリノロマーノというチーズが好きらしく、お母さんに、ペコリノロマーノ食べていい？　と訊いて、食べている。私は前に食品関係の職場にいてそのときにチーズの名前などを少し覚えたけれど、ペコリノロマーノなんて名前、三十歳くらいまで知らなかったので、五歳なのにそんな名前を知っててすごいと思う、と薫くんに伝えると、特に返答はないがチョコをくれた。向かいに座っていたジャクリーンがにこにこしながら薫くんを見ている。昼間酒屋で日本酒を買って持ってきたので、それをジャクリーンと飲む。ジャクリーンは、I like Sake とよろこんだ。ケンダルから『高架線』について授業での翻訳のために少し質問を受ける。なかなかややこしい質問でどう答えたものか難しい。

「悶々としながら返事を待ち続けていた間、私はしかし北海道に飛んで彼女の住所を訪ねることまではしなかった。学校があったとか、北海道まで行く金がないとかの理由はあったが、手紙を待ちながらも私の彼女への熱は冷めはじめていたのではなかったか。」（『高架線』15

ページ）という箇所で逆説（「しかし」「あったが」）のつながりがわかりにくいので説明してほしい、という内容だった。言われて読んでみると、たしかによくわからなくて、申し訳ない気持ちになった。

　私はこういうわかりにくい逆説を結構使う、もう少し言うと逆説を含めた否定辞や否定の意味を含む表現をよく使う。それを自覚するようになったのはわりと最近で、否定や逆説が自分が文章を書くときの推進力になっているのかも、と思っているのだが、ケンダルの質問もそれを表しているようだった。

　なので、ここにはいろんな逆説や否定があって、その全部が絡み合っているので、部分で見ると逆説なんだけど大筋としては違うかも、みたいな話をする。先の文だと、「しながら〜しかし〜まではしなかった」「あったが〜待ちながらも〜冷めはじめて〜なかったか」はそれぞれセットになっている（書くときにこんな細かいことは考えていないが）。日本語だけで考えてもわかりにくい話だが、ケンダルは言わんとするところをよく理解してくれた。こうして翻訳を機に自分の文章の特徴に気づかされることも多い。

　カイとファイサルの受賞のお祝いにとナターシャがシャンパンを持ってきたのでみんなで乾杯。ゆりさんがたくさん用意してくれた料理を食べる。おいしい。

　ヒューとバイサと一緒に、ケンダルの書斎を見せてもらう。福永信さんが編集した『小説の家』があったので、出版社の主宰でもあるバイサにこの本のデザインはとても変わってるよ、と見せる。ケンダルは十年がかりで取り組んできた安岡章太郎研究の本の仕事がもうすぐ終わる、終わったら毎日飲み会でも大丈夫、と先週言っていたので、ゆりさんにケンダルは本の仕事は終わったんですか？　とこっそり訊いたら、まだなんですよ、と顔をしかめて笑っておられた。翌年の二月にくれたメールでもケンダルはまだ原稿を直しています、と言っていたが、でも表紙は決まりました、とカバー画像を送ってくれた。

薫くんは時間がたつとだんだんみんなに慣れてきて、アウシュラに自分の描いた絵本を披露して褒められたりしている。くるくる回転する踊りを見せたり、ピアノを演奏したり。ケンダルはふだんから薫くんの話になると、彼は本当にすごいと思う！　と言ってなかなかの親ばかなのだが、絵本（絵もお話も自分で考えた）もピアノ（自分でつくった曲）も目を見張るもので、私はケンダルに、彼は本当にすごい、と言うと、そうですよねー、と言った。

10月13日（土）　56日目

昨日のホイッスルのような虫の音のようなのがまた聞こえてきて夜中に起きる。ほっといたが眠れないので仕方なく起きて音の出所を探していると、天井の煙探知器だと判明。一定の間隔で、ひゅっ、ひゅっ、と鳴る。止めてもらおうとロビーに降り、夜中にフロントにいるおじさん（いつもカントリーを流している）に話してみるが、自分はわからない、止めるべくトライしてみろ、幸運を祈る、とのこと。

仕方なく部屋に戻って椅子にのぼっていじってみるが、へたなことをして深夜のホテルじゅうに警報が鳴り響く、みたいなことになったらと思うとおっかなくてあまり思い切ったこともできず諦める。

イアフォンを耳栓にして横になっていたがほとんど眠れず朝になり、散歩に出た。朝の空気はすっかり冷たくて、秋、と思う。土曜の朝なのでときどき車が通るくらいで、静か。坂道の途中に立っているマスコットキャラクターの鷹と対峙する。目を見開き、歯を食いしばった顔。スクールカラーの黄色と黒のアメフトのユニフォームを着ている姿のものを見ることが多かった気がするが、校舎のビルが並ぶそこには角帽とガウンを着たアカデミックな奴がいて、腰に手を当て、仁王立ちしている。子どもの頃から、こういう人間の体に動物の顔がついているキャラクターが不気味であまり好きではなかったのだが、そういう不気味さは三十代になってもあまり変わらず、なんとなく怖く感じる。

ホテルの前の広場に戻ってくると芝生がもやんと白っぽく、近くで見ると草の一本一本の先に朝露がついていた。広場から見て東側はダウンタウンの方へ向かってのぼっている斜面とその上にオールドキャピタルという大きな建物があって、建物越しにだんだんと太陽があがり、芝生に日が射しはじめて、日なたの範囲が少しずつ広くなっていった。朝露が反射して輝き、きれい。

朝食の部屋が開いている時間になったので行ってみて、いつもいる長身で長髪を後ろで束ねた顔なじみの学生アルバイトの青年に、部屋のスモークアラームがひと晩じゅう鳴ってるんだけど止め方知らない？　と訊いてみると、ひと晩じゅう？　それはひどい、とひじょうに同情を示してくれて、やってみる、と脚立などを持って部屋に来た。しばらく格闘してほとんど壊すようにコードを外すとようやっと音は止まった。私の部屋の煙探知器はその後ずっと天井からぶら下がったままだった。

昼は地元の農場に招かれてのパーティーがあった。干し草を積んだトラクターに載せてもらったり、食事をご馳走になったりする。

夕方にホテルに戻る。夜は図書館の原田さん夫妻と晩ご飯を食べる約束をしていた。ホテルに迎えに来てもらって、夫妻とも親しい西先生のお宅へ。西さんがたくさんの手料理とお酒を用意してくれていて、うわー茶碗蒸しだ、焼酎だ、とよろこんでごちそうになりながら、小説の話、アイオワの話、大学の話などいろいろ話す。

ケンダルのクラスにいて、IWPのイベントにはライターよりも熱心に顔を出しているジェームズは西先生の生徒でもあるそうで、ジェームズの話もする。朗読会やパネルには、ほぼ必ず彼の姿がある。丁寧で気のいい彼は、いろんな場所で私をさりげなく助けてくれた。最近は書道の筆について勉強しています、筆にもいろんな種類があるんですね、などと日本文化のことも手広く学んでいる。書道の筆のことなど私はなにも知らない。

勉強熱心なのは結構だがあちこちのイベントに参加しすぎで全然宿題をやってこないの、と西先生はぼやいていたので、ムスリムのふたり、ハイファとエマンはよくジェームズと一緒にいて、たぶんいろいろ案内してもらったり、助けてもらったりしていると思う、とできるだけジェームズを擁護しておいた。十月末最後のパネルのとき、エマンはアイオワでの思い出をA to Zの形で語ったのだが、Jはジェームズのjで、エマンは涙を流しながら彼の優しさに感謝を述べた。ほかのライターと離れて行動することも多かった（そこにはどうしたって宗教上の違いの影響もあったと思う）ハイファとエマンにとって、ジェームズは私たちよりも頼れる友人だったかもしれない。

ちなみにジェームズは、そんな調子で前年（二〇一七年）のIWPのときも熱心にイベントに参加していて、藤野さんと親しかったと聞くベネズエラのエンザさんというライターと仲良くなった。そしてエンザさんとジェームズが結婚したと聞いたのは二〇一九年の夏のことだ。

私がアイオワにいるときも、アメリカの別の州にいるエンザさんとの遠距離恋愛の話や、休みを使って会いにいった話などを私に嬉しそうに話してくれた。Congrats!

西先生の家で遅くまで飲み、食べ、日本語でたくさん話をして、経験のないような懐かしいような曰く言いがたい幸福感を感じた。変な話だが、いや変ではないのだが、旅先の一夜のような感じだ、と思った。深夜ホテルに帰る。

10月14日（日）　57日目

昨日の帰りに西さんがパックに詰めてくれた朝ご飯を食べる。おにぎり、ししとうの炒め物、お漬物。それと前にケンダルがくれたみそ汁。おいしい。

夕方、書店での朗読会。今日はカイの登壇で、台湾島がアメリカをめざして海上を移動しはじめる「Moving Island」という短編を読み、最後に作中のモチーフにもなっている歌を流した。実際に台湾で九〇年頃に人気が出た「行こう、行こう、ハワイに行こう」みたいなちょっと間抜けな感じの歌。時代はずれるが、「憧れのハワイ航路」的な曲なのだろうか、曲調も少し似ている。言うまでもなく小説のベースには台湾と中国のあいだの独立問題があり、彼の短編「カピバラを盗む」もそうだったが、政治的なモチーフをヘンな形にスライドさせる小説。彼は少し前に英文のこの小説を私に送ってくれていた。ほかの作品についても内容を聞いたり読んだりしていて、阿部和重や木下古栗と重なる印象があったので以前カイにそれらの作家を教えたりもした。

　阿部和重の本は台湾版があったようで、プログラムが終わって台湾に帰った彼から、いまこれを読んでるよ、と台湾版『□《しかく》』の写真が送られてきた。私は、『ニッポニアニッポン』を、あなたのカピバラの話とちょっと似ているから読んでみて、と教えた。台湾版はないが中国語版（簡体字版）はあるようなのでたぶん読めるはず。

　アイオワを十月末に離れてワシントンとニューヨークの短い旅行があり、ニューヨークですべてプログラムが終わって解散となったのは十一月の六日で、私はその後ニューヨークに十日ほど残ったのだが、私がまだニューヨークにいた十一月十二日に、台湾文学の翻訳者である天野健太郎さんがなくなった。台湾の作品をたくさん翻訳した天野さんはカイの翻訳者でもあり、二年前には一緒に日本でトークをしたとも聞いたし、私たちはアイオワで天野さんについてたくさん話した。ちょうど文藝春秋から呉明益の新刊が出て、その情報をアマノの新しい仕事だ、とカイにリンクを送ったばかりだった。訃報を知ってカイにテキストを送ると、彼も昨日知って驚き悲しんでいると返信があった。私は天野さんにお会いしたことはなかったが、日本に帰ったらカイの作品について話したり聞いたりする機会がきっとあるだろうと思っていたし、まだ日本語訳になっていないカイの作品もいつか天野さんが訳してくれるだろうと思っていた。天野さんの人柄やアクティブさもカイから聞いたし、大げさでなく、私とカイが互いの作品や互いの国の文学について話していたとき、そこには異なる言語のあいだに橋を渡してくれる頼もしい存在としてアマノの存在があった。

夜、映画。サラが紹介したアルジェを舞台にした映画『Tahia ya Didou!』が大変おもしろかった。七〇年代にアルジェ市が観光宣伝用に監督に制作を依頼し、街のアーカイブ映像と新たに撮影した映像を混合させたもの。アルジェリア戦争のフラッシュバックシーンなどがあり、全然観光宣伝向きでないアバンギャルドな作品で、行政からボツをくらって結局公開されなかったそう。

アリは映画ではなく自分の演劇の記録映像の上映をした。大学のキャンパス内につくった屋外舞台での上演。ところでアリはここ最近ひじょうに疲れていて、風邪もひいていたようだがどうもそれだけではない気がする。時々ホテルの廊下や朝食の部屋で会ったときに声をかけると、ありがとう、と穏やかに笑って大変な感謝を示してくれるが、前はもっと陽気でいつも大きな声で、オーバーアクションだった。劇作家は彼ひとりだし、彼のノリを共有する相手があまりいないので、孤独に感じているのかもしれない。

10月15日（月）　58日目

今週はホームカミングデイだそうで、ホテルから見える橋の欄干に各国の国旗が並んでいる。

午後ＩＬＴクラス。アリとルメナとチョウ。アリが発表中に学生にまわした本を見ていたら、プロフィールらしき欄に一九七八年生まれとあり、私はアリはひとまわり以上年上だと思っていたのでちょっと信じがたく、隣の学生に、これって彼が七八年生まれってこと？と訊くと、そうだと思うよ、と言う。二か月も一緒にいていまさら驚くが、あとで近しい何人かに話したらやっぱり全員が驚いていた。プロフィールに生年がないことには気楽さを感じるが、こういう瞬間にやっぱり年齢を気にしてしまう習慣、年齢でなにかを測ってしまう自分の習慣に引き戻される。

今日と明日の夜はケンダルのクラスの学生と私との朗読会がある。ケンダルの翻訳のクラスの学生がふたグループに分かれて、私が日本語で、彼らが自分たちで翻訳した英語で読む。それが終わって金曜日にはシャンバウハウスでの英語の朗読もある。今週は忙しい。ついでに木曜日は自分の誕生日だった。

夕方、ケンダルが車でホテルに来て、朗読前に打ち合わせも兼ねた夕飯。前に散歩で来たあたりのタイ料理屋。そのあと会場となる教室へ。今夜は『高架線』の朗読。私が日本語で読んだパートを、五人の学生がパートごとに区切って読んだ。アレックスが読んだエロい文通の場面ではずいぶん笑いが起こった。西さんが来てくれた。ほかのライターも大勢聴きにきてくれた。久しぶりに鉢巻きニュートンもいて、おお！　と挨拶。そういえばほとんど行かなくなっていた金曜日の翻訳ワークショップのクラスの今週のスケジュールに私の名前がある。しかしそれはニュートンありきなので、もう流れているというか、ニュートンが来なければ意味がない。そしてニュートンは来ないであろう。

終わったあと、みんなでSosekiへ。前に図書館のパネルのあと話して、メールもくれていたジム・ニシダ氏も聴きに来てくれていたので誘って一緒に行く。Sosekiのあと、みんなと別れてニシダ氏の仕事場へ。車で十分ほど、街道からちょっと入ったところにあるガレージ。自動車のシートの修理をしている。家は隣のミズーリ州にあって、ウィークデイはこのガレージで寝泊まりし、週末は奥さん（日本人）のいるミズーリの家に帰る。ガレージには日本の観光地の提灯がたくさん飾ってあった。遅い結婚だったという奥さんとのなれそめや、日本の大学で勉強した頃の話などうかがう。ここでも旅先の一夜みたいな感じだ、と思いながら過ごした。自分の想像が及ばず、なにも知らなかった土地の、ありふれたような、しかしそこには個人の毎日の生活がたしかにある場所に、ふらりと間違ったみたいにいま自分がいる、という感覚。はじめのうちは毎日感じていたそれをいまでは忘れ、ライターたちのいるホテル、カイやアウシュラやバイサのいるコモンルームを離れているときに、そのストレンジャーな感じを感じる。それは、川をのぞむアイオワ・ハウス・ホテルでの二十七か国二十八人での時間がすっかり日常になっているということなのだろう。ニシダ氏は、来年の春頃にはこの仕事場もミズーリの自宅も引き払って伊豆の方に移り住む予定だそう。一時頃、

ホテルまで送ってもらう。

10月16日（火）　59日目

カイは今日から一週間ほどテキサスの大学に呼ばれて出張。

昼、河出のムックで頼まれているジミヘンの原稿を書くために音楽図書館へ。ジミヘンを書いたときに翻訳で読んだ本（『ジミ・ヘンドリックスとアメリカの光と影』チャールズ・シャー・マリー著・廣木明子訳／フィルムアート社）の内容を確認したく、検索したら原書があるようなので見てみた。大学の検索システムでは引っかかるのに大学の図書館でいくら探しても見つからず、謎に思っていたのだが、よく見たら近くにある音楽図書館というオーディオ・ビジュアル専門の別の図書館の蔵書で、ようやく今日来た。が、やはり英文ではちゃんと内容の確認ができず、結局予定とは違う内容で書いて送稿。

ホテルに戻り、コモンルームをのぞくとチョウがいた。チョウは香港にいるガールフレンドが体調を崩したので、プログラムの終わりを待たず、明後日帰国することになっていた。あ、そうだ、と私は昨日日本から届いた『新潮』を部屋から持ってきた。アイオワ日記の一回目が載っていて、チョウとこの部屋で森高千里の話をしたことや、みんなが銀行にアカウントをつくりに行くときに、一緒に行かない私をチョウが心配してくれたことについて書いた部分を見せた。彼はよろこび、そのページをスマートホンのカメラで撮った。

ジーナとベジャンがコモンルームにやってきて、チョウの姿を認めると、本当にもう帰るのか、なぜなのか、と問うた。

彼が明後日帰ることがほかのライターに周知されたのはほんの数日前だった。よく一緒にいた私やアウシュラ、バイサ、アラムらはもう少し早くに知っていた。私が最初にそれを聞いたのはカイからで、チョウが最初にそれを話したのもきっとカイだったろう。彼らは中国語でもやりとりができる。チョウはカイがアイオワを離れているあいだに帰ることになるので、私はカイに代わってチョウのことをちゃんと見送らなくては、と思っていた。一週間に三度の朗読会に加えて、チョウとの別れもまた、今週重なった私がやらなくてはいけない大事なことのひとつだった。

ベジャンが、私が持っていた本を見てなにかと訊くので、これは日本の文芸雑誌で、私はここにアイオワの日記を書いた、と説明した。扉のページを示して、ア、イ、オ、ワ、Diary とタイトルを指さして言う。そして本文のなかから、これがあなたの名前、と「ベジャン」の文字を示すとベジャンはそれを写真に撮った。なにが書いてあるの、と訊かれたので、私はその号の日記の最後に載っていた八月二七日の記事を英語で説明した。

ベジャンは、トルコから来た詩人。彼女は話した、学生だったときの牢屋の暗闇と、彼女が子どもの頃に見た鮮やかな景色について。私は、ベジャンとはたくさん話さなかった。彼女は孤独な感じがする、と私は感じていたから。しかし、教室で彼女の話を聞いているときに、私は、彼女が子どもだったときに彼女が見た景色が見えたように思った。植物の緑や、空の青や、花の色。私は、私のその想像について、説明することができます。私は、イランの映画の色を想像していた。それは彼女の国ではない、隣の国です。それから、彼女はいつもビビッドな色の服を着ていた。ブルー、グリーン、この日も彼女は、レッドの長いジャケットを着ていた。私は彼女の話を聞きながら、彼女の鮮やかな服の色を一緒に思っていた。はい、私の想像の材料は、とても貧しいです。しかし、私は思った。彼女の暗闇のなかで、彼女は鮮やかな色を忘れなかった、そして彼女は彼女の詩を書きはじめ、書き続けている、私は彼女のそのようなマインドをつかめたかもしれないと思った。

日記にはその話を聞いていると涙が出る、と書いてあった。しかしそこまで読まぬうちに私はまた泣いてしまったので、日記に涙が出ると書いたことはベジャンは知らない。それを見ていたチョウも知らないと思うが、漢字は読めるからもしかしたらわかったかもしれない。ベジャンは、ありがとうユウショウと言い、それから、ごめん今日はビビッドカラーの服じゃない、と着ていた薄いピンク色のセーターを指さした。

夜、昨日と同じ会場で朗読二日目。今日の朗読は『ジミヘン』で、マックがリーダーの女子六人グループ。全員白と黒で衣装まで揃えてきて、直前まで会場の外に出て練習をしている。私は読む箇所だけ指示されて、彼女たちがどう読むかもわからなかったのだが、はじまってみるとなるほど複雑な演出がなされていて、部分部分で声を揃えたり、六人の読む箇所の振り分けが細かく分かれていて、見事なパフォーマンスだった。衣装は、読んだ箇所に出てくるblack or white（「白黒つけなきゃ気が済まない」）という文にかけてのものだった。今日は原田夫妻が来てくれていた。イベントは学校外にもオープンで、アイオワ在住の日本人の女性の方が会場にいて、朗読が終わったあとの質疑応答で質問を受けた。曰く、滝口さんにとって書くことやそれを続けることはどんな行為か、という主旨のもので、困ったが、子どもが川に向かって延々石を投げるみたいなことで、特になんの見返りもないが楽しいのでずっとやってる感じ、と私はなぜか英語で答えた。自分でもよくわからない答えだが、いま考えてみるといい例えだった気もする。昨日に引き続きアラムとチョウも来てくれて、終わったあとケンダルと四人でご飯。そのあと、アイオワシティの外れにある古いバーにも連れて行ってもらう。テレビでメジャーリーグのリーグ優勝を決めるシリーズがやっていて、前田健太が投げていた。

10月17日（水） 60日目

アラムとチョウ、それからファイサルと四人で九時にロビーで待ち合わせをして、朝ご飯を食べにいく。前に私がひとりで行った花屋の向かいのカフェにブレックファーストのメニューがあって、このあいだドライバーをしてくれている地元のライター・アンドレに訊いたら、そこのブレックファーストはとてもいいよと教えてくれたので、チョウの帰国前に行ってみることに。Hamburg Inn No.2という古いお店。ステーキやオムレツにハッシュブラウンがついて、パンケーキやフレンチトーストなどが選べる。量が多いが、おいしい。ホテルの朝食にはみな飽きていたので、アラムはとうとうアイオワでおいしい朝食を見つけた！とよろこんだ。この店にはその後何度も通うことになる。

午後、オールドキャピタルでトルーマン・カポーティ賞の授賞式。今年の受賞者はロバート・ハスで、ライターたちも彼の詩を愛読しているひとが多かった。式後、簡単なパーティー。私はパーティーを抜けて、モールのなかの画材屋に行き、みんなにチョウへのメッセージを書いてもらうためのノートを買った。チョウは明日の朝発つ。バイサとアウシュラがコーヒーを飲んでいるから来いと言うのでジャバハウスに行く。ふたりにノートにメッセージを書いてもらっていたらチョウも来た。バイサとアウシュラは、チョウと話しているうちに泣きはじめ、チョウも涙ぐんでいた。バイサが、ユウショウは泣かない、冷たい、と言って、私はへらへらしていたが、昨日私はチョウの前でベジャンの日記を読みながら泣いていて、しかしその話は私もチョウもしなかったのでバイサもアウシュラも知らない。ここに書いてもたぶん彼女たちがこの日記を読むことはない。

夕方からアリサとロベルトとサラが登壇するノンフィクションのテキストを朗読するという催しがあり、それを聴きにいって、そのあとホテルに戻ってチョウのさよならパーティー。ふだんあまり混ざらないライターたちもお別れを言いにコモンルームに来て、チョウとハグをしていった。遅くまで残っていたバイサが、モンゴルの別れの歌を歌った。すばらしい歌声。

10月18日（木）　61日目

七時過ぎに起きて、ロビーへ。七時半に出発するというチョウの見送り。ゆうべ遅かったので寝不足なのと、お別れを前になにも話すことが出てこず、ゆうべ集められるだけのメッセージを集めたノートを渡して、あとはふたりで黙ってソファに座っていた。

香港と東京は遠くないから、私とチョウが再会するのはきっとそんなに難しくないが、今年ここに集まったひとたち全員がまた集まることはたぶんもう二度とない。チョウの帰国はまだ残る私たちにとってもそのお別れのはじまりだった。およそ二週間後に全員が全員と別れて、私も別れるときに、Take care, safe flight. と決まり文句を繰り返したけれど、この日はまだそんな言い方も覚えていなくて、なにも言えることがない。

チョウは背が高くてやせていた。耳が隠れるくらいの髪の毛を真ん中で分け、眼鏡をしている。日本のカルチャーのことを彼はよく私に訊ねてきた。特に映画については日本に限らずかなり詳しく、アイオワの図書館でもたくさん映画を借りて観ていたようだった。彼の詩を原文で読めるカイは、彼の詩は本当にいいよ、と私に言った。彼の詩を英語で読んだリトアニアの詩人アウシュラは、彼の詩が好きだと言い、彼はとても優しい、と言った。私は原文でも英語でもちゃんと読めないが、彼の朗読で聴いた彼の中国語の音と声と、彼の詩を評する友人たちの言葉を重ね、彼の好む金子みすゞや森田童子を重ね、とりわけプログラムの初期には英語がわからず彼とカイにいろんなことを教えてもらったり助けてもらったりしたことを重ね、物静かで大勢でいるとほとんど主張しない彼の佇まいの記憶を重ね、親しくなるにつれてその気後れしがちな彼の様子に、たぶん同じアジアの人間として、わずかにもどかしさを覚えたり、自分の身勝手さを顧みることもあった、そのことも重ねる。しかしそれでも、あとわずかしか時間がないとわかってつくづく思うのは、やっぱり彼のことを自分は全然知らないのではないか、いったい彼とどれだけのことを話せたのだろうか、ということだった。もう少しでも英語が使えれば、その分だけ彼のことを多く知れたはずで、そんなことをいまさら考えてもどうしようもないのだが、一緒に酒を飲み、音楽を聴き、ご飯を食べることを繰り返しても、ライターとしての彼についてどれだけのことを知り、誰かに説明できるのか。あとからいくら考えても、彼と私がどんな話をしたのか、ちっともうまく思い出せない。詩人の名前や、映画のタイトルなど固有名詞は思い出せても、そこでどんなやりとりがなされたのか、その具体的な内容はほとんどなにも残っていない。

予定より十分ほど遅れてナターシャが来て、ナターシャはいつものようにばたばたと私には全然聞き取れない英語でなにか言って、チョウを連れて行ってしまった。外は結構気温が低かった。また芝生がもやんとしていたがよく見ると今日は朝露ではなく、霜のようだった。ホテルのまわりを少し散歩しているあいだに陽が出てきた。

昼、マックとランチ。朗読会も終わったし、授業のテキストの翻訳や美術館での朗読の練習にもたくさん付き合ってもらったのでそのお礼。ダウンタウンの外れのバーベキュー屋へ。外壁に大きなブルドッグの顔が描いてある。あなたのいちばん好きなものを食べに行こう、と言っておいたのだが、ここのスペアリブみたいなのがたぶんいちばん好き、とのことだった。甘辛い味付けのもの。おいしそうに食べるのでご馳走のしがいがある。日本の愛知に留学していたときの話など聞く。ホームステイ先が結構厳しいお家で一年住んだが少しつらかった。家にワイファイがなかったから、近所のスターバックスに行って勉強したりする時間がいちばん落ち着いた。魚は苦手で、特に焼き魚を食べるのが骨があって難しいし大変だった。サンマの目が、こっちを見ているような気がしてこわかった。留学中はいろんなところに旅行に行った。北海道も、四国も、新宮も行ったと言うので、どこがいちばん好きだった？と訊いたら、少し考えて、蒲郡、と応えた。意外。

午後、少し散歩。晴れていい天気になった。川の向こうにわたって川辺で少しぼーっとする。夕方、ケンダルのオフィスへ。明日はシャンバウハウスでの朗読があるので、その翻訳の確認と朗読の練習。ケンダルと相談して、小説ではなく、こちらに来てからミシマ社『ちゃぶ台』にチャンドラモハンについて書いたエッセイを読むことにして、ケンダルに翻訳をお願いしていた。

ベロイトでケンダルの朗読を聞いてあらためて英文での小説の朗読の難しさを知ったこと、もう少し言えば自分が英語で自作の小説を朗読する意義がよくわからないこと、それからプログラムの終わりが迫ってきた時期に、プログラムのはじめ頃に書いたものを読むのはおもしろいのではないかという考えで、私が提案した。チャンドラモハンについて書いたエッセイだが、彼だけについて書いたのではなく、いろんな国から物書きが集まって過ごすというこの特殊な状況についての文章にもなっているはずだった。内輪受けを狙ったみたいにはしたくないが、なぜかシャンバウハウスの朗読会のいちばん最後の回が私とバイサのペアでブッキングされていて、この朗読に関しては私はライターたちを宛先にして読もうと思っていた。

五時半からUSバンクが主催するパーティー。少し遅れてケンダルと一緒に行く。今日は私の誕生日なので、みんながおめでとうと言ってくれる。ベジャンが紙袋に入ったプレゼントをくれた。姿の見えないチャンドラモハンから、パーティー？　とテキストがくる。そうだよ早く来なよ、と返すが、結局来なかった。銀行から記念の硬貨をもらう。散会後、もう一度ケンダルのオフィスに戻って朗読の練習。訳文も相談して細部を少し変えたりする。

ベジャンが誕生日のお祝いをしてくれるらしく、九時にホテルのロビーで会うことになっていた。アウシュラとバイサからはジャバハウスに来い、と連絡が来ていて、まだ時間があるので行く。どこかでご飯を食べて帰ると言うケンダルと別れてジャバハウスへ行くとアマラとアドリアーナも一緒にいた。アウシュラが古道具屋で買ったという手帳のようなノートをくれた。一年分の日付があって、一日ごとにいろんな詩の引用が添えられている。みんなの誕生日のページを見て読む。バイサはジミヘンの本をくれた。そしてテキサスに行っているカイがバイサに預けていったプレゼントももらった。

九時にホテルに戻ると、ベジャンとロベルトが待ってくれていて、ダウンタウンのソーシャルクラブというバーへ。私は一度も行ったことがなく（というかその店の存在を知らず）、ベジャンやジーナ、ロベルトが行きつけていたバーだった。ベジャンが声をかけて、みんな集まってくれていた。さっきなにも知らないような顔をしていたケンダルも来ていた。チャンドラモハンもいた。あまり一緒にならないルメナやカトリーナも来てくれていた。ジャズバンドが演奏をしていた。乾杯をして、ビリヤードをしたりした。

ルメナが、My asshole is very big は日本語でなんと言うのか、と訊いてきた。私のけつの穴はとても大きい、だと教えるとみんなで大きな声で練習しはじめた。なんでそんなことを訊くのかは結局よくわからなかった。私がなにか聞き違えていたのだったらどうしよう。そのあと、You are beautiful を日本語でなんと言うかも訊かれたので、あなたは美しい、と教えると、それもみんなで練習して、ユウショウのパートナーのためにと、あなたは美しい！　と声を揃えた動画を撮ってくれた。それはあとで妻に送った。妻は私がほかのライターに頼んで言わせたと思っている。

部屋に戻ってプレゼントを開ける。ベジャンからのはグレーのマフラー、カイのはジャズのビブラフォン奏者ボビー・ハッチャーソンが一九八二年（私の生年）に発表したアルバムのLPだった。アラムがくれた包みには、パトリック・モディアノの本と手紙が入っていて、私と彼のなくなったお父さんが同じ誕生日だと書かれていた。

10月19日（金）　62日目

午後、図書館のパネル。この日は「Wo/Men in Flux」というテーマでアリサ、アウシュラ、ウマル、アドリアーナが登壇。観客の関心が高く、質疑応答も長かった。セクシズムやセクシャルハラスメントについての議論がきちんと理解できなかったのはこのプログラム中に最も残念だったことのひとつで、というのは日本でキャッチできるそれらの議論とくらべて、ここにいるライターたちが語ることや示す態度はもう少し進んでいる、あるいは先鋭的なのではないかと思える瞬間が結構多く、しかしはっきりそうわかるほど私の知見は深くないし、そもそも議論をちゃんと追えていないのでわからないのだが、彼らの決然とした言いぶり、迷いのなさからそう感じる。が、同時に、その印象に相反する印象を持つ局面もあったりして、そうなると今度は果たして本当に進歩的なのか、単にそういった学問をまとっているに過ぎないのではないかと少々疑問を持ったりもした。私自身は自分が小説家としてなにを言い、どう振る舞うか迷うので（一個人としてはそんなに迷いはしない）、その疑問はむしろリアルなのだが、そのへんの話をもっとちゃんと理解して考えたかった。

タイ料理屋へ。その後、翻訳ワークショップのクラスへ。途中までバイサと一緒に歩き、バイサは最近この街は変な匂いがする、と言うのでそれは銀杏である、と教える。Ginkyo. 街のところどころに立っているイチョウからギンナンの実が落ちて、潰れてその匂いがしている。イチョウを英語でGinkyoというのは、八月にアウシュラと最初に散歩したときに教えてもらった。そのときはまだギンナンの実は落ちていないし匂いもしなくて、葉っぱを見ながら話していた。漢字で銀杏と書くイチョウをGinkyoと言うのはおもしろいと思っていたが、漢字の読みが元らしい。

少し遅れてワークショップへ。前にこのクラスで会って一緒に作業するはずだった鉢巻きニュートンはその後なんの連絡もよこさず、今週の朗読会に突然現れたが特になんの話もなかった。予定ではこの日、私と鉢巻きニュートンの発表があるはずだったので、一応行く。が、やっぱりニュートンはいなかったので、サラの小説の翻訳の発表を聴く。ニュートン同様に途中でこの授業から消えた学生は多かった。この翻訳ワークショップは大学院の授業だし、かなり高度な内容なので、学部の学生やちょっと興味があるくらいの学生にはかなりハードルが高いのだと思う。少し早めに終わったので、近くのハイグラウンドカフェというカフェに行き、ビールを飲みながら朗読の練習。

五時、シャンバウハウスでバイサと私の朗読。バイサは先日翻訳ワークショップでペアを組んだ男子学生を連れての朗読。翻訳作業について話す際に、ユウショウにはスペシャルなサポートシステムがあって彼は日本語で書くだけでいろんなひとが翻訳をしてくれるけれど、モンゴリアンの私にはそんなサポートはない、と皮肉を言われる。実際その通りで、ケンダルたちの翻訳のサポートがなく、いろんな原稿を自分ひとりで用意しないといけないとしたら、私はたぶんこのプログラムについていけない。日本語の原稿を用意するだけでも結構大変だが、基本的にほかのライターは自力でやっているので、スペシャルなサポートシステムというのはその通りなのだ。とりわけ同じ国籍、同じ言語のひとが作家にも、大学にもいないバイサはそのことをたびたび嘆き、先日もプログラムの準備作業に追われる話をしつつ、ユウショウあなたは本当に spoil されてるんだからね！　と言うのだった。その引け目みたいなものはわりと常に感じてもいて、もしほかのライターにそれを言われたら私は結構いたたまれない気になったかもしれないが、いちばんの飲み友達となったバイサの皮肉にはもうすっかり慣れていて、にやにやして聞きながら舌を出したりしていれば大丈夫。

私のチャンドラモハンについての朗読も昨日の練習のおかげでまあまあうまく読めた。ライターたちには思惑通りひじょうにウケた。終わったあと、チャンドラモハンにありがとうと言ったら、モハンもよろこんでくれていた。夜、Thank you brother. I am touched. とメッセージがきた。I am touched. という表現は初めて聞いた。自分が書いたことがモハンのどこかに届き、触れたようなイメージが浮かんで、私は感慨深かった。今日の朗読で、このプログラム中、私に課せられたタスクは終わり。あとはライターたちと残りの期間を過ごせばいい。アイオワを離れるまであと十日。ワシントンとニューヨークでの短い滞在を経て、プログラムが終わるまではあと十八日。

10月20日（土）　63日目

毎週配られるカレンダーに、今日は希望者でEffigy Moundsに行くと書いてあり、よくわからぬまま参加。集合時間には十数名が集まっていて、車二台に分乗して出発。私はアンドレの運転するバンで三列ある後ろの座席にアリとアラムと三人で座る。狭い。アリがこういうどこかに出かける系のイベントに出てくるのは珍しかった。

このあいだの授業で一九七八年生まれってプロフィールに書いてあったからびっくりした、もっと年上だと思ってた、と言うと、笑っていた。

独身であることは前に聞いて知っていたが（俺はすごく結婚したい！　でもできない！なぜだかわからない！　と言っていた）、アリは親と兄弟と大勢で暮らしていると教えてくれた。兄弟が多く、八人家族（たぶん）。

なにがいちばん恋しい？ 食べもの？

食べものもだけど、家族。母親。

こういった家族に対する率直な物言い（とくに男性の）は、あまり日本では耳にしないし自分も口にしないから、印象的だった。隣にいたアラムも、母親と姉が恋しい、と言った。ガールフレンドにも会いたいけど。あと食べ物もやっぱり恋しいけど。

アルメニアの食事はとても簡単。いつも食べるのはフルーツやナッツ、あとはパン、そのぐらい。でもとてもおいしい、とくにフルーツ、とアラムは教えてくれた。

アリは、ふだんは大学で文学と演劇について教える仕事をしている。パキスタンの生活が恋しい。少しカールした豊かな黒髪は、もともと長かったがこちらに来てから伸びて、近頃は襟足をちょっと結わいていることもあった。少々白髪も混ざっている。髪と同じで口ひげも眉毛も黒く豊か。眉毛の下の目は、中東のひとらしく輪郭がはっきりして力強い印象だが、アリはその目で、どこを見ているのかよくわからないような、遠くを眺めるような感じで、話している相手や、窓の外を見ていることも多かった。そういうときは少し顎が上がって口が開き、なにかを思い出したり考えたりしているみたいだったが、実際どうだかはわからない。笑うと相好が崩れ、ひじょうに人懐こい笑顔を見せる。背は高くないが、体格はいい。彼は劇作家だが、自作に出演もするので自然と身体も鍛えられるのかもしれない。声も大きい。いつもしっかりした襟がついたシャツをぴったりしたサイズで着ていた。

少し前に、バイサと話していたら、バイサがアリと初めて話したときのことを教えてくれた。

私がアイオワで初めて顔を合わせたライターがアリだったんだけど、と話しはじめたときにはもうバイサは笑いをこらえきれず、なかなか話が進まない。ようやく訊き出したところでは、アリはアイオワに到着したその日に、涙を流しながら、ホームシックになった、帰りたい！　とバイサに訴えてきたのだという。まるで小さい子どもみたいだった！　とバイサは大笑いしながら言った。

アリはよく、ちょっと写真撮ってくれ、といろんなひとに頼む。相手にスマートホンを渡すと、決まって足を肩幅くらいに開き、胸を張って、キメキメの表情で空を見上げるポーズをとる。今日も、あちこちで、ユウショウ、ちょっと写真撮ってくれ、と言ってそのポーズをした。私はそのたびに彼の写真を撮った。

二時間ほど走って着いたマクレガーという街でランチ。だいぶ標高が高く、気温も低い。途中の道では雪も舞っていた。ミシシッピ川は湖のようだった。どこに行ってもミシシッピ川が流れている。少しだけ自由時間があったので、みんなは本屋などに行ったが、アリとボートの停船場を見て写真を撮ったあと、カフェに行ってコーヒーを飲んだ。

また車に乗って、山みたいなところに着く。ハイキングコースがあり、そこを歩く。あとからここが今日の目的地だと知ったが、こうして書いていると、この日どこでなにをするために延々移動しているのかここに来るまで私は全然わかっておらず、よくそれで平気なものだと思うが、この頃にはこういうわからなさにすっかり慣れていた。自然と数人ずつ山に入って、ハイキングコースを歩きはじめた。アリは元気よく、先を行くジーナとアラムに声をかけ、うるさがられていた。十分ほど急な斜面をのぼると、そこから先は緩い傾斜でいくつかのハイキングコースに分かれていた。ジーナたちとは別のルートに行ってみようと言うとアリは不安がったが、大丈夫だと言って一緒に連れていった。木々の開けた崖の上の展望台からはるか下のミシシッピ川が見えた。マウンドはどこにあるんだ？　とアリが何度も私に訊くが、私は知らない。そここの土がやや不自然に盛り上がっているので、それがマウンドじゃないか、古いお墓なのではないか、と話しながら私はようやっとカレンダーにあったEffigy Moundsとはいまいるここのことか、とわかったのだった。

途中途中に立てられている地図を見ると、いちばん奥まで歩けば十キロほどにもなるハイキングルートらしかったが、二十分ほど歩いた分かれ道で、アリはもう降りると言い、さっきのぼってきた道を下っていった。下まで降りて、駐車場の横の管理センターに小さな展示コーナーがあったので見る。この山と公園の説明があり、やはり山の上の小さな起伏がマウンドで、それぞれが動物などの形をしている。先住民がつくったものらしいと知る。ラシャとテヒラが降りてきた。車はカギがかかっているし、じっとしていると寒いので山の反対側の川を見にいく。アリも誘ったが、もういい、と言って駐車場で待っていた。川にかかる桟橋を歩く。ラシャとテヒラとそれぞれの国の家賃の話をする。

山を出たのは四時頃で、帰りも二時間以上かかってホテルに帰り着いたのは七時半頃だったか。アンドレは明日からしばらくどこかのレジデンシーに参加するため、今日でお別れだそう。私はアンドレがライターであることはなんとなく知っていたが、どんなライターなの

か全然知ることのできないままだった。

10月21日（日）　64日目

夜の映画の時間、バイサの選んだモンゴル映画が物議を醸した。『Warm Ashes』というその映画は、山の噴火か隕石の落下のような場面からはじまる。その事象は世界を滅亡に至らせ、父親とふたりの娘だけが生き残る。父娘は生き延び、人類を存続させるために、近親相姦に至る。どうやらモンゴルの伝承に基づく話らしいが、ストーリーは単純かつ予定調和で、撮影手法も役者の演技も稚拙でわざとらしい部分が目についた。かと思うとヤギを殺すシーンなどは実写で生々しく、途中退席者が続出した。残った者は残った者で、ベタな展開や演技にたびたび笑い声をあげた。カラーではあるが画質も大変悪かった。

上映後のバイサの解説を私はその場ではちゃんと理解しきれなかったが、会場の反応は織り込み済みだったらしい。彼女はいくつかの不思議な場面やモチーフについて、モンゴルの伝承に基づくものだと具体的に説明した。私もおもしろい映画とは思わなかったのだが、以前から彼女が、自分で選んだ映画をおそらくほかのライターたちは気に入らないだろう、とやや不安げに話していた通りになってしまったのが悲しかった。いつもは誰かと感想を言い合いながらホテルに帰るのだが、今日はひとりも少なく、ひとりで裏道からホテルに帰った。いま感じているのは多分に東アジア人としてのなにかで、しかしカイはまだテキサスから帰っておらず、チョウはもういない。

ホテルの前でベジャンとロベルトが立ち話をしていた。呼び止められて、さっきの映画どう思った？　とベジャンに訊かれた。

私はなんと言おうか迷ったけれど、映画としてはそんなにおもしろいと思わなかった、けれどもなぜ笑うのかとも思った、と応えた。あの映画はモンゴルの伝統についての映画なのであのように笑うべきではないのではないか、私は少し uncomfortable でした。

日本語でもそうだが、不得手な言語で、他者への非難めいた感情を表すのはなおさらおっかない。だからこれまで思うところがあっても言えなかったり言わずにおくことは多かった。このときも言いながら自分の言っていることがどういうネガティブさを持つのかわからなくて結構不安だったのだが、ロベルトは、自分たちもいまそのことについて話していた、と言って、私はそれがとても嬉しかった。ただそれだけなのだが、このやりとりはアイオワで交わした会話のなかで忘れがたいもののひとつだ。

いったん部屋に戻ったが、バイサと話したくてコモンルームに行くと、アウシュラがスープをつくっていて、アラムがパソコンでなにか書いていた。ビールを飲んでいるとバイサもやって来た。

それでバイサと話しはじめて、追加で得た映画についての話はとても興味深いものだった。さっきの映画の制作は一九九〇年で、そんなに古くはない。画質が悪いのは、意図的に古い撮影方法を選んだからで、あえて古く劣化したフィルムのようにつくられている。俳優も同様に、あえて洗練されていないクサい演技をしている。つまり擬古的につくられている。

一九九〇年はモンゴルの民主化運動の年だ。モンゴルでは現在でもチンギス・ハンを英雄とする古来からの歴史観が根強く、先ほどの映画もモンゴルの伝承を礼賛するもののように見えたかもしれないが実はまったく逆で、これまでの、つまりモンゴルの伝統文化のもとでいかに女性が虐げられてきたかを、伝承的モチーフをたっぷりちりばめてつくったきわめて反体制的かつ挑発的な映画なのだという。だから、この映画を観て、怒るひとも大勢いた。

つまりあの映画を観ていた私たちが感じた古さや拙さや滑稽さは二重三重の意味を含んだ制作者側の創意だったわけで、となれば笑いはその映画の見方としてあながち不適当ではないのかもしれないが、さっきの会場で起こった笑いも、それを受けて私が感じた不快さも、そこまで届いたものではなかった。しかしモンゴルでも、そのアイロニカルな創意を理解したり、伝統や古くからの慣習に巣食うセクシズムを直視する向きは少ない、とバイサは言った。実際いまモンゴルでこの映画を上映しても、多くのモンゴル人はさっきの観客と同じように笑いながら観ると思うよ。そんな映画をつくる方もすごいと思うけれど、その映画をこの機に選んだバイサに私は、あなたはたくましいね、と思って、そう言った。

10月22日(月)　65日目

このあいだ朝食を食べたハンブルグインの話をしたら、みな行きたがったのでアウシュラとバイサ、アラムと一緒に行く。チョウと最後の朝食を食べにいった、と話すと、アウシュラとバイサは、なぜ私たちを誘わなかったのか、とぷりぷりしている。ふたりは朝が苦手なので、誘ったってどうせ朝寝坊して来ないと思ったんだよ、と言い返してみた。

量が多かったので、バイサとシェアする。この店は歴代の大統領が訪れていて、壁には来店時の写真がたくさん飾られている。トランプはいまのところ来ていない。アイオワ州は、大統領選の指名候補者選挙がいちばん最初に行われ、かつ共和党と民主党が拮抗する swing state なので、その結果が大統領選挙の動向を占うものとして注目される。この店は昔からこの街の選挙運動にとって象徴的な場所で、選挙のときに大統領がこの店を訪れるのがおきまりのパフォーマンスになっている。

十一時から、ライター全員がシャンバウハウスに集められてプログラムの終わりに向けたミーティング。みんなとだいぶコミュニケーションがとれるようになったので、だいぶ自分も英語が上達したのかと思っていたら、こういったガイダンスでスタッフ＝アメリカ人の英語が全然聞き取れないのは二か月前とさして変わらないままだった。私が聞き取れるようになったのは、ライターたちの英語だった。プログラムを終えるまでに必要な手続きや書類の準備、ニューヨークに送る荷物の重量についての注意などを受ける。

ホテルに戻ると、チャンドラモハンについて書いたエッセイが載った『ちゃぶ台』が届いていた。ミシマ社の野崎さんが送ってくれたもの。廊下で会ったバイサに見せたら、本の背が剥き出しになっている装幀（コデックス装）を珍しがって、写真をたくさん撮っていた。モハンを呼んで、一冊進呈して写真を撮った。モハンは最近眼鏡を変えたっぽい。前は赤いつるだったが、青になった。寒くなってからはいつも背広を着ている。このあいだはトレンチコートを着ていたが足もとはまだビーチサンダルのままだったので、寒くないの？　と訊いたら、寒くない、夜は寒いけど、と言っていた。この日撮った『ちゃぶ台』を持ったモハンの写真は野崎さんにも送った。帰国後に会ったら、あの写真は京都のミシマ社の壁に飾ってあります、と言っていた。そうらしいよモハン。

午後、ＩＬＴのクラス。サラとハイファとバイサ。バイサはブッキングされていなかったが、どうやらナターシャがスケジュールし忘れていたらしく、急遽講義することになった。なんの準備もしていないのに、と言っていたので、あなたの歌は本当にすばらしいから歌を歌ったらいいと思う、と私は言ったし、アウシュラたちも賛同したが、バイサは、ノー、冗談じゃない、とぶーぶーこぼしながらも数日でパワーポイントを準備して、ちゃんと授業をしていた。そこで紹介していたモンゴルの詩人の朗読の動画がよかった。即興の詩らしく、ちょっとラップのようでもある。屋外で録画されているのだが、読んでいるうちに周囲の犬がどんどん吠えはじめて鳴き止まなくなる。

終わったあと、サラとバイサ、マリアンヌ、アウシュラと一緒にハイグラウンドカフェに行って話す。アマラと学生のナオミが通りかかって合流する。フォックスヘッドに行くイヴァが通りかかり、マリアンヌは帰って、あとのみんなで一緒に近くのメキシカンレストランに行ってご飯を食べた。アマラとナオミはそこで別れて、残ったひとでフォックスヘッドに。

サラとイヴァ、バイサ、アウシュラ。バイサがジュークボックスでレディオヘッドをかけ、イヴァは私たちになにか話していたが、「クリープ」が流れはじめると、ちょっとごめんこれは自分の思い出深い曲だから、と話すのをやめて聴きはじめた。いちばん多いのは三十代のライターだったが、レディオヘッドとかエリオット・スミスとかジェフ・バックリィとかはみんな好きで、レディオヘッドもよく流れていたのは最近のではなく九〇年代の曲だったから、みんな若い頃に聴いていた音楽はあまり変わらなかった。あとは世代的にはずれるけどデヴィッド・ボウイの曲もみんなよくかけたしよく口ずさんでいた。

10月23日（火） 66日目

午前中にバイサが大学見学の高校生向けに講義をすると聞いていたので、会場のシャンバウハウスにのぞきに行く。サウニアらスタッフがいたがライターは誰もいなかった。おおむね昨日の講義と同じ内容だったが、最後に高校生に向けて、彼女が若い頃に大切なひとをなくした経験を話した。あなたたちは将来、多くの困難に直面するだろう。そのときあなたたちは、自分が快復する方法を見つけなければならない。書くこと、読むこと、あるいは音楽を聴くことや、運動をすることなどがその方法になる。薬物やアルコール、悪い友達などの方法を選ばないでください。あなたがよい方法を選べば、あなたはより強く、より成熟することができる、というようなことを言っていた。彼女の詩集のタイトルは「Recovery」だ。

授業を終えたバイサと、ハンブルグインへ。オムレツをシェアして食べつつ、バイサの家族の話を聞く。彼女は娘がひとりいて、四歳。いつだったたか、コモンルームにいるときにスカイプみたいので娘と話していて、みんなで電話越しに手を振ったりしたことがあった。画面越しに、にこにこと笑っていた。初めて会ったときは年上かと思っていた彼女が私より四つ年下だと知って、知ってみると年上のようには思えなくなり、娘がいると知ったときもちょっと驚いた。同世代のライターで子どもがいたのはイヴァとバイサだけで、イヴァはアイオワに来る二か月前にふたり目の子が産まれたからさみしがっていたが、四歳の娘と三か月離れて過ごすバイサもさびしかろう。しかしそんなそぶりは全然まわりに見せなかった。

バイサのお母さんはウランバートルで小さな託児施設を運営している。近くなので、自分の娘も昼間はそこで面倒を見てもらっている。モンゴルにはいまも遊牧民の生活を送るひともいるが、少ない。バイサのお父さんとお母さんは、モンゴルの民主化、現代化の転換を跨いだ世代で、子ども時代は遊牧民の生活をしていたが、大学で学ぶために親元を離れて都市部に出た。なにかの製造業に携わっていたお父さんは、バイサが産まれたばかりの頃、ろうそく工場をつくってろうそくの製造と販売をはじめた。民主化革命のあと、人口が増えた都市部の生活に電気が行き渡るまでのあいだの需要を見込んだこの商売が大当たりした。彼はクレバーで、成功したあとの引き際も素早く正しかった、とバイサは言う。電気が行き渡ったあとまでろうそく事業を続けていてもせっかくの儲けを食いつぶすだけ、とさっさと会社をたたんでいまはお母さんの託児施設の事務作業などを少し手伝っている。バイサはお父さんを誇りに思っている。

二〇一九年の五月に、バイサから連絡がきた。Hey, my brilliant Yusho! とはじまるテキストは、早稲田大学で行われるモンゴルの現代詩についてのレクチャーのお知らせだった。主催は日本モンゴル協会という団体で、モンゴル文学の翻訳者である阿比留美帆さんが講演を行う。阿比留さんはかねてからバイサの活動に注目していて、今回の講演では、バイサの詩も紹介される予定だということだった。阿比留さんは『新潮』の「アイオワ日記」も読んでくださっていて、残念ながら予定がつかず講演には行けなかったのだが、後日新潮社の佐々木さんを通じてバイサの詩の日本語訳を送ってくださった。それで私は、バイサの詩を日本語で読むことができた。

愁いの秋の詩《うた》　　B・バヤスガラン

どんよりと鈍色《にびいろ》にくすむわが祖国では
哀しみに満ちた日々がつづくばかり
真冬のような嘆きの風に身をすくめるが
絞首台のロープを夢見たりはしなかった

色褪せて物憂げなわが祖国では
雁の列はちぎれ　秋がめぐるばかり
外《おもて》はやけに冷え込むし　夢のゆくえは儚いが

渡り鳥についていきたいとは望んだりしなかった

去っていく鳥たちの後姿に悪態をつき
どこにも逃げはしない、ここに留まるとふたたび誓い
ほろ酔いのまま酒場を後にして
無用な寂しさ、切なさ、孤独を振り払う

すれ違うひとに時間を尋ね　ついでに煙草の火を乞い
ひろったタクシーで宵闇の通りをさまよい
たくさんの日々を空っぽに、かつ満たされて送りながら
この街だけがもつ孤独の調べにいささか慣れすぎた

どんよりと鈍色にくすむわが祖国では
哀しみに満ちた日々がつづくばかり
窓を凍らせ樹々を丸裸にする冬はもうすぐそこ
額に銃を突き付けられようと
　この途方もない静寂を裏切ることはできない

［詩集『快復』より（阿比留美帆訳）］

夕方にプログラムのディレクターであるクリス・メレルの朗読がプレイリーライツであるので行き、終わったあとSosekiへ。

今日の午後、ジャクリーンから私と何名か宛にテキストが来て、私は今日、二十年来の夢だったgenetic test（遺伝子検査）を受けることができた、それを一緒に祝ってほしい、とのことだった。朗読会が行われる書店まで一緒に歩いていたときに、私は、その検査のことについては詳しく訊かなかった。朗読会のあと、その場にいたライターやマリアンヌにも声をかけて、Sosekiには結構な人数が集まった。写真を見ると、ジャクリーン、アウシュラ、バイサ、アマラ、アドリアーナ、シャミラ、ファイサル、アラム、ウマル、ハイファ、エマン、それからマリアンヌ、学生のナオミの姿があり、あとからモハンもやって来て加わった。

ジャクリーンがその場でした挨拶、それからそのあと彼女がフェイスブックにポストしたその日の日記を併せ読んで私が理解したことをここには詳しく書いていいのかわからないから書かないけれど、およそひと月後に届くその検査の結果がどういうものであれ、彼女の身体のふるえや、彼女の生活が、これまでと変わることはない。ではなんのために？　とジャクリーンは自問して、すべてのためでもあるし、なんのためでもない、と答えている。彼女が長年自分の身体について知るために望んでいたことが今日果たされた。それは祝うべきことだ。彼女はフェイスブックに毎日アイオワの日々の日記をスペイン語で書いていた。今日の日記の末尾には、「Iowa / Día 68」（アイオワ六八日目）とあった。

みなめいめいに食べ、日本酒を飲んだ。宴もたけなわ、といったあたりで今度はナイジェリアのアマラが、Ok, guys と言って立ち上がり、ちょっと私にもしゃべらせて、と演説をはじめた。

アイオワに来る前、ウェブで公開されていた今年の参加者のプロフィールを見て、今回のプログラムの参加者で黒人は自分ひとりであることがわかって、私はとても不安だった。アフリカからの女性の参加者も自分ひとりだった。ビザが降りずアメリカへの入国が一週間ほど遅れ、あとからみんなのなかに混ざることもとても不安だった。けれども素晴らしい仲間に出会えて過ごせたことを感謝しているありがとう、というような話だった。みな手を叩いてアマラを讃えた。アマラは今日は IOWA と書かれた黄色いパーカーを着ていた。

それは外国の映画やテレビドラマで見る光景のようで、ああ、本当にこんなふうにスピーチみたいなことをするんだ、と私は思った。とりわけプログラムのはじめ頃は、誰もが自分より英語が話せて、だから自分だけが大変な不安のなかにいるように思っていたが、みなそれぞれの不安を抱えていたことをこうしてあとから知ることが多く、その理由は私のように言語であることもあったが、アマラのように人種や地域によることもあった。あとで気づいたが、ここ数年の参加者を見ると、黒人女性がひとりだけという年は例がなかった。どこから誰が来るかは事前に知らされるわけではないので、渡航間際になって参加者の構成を知ったときのアマラの不安は想像できる。

くらべようもないことだが、参加者の国籍や性別の構成がこんなに関係性の有り様を左右する状況もないと思う。今年は毎年参加していた韓国からの参加者がなく（事情があってキャンセルになったらしい）、日本からは去年一昨年と女性ライターが参加していたが今年は男性の私で（男性の参加者は二〇〇五年の野村喜和夫さんまで遡る）、もし今年、中国も香港も台湾も参加者が女性だったら、たぶん渡航前の私はもっと不安だったと思うし、実際こちらでの生活も全然違う質のものになったはずだった。滞在がはじまってしまえば、もちろん一緒に過ごす時間が少しずつ関係性をつくっていき、国籍も性別も二次的なものに過ぎなくなるが、たとえば東アジアでただひとり女性の参加だったバイサには、私がいろんな形で助けられたカイやチョウにあたる存在がいなかったのだ。

ノー、ユウショウ、私たちに必要なのは、同じ性別とか地域であることよりも、毎晩こうして一緒にお酒を飲む友人です、バイサならそう言いそうだけれど。

10月24日（水）　67日目

カイが昨日の夜遅くにテキサスから帰ってきた。

朝、アウシュラとバイサ、アラムも一緒に、カイをハンブルグインに連れていく。そのあとみんなで古道具屋へ。絵はがきなど見て買う。

アイオワを離れるまで残り一週間。

10月25日（木）　68日目

夕方、カイとアラムと三人で、アラムが前に行った街の外れのスリフトショップに連れていってもらう。曇天で、寒い。道々、そりゃ問題もいろいろあるけど、今年のメンバーはいいチームだと思う、というような話をする。過去には、殴り合いのけんかもあったと聞くし。途中で帰っちゃうとか。あと子どもつくっちゃったとか。今年は表面的には大きなけんかとかはないもんね。表面的にはね。

三十分ほど歩いてスリフトショップに着く。広い倉庫のような場所に、雑多な中古品（家具や衣類、おもちゃ、本やレコードなど）が売られている。あまりめぼしいものはなかったが、青と赤のお猪口みたいのがかわいかったので買う。二つで五ドル。アラムはしばらく前から冬用のブーツを中古屋で探しているが、なかなかいいのが見つからないよう。このあいだ行った韓国のひとがやっているアジア食材店に寄る。またスープをつくろうと三人でいろいろ買い込む。

夜、シャンバウハウスでウマルが書いたひとり芝居の朗読上演。上演中に前の席に座っていたモハンがスマホのタッチ音を切らずにメールを打っているので隣のジャクリーンに怒られた。携帯電話のマナーは各国でだいぶ感覚が違うようで、すり合わせが難しい。日曜の映画の時間は、上映中も結構みんな平気で携帯をいじっている（劇場ではないという理由もあるかもしれないが）。私自身はあまり携帯の音や光は気にならないのだが、気にしているひとがいるとそのひとが怒っているのではないかと気になってはらはらする。ジャクリーンが気にしてるっぽいのはわかっていたので、先にモハンに教えてあげたらよかった。あとわからないのは怒られたモハンが怒られたことをどのくらい気にしているかで、たぶんそんなに気にしていない。

10月26日（金）　69日目

午後の図書館のパネルも今日で最終回。「Images of America」というテーマでひとり数分ずつスピーチをするようお達しが来ていた。ライターたちは、アメリカの印象ったってほとんどアイオワにしかいなかったし、ざっくりしすぎだし、イメージとかないし、と文句を言っていた。私も、二か月あまりアイオワで過ごしてわかったのは、アメリカという国が想像の及びもつかない大きさだということくらいだった。もちろんアイオワもアメリカのたしかな一部だし、ここで多くのアメリカ人に接したけれど、彼らを通してアメリカについてなにか述べるのは粗雑な話で、にもかかわらず「Images of America」とか言ってくる。たびたび出くわすこういう大味さがアメリカっぽくもあるけれども、と前の晩に部屋で酒を飲みながら考えているとだんだん腹が立ってきて、その勢いで書いた原稿を読むことにした。

最初に登壇したのはアラムで、アメリカについて話すことなんかない、と誰よりも強く言い続けていた彼は、スマホで撮影したアイオワ、シカゴ、ニューオリンズの映像を流した。全部、雨が降っている日だった。そのあとは読みたいひとから自由に、ということだったので、さっさと終わらせようと手を挙げて二番目に読んだ。以下原稿の翻訳。自分で書いた唯一の英文の原稿。

まずはじめに、この滞在はすばらしいものだった。これは私の初めてのアメリカ滞在で、ライターである私にとってとても大きな経験になった。

しかしながら、私はライターなので、「アメリカの印象」を問われたときに、いいことだけでなく、悪いことも思い出す。私はそれもライターの役割だと思う。ライターのなかには、いつも、相反するふたつのことがある。

なによりもまず、私たちの滞在は、別々の国（アメリカをのぞく）から来たひとたちが送る共同生活でした。私たちの日々には、ともに過ごした素晴らしい時間もあれば、困惑や不快を感じる瞬間もあったはずです。表面には表れないいろいろな思いがあった。それは自然なことです。

これはいろんな国から来たライターたちの話ですが、おそらく似たようなことが、このアメリカという国のなかでも起こっていると思う。移民をほとんど受け入れていない日本に住む私にとって、それを想像する瞬間は、とてもナーバスなものでした。

私は未だにアメリカの英語が聞き取れませんが、一緒にいるライターたちとは少し英語で話せるようになった。また、私は、これまで絶対に使わなかったような英語の表現もいくつか覚えました。

そこでもう一度、私はこのように言うだろう。このように言うべきである。言わなくてはならない。最大の親しみを込めて。この滞在は素晴らしいものだった。これはライターである私にとって、とても大きな経験になった。I love you America. Fuck you America. Thank you America.

ライターには大変ウケて、最後のあれはマジ最高だった、私たちの声を代弁してた、とその後も褒められたのだが、アメリカ人のスタッフはこのスピーチについて一切なにも言ってこないので、怒ったひともいたのかもしれない。隣にいたジェームズに、Fuck you とか言ったらやばいかな、と訊いたら、滝口さんのエモーションはちゃんと伝わると思う、と言われた。

その後も全員が泣いたり、ウケをとったりしながら登壇した。私と同じで、ゆうべ酔っぱらって書いた、と言い添えるひとが多かった。ライターと一緒にいることの多かったジェームズは、涙が溢れてとまらない……と私に日本語で言った。その表現はあまり口語では用いない、と教えてあげようと思ったけれど、そこに込められたジェームズのエモーションを味わっていたら、それでいいのではないかと思った。

夜、ダンスの公演。何人かの作家のテキストをもとに学生がコンテンポラリーダンスのパフォーマンスをした。その後ホテルに戻って、昨日東西商会で買った食材でスープをつくる。今日は昨日買った味噌で味噌味にしてみた。宴会。

10月27日（土）70日目

アイオワ最後の週末。朝、九時半にロビーで待ち合わせて、ハンブルグインへ。いつものメンバーに、ジャクリーン、アドリアーナ、アマラも来た。土曜なので混んでいて、少し待つ。待っているあいだ、外でアマラと向かいのマンションの屋上で吠えている柴犬を見る。

ホテルに戻って、夕方までぽっかりと予定がなく、連載の原稿は遅れまくっているし、『新潮』のアイオワ日記の二回目のゲラも戻さなくてはならないのだが、手につかない。部屋で本を読みかけては閉じたり、パソコンを開いてどうでもいいページなどを見て、ようやく仕事をする気になって、地下のお店にコーヒーを買いにいくとモハンに会ったので一緒にテーブルに座って話す。モハンはチョコバーを食べ、コーラを飲んでいた。モハンにふだんの仕事について訊く。彼は雑誌の編集の仕事をしている。詩が中心だが、詩以外の作家の取材をしたり、記事を書いたりもする。インド全土ではなく、彼が住むコーチ地方を中心に流通するそうで、部数はそんなに多くはなく数千部。モハンは詩を書くときは英語を用いるが、地域によって言語が違う事情もある（たぶん雑誌自体は英語がベースだが、取り上げる作品や作家の使用言語によって、読者の対象が限られてくるのだと思う。が、ちょっと細かいところまではわからなかった）。そんなに分厚くはないが月刊誌だそう。

じゃあ毎月忙しいね。
まあまあ忙しいけど、ずっと忙しいわけでもない。
あなたがアイオワに来てるからほかの同僚が大変なのでは？
ここでもメールで記事を書いて送ったりしてるから、あんまり変わらないと思う。
じゃあここでもたくさん仕事をしてるんだ。

そう、たくさんしてる。

モハンは近頃は防寒用のヘッドバンドみたいのをしてる。今日も背広で、なかはシャツだが、最近は寒いのでワイシャツのようなシャツを二枚重ねて着ている。服装にはこだわりがない。二か月前は坊主頭だったが、ずいぶん髪の毛が伸びた。話しながらも、スマホをたえずチェックしている。

私は夕方のアリの芝居に行くつもりだけど、あなたは行く？　と私は訊いた。五時から、川の向こうの劇場でアリの戯曲の公演がある。アリも出演する。

わからない。何時から？

五時だったかな。

わかった。

結局モハンは来ず、カイとアラム、それからダンが来ていた。ふだんはほとんどアリとの接点がなさそうなダンがひとりで来ていたのは少し意外だった。けれど、こういう、いつものグループをふらりと離れてほかのライターと接するような動きは最近ちょこちょこ見られて、それもきっとプログラムの終わりが近づいていることが関係していたのかもしれない。わからないけれど。

今夜はカイがスープをつくると言っていたが、私は図書館の原田さんたちと夕飯を食べに行く約束をしていた。芝居のあと、少し時間があったので、劇場のロビーでiPadを使って新潮「アイオワ日記」二回目のゲラ。バイサから聞いて日記に書いたモンゴルの出版事情について、間違いがないかバイサにテキストで問い合わせ。と、やはりあれこれ勘違いしていたところがあり、反映してゲラを戻す。駐車場に原田さんご夫妻が迎えに来てくれる。先日西さんのお宅に行ったときには車でくるりのカバーアルバムが流れていて、今日はクイーンが流れていた。原田さんはクイーン好きで、間もなくの公開を前に話題になっている映画『ボヘミアン・ラプソディ』を楽しみにしている、と聞く。私はクイーンを興味を持って聴いたことがなく、映画のことも知らなかったのだが、少し前にコモンルームで何人かがフレディ・マーキュリーについて話しており、そこでフレディ・マーキュリーがインドの出身であると初めて知って、ちょっと興味がわいたところだった。その興味のわき方は、まず間違いなくここでこうしていろんな国のひとと一緒にいて得たアンテナによるものだ。

車で少し走って、最近できたというモールのなかのお店へ。

原田さんご夫婦は、今年アイオワに来るまで、長いことニューヨークに暮らしていた。抄子さんからは、ニューヨークでお勧めのお店や場所のリストをいただいた。二〇〇一年の九・一一のときもおふたりはニューヨークにいて、当日のことや、事件直後のニューヨークでの暮らしがどんなものだったかも聞かせてもらった。

西さんもあとから合流。『寝相』を読み終えた西さんが、感想を伝えてくれた。そして幸福だった瞬間を思い出すこと、について話してくれる。もう少し正確には、自分の過去の幸福だったと思われる瞬間を思い出したときに、それが本当に幸福と呼ぶべき瞬間だったのか疑わしくなってしまうこと、そしてそれにくじけずいやあれは幸福だったといま思うこと、みたいな話。もちろん西さんが話してくれたのはもっと具体的なものだったが、私はいくつかの具体的な細部が思い出せず、うまく書けない。この慎重さは、たぶん日本語で聞いたからで、ほかのライターとのやりとりについて、私はここまで慎重には考えていない。というか聞く時点で自ずとアバウトなので、慎重になりようがない。西さんも、原田さんも抄子さんも、私の小説について、小説の書き方について、あれこれ訊ねてくれる。先日の西さん宅にお邪魔したときと、この日とは、私が日本語で、小説について話をした滞在中ほとんど唯一の時間で、自分がどのように小説を書いているか、小説を書くことをどんなふうに考えているか、たくさん話した。英語ができれば、そういう話をほかのライターともっとできたのかもしれず、しかしできないので、そういう話はほとんどしておらず、しかしならばあんなに毎日一緒にいて、いったいなんの話をしているのか、よくわからなくなる。

原田さん夫妻、西さんと会うのは今晩が最後になりそう。お別れを言う。

10月28日（日）　71日目

『本』の「長い一日」は前任のひとが産休に入って今月から担当の編集者が替わったのだが、アイオワ滞在の終わりが迫って毎日なんだかんだと出歩く用事があったりさびしがったりしているると全然仕事ができず、担当のひとが替わった早々締切を大幅に、これまでにないくらい遅れていて申し訳ない、しかしまだ全然書いていないのでまずい、とコモンルームでみんなに相談をする。励まされたり、ユウショウのためにみんなでなんか書こうか、みたいなことを言ってもらう。

夕方、プレイリーライツの朗読会。そのあとは図書館の近くのレストランでプログラムのクロージングパーティー。ライターにスタッフ、ライターと交流のあった学生たちも来た。ケンダルが翻訳者の竹森ジニーさんと一緒にやって来て、紹介してくれた。ジニーさんは村田沙耶香さんの『コンビニ人間』の英訳をした。明後日村田さんがアイオワに来て、授業に参加したり朗読のイベントなどがある。数日前にほかのライターに向けて村田さんが来ることを『ニューヨーカー』の記事を添えてアナウンスしておいた。興味を持ったライターも多かったので、何人かをジニーさんに紹介する。パーティーはひとりずつ壇上で記念品とプログラムの修了証みたいなのをもらったあとはカラオケ大会になった。カラオケはアメリカでもKARAOKEである。シャミラとルメナの「Under Pressure」からはじまって、サラとラシャが「Stand by me」を、カイがボン・ジョヴィの「Always」を、マリアンヌが「Space Oddity」を、イヴァが「Toxic」を。みんなカラオケ好きだ。上手だったのはコモンルームでもよく踊りながら歌っていたシャミラで、あとはアマラが歌ったシンディ・ローパーの「Girls Just Want To Have Fun」も陽気で華々しくてパワフルだった。そしてバイサが店のカラオケには音源のない、モンゴルのトラッドソングをアカペラで歌った。私はこのあいだの映画のときと同様、バイサの強い意志と責任のようなものを感じて感動して、歌い終わったバイサになにか言わなくてはと思い、あなたはグレートでストロングだ、と言った。

パーティーは九時頃お開きになり、ビールとウイスキーを買って帰り、ホテルに戻って、コモンルームで飲む。マリアンヌや学生のナオミ、アウシュラと親しくなったアイオワ在住のリトアニア人女性とそのパートナー、スタッフのアリーらも来た。この部屋の飲み会にアメリカ人がいることはほとんど初めてのことで、だからか、たまたまか、わからないが、政治と金の話になる。

少し前の朝、アラムがジャバハウスにいたとき、急に店内で女性の客が倒れ、救急車で運ばれた。その場にいたアラムと何人かが、女性が倒れたときに駆け寄ったが、ほとんどの客は女性が倒れたことに気づきながらも席を立つことなく、パソコンで勉強や仕事を続けていた、とアラムが淡々と語った。トランプの言動が象徴するようなアメリカの不寛容と冷淡さに対する強い不信と怒りが彼のうちにはあったと思う。もちろんそれはアメリカに限った話ではないし、アメリカのなかにも異なる諸相がある。アラムの顔は、ニューオリンズの夜に、IDを持っていないために何軒も入店を断られ続けたときに見せた絶望や諦めに満ちた表情をしていた。

その多くは学生だった、とアラムは言った。そのことが自分は信じられない。アラムの向かいでその話を真剣に聞いていたのは学生のナオミで、アラムは、自分は非難しているのではなく、本当に、ただ、わからないのだ、と言った。どうして彼らはなにもなかったように自分の仕事を続けられるのか？

そこからアラムの話は経済の話、というか結局金がものを言う、金でひとが動く、ということを嘆く方に動いていった。その推移の文脈を私はきちんとは追えていない。

ナオミは、アラムの話を聞いて、彼女の考えを述べた。世界中から来たライターたち、それも自分よりずっと年長のひとたちのなか、アメリカの学生を代表するような状況で、彼女がアラムに示した正直で真摯な返答と、そこから少し続いたアラムとの応答を、私はそばで見届けた。それも日本語ではうまく書けないが、ナオミが自分の考えを自分の言葉で話していることはよくわかった。英語がわからなくても、言葉を発する意思の様相はわかる。そしてここでは、ほとんどそれだけが頼りだった。他者への選択的な無関心や冷淡さ、そうなる理由、東京も同じだと思いながら私は彼らの話を聞いた。

昨日はピッツバーグのシナゴーグで銃の乱射事件があった。

10月29日（月）　72日目

九時起床、朝食。荷造りをして、スーツケースをひとつメアリーの部屋に運ぶ。明後日アイオワを離れ、ワシントンに三泊、そのあとニューヨークに三泊でプログラムは終わりなのだが、あらかじめ荷物をひとつニューヨークのホテルに送る。荷物を置いて部屋に戻ると、廊下の奥でジャクリーンが部屋から大きな荷物を運び出していたので手伝う。

午後一時、荷物をみんなで外に運び、空港まで運ぶワゴンに積み込む。部屋に戻るときエレベーターで一緒になったハイファが泣いていた。実際、なにをしても、なにを見ても、ここにいるのもあと数日、と思う。

部屋で仕事。「Webでも考える人」の往復書簡。

午後、銀行に行き、たまっていた滞在費のチェックを換金する。滞在費がチェックで支払われていることを知ったのはたぶん九月末頃に二回目のチェックの配布があったときで、到着直後に最初のチェックの支給があったが私はそれをなんの紙だかわかっておらず、部屋の引き出しに溜めた「大事かもしれない書類」の束に紛れていた。結局アイオワ滞在中の食事や酒屋の支払いは、日本で換金してきた現金と、あとはほとんどクレジットカードを使った。

銀行からILTのクラスへ。このクラスも今日が最後。アラムとアドリアーナとウマル。学生に話すことなんか思いつかない、と言っていたアラムは自分のキャリアやアルメニアの文学や音楽などについてぼそぼそ話していたが、最後になってなにか吹っ切れたように、というか苛立ちを露わにするように、なぜ学生たちはみんなおとなしいんだ！　もっとエモーショナルになれ！　踊るんだ！　それしか言うことはない！　と言った。たぶんそこには、ゆうべのコモンルームでのやりとりが響いていた。

授業のあと、アラムとカイ、バイサと四人で、Soseki へ。これがラスト・ソウセキだ、食べ納めだ、と、アラムはいつもの TERIYAKI チキンを。カイが熱燗を頼んでみんなで飲む。帰りしな、入れ替わりでハイファとエマンが来た。ふたりもこの店が好きでよく来ていた。

だし粉やら乾麺やらが残っているので、またスープをつくることにして、ブレッドガーデンでしいたけとネギと青梗菜みたいな菜っ葉を買って帰り、夜コモンルームでつくってみんなで食べる。

10月30日（火） 73日目

朝、八時半にロビーでカイと待ち合わせて、CORTADOへ。ゆうべ、カイがCORTADOに行ったことがなくてアイオワを離れる前に行きたいと言っていたので一緒に行く約束をした。店名と同じコルタドという小さいカプチーノみたいなものを頼んで飲む。その後、ケンダルの翻訳クラスへ。村田沙耶香さんと、先日会った竹森ジニーさんがゲストで、学生と一緒に聴講。帯同している国際交流基金の方に挨拶。村田さんは昨日トロントからアイオワに来て、明日からはニューヨーク。月初はロンドンに行っていたとのこと。

授業後、村田さんジニーさんたちと一度別れて、カイとランチに行くことに。歩いていたら道でアラムに会い、三人でアラムが行ったことのあるファラフェル屋へ。おいしい。この店には初めて来た。たぶん明日は来ないからこれが最初で最後だ。どこに行っても、おいしくても、なにもかもが寂しさを帯びてくる。

夕方、今度は公開講座のような形で村田さんジニーさんのワークショップがあるのでそちらへ。このあいだお別れを言った原田さんご夫妻、西さんも来ていて再会。村田さんは聴講者の質問を受けたなかで、「生命式」という短編をひとつの転機として話していたのだが、昨日の夜私はバイサにこの「生命式」の話をした。「コンビニ人間」はムラタの作品のなかではかなりマイルドな方で、たとえばこういうのもある、と葬式で死者の遺体を調理して食べる「生命式」という作品をうろ覚えで紹介したのだが、今日村田さんの説明を聞いていたら「生命式」は私がゆうべ話したよりもさらにぶっ飛んだ話だった。バイサは、She is crazy と言っていた。

ワークショップ後、村田さんたちと夕食。バイサ、アウシュラ、ファイサルと一緒。村田さんと会うのは二年前にイベントでご一緒して以来。その前にも一度ちょっとパーティーでお会いした程度だったのだが、日本から遠く離れた場所だからか、勝手に親しみが増し、古い友人に再会したみたいな気持ちになっている。しかし私は少し疲れており、おそらく村田さんもだいぶ疲れており、親しみに任せてあまりたくさん話はしなかった気がする。ファイサルは若いから元気なのか、村田さんにいろいろ訊ねていた。

夜は朗読。お客さんも大勢集まる。村田さんの朗読を聞くのは初めてだったが、いろいろ発見があった。村田さんの小説の文章は構文がシンプルで、語彙の選択や言葉の意味にナレーションの動力というか、語り手の念みたいなのがあるように思え、私の場合は全然違い、もうこの一文がそうであるように、構文を複雑に、迂回的にすることでナレーションを進めていくようなところがある（それは先に書いた逆説や否定辞についての云々によるところだと思う）。そういう書き手である私としては、村田さんの文章は音読してしまうと話者や語り手の情念の発露というか、さらっとおそろしいことが言われる感じがなくなるのではないかと思ったりもして、つまり村田さんはあの文章をどう読むのだろうか、と思っていたのだけれど、実際目のあたりにしてみると、これが村田沙耶香である、というような読み方だった。

朗読は三つのパートを、村田さんとジニーさんで日英交互に読み、結構な分量だった。村田さんの朗読はどの文も、どの語彙も、均質だった。あとで聞いたらそれは会場の広さに対しマイクがなく地声で読まなければいけない、つまり大きい声を出さなければならないことも影響していたらしいのだが、私はその朗読をいかにも村田沙耶香的、と思いながら聴いていた。

たとえば名詞と助詞とがある場合、名詞に重きを置いて大きな声で読まれ、助詞は弱く読まれるとかいうことが日本語の朗読では起こりがちだと思うのだが、村田さんの朗読はそういったことで生じる朗読的エモーションを全部封じるような読み方で、それはまさに村田さんの文章の特徴だ。村田さんの文章のエモーションは構文や統語に帯びるのではなく、むしろそこを封じたときに語り手の念や神経みたいなものが立ち上がってくる感じで、もちろん村田さんの意図は私はわからないし、ここまで言いきるとちょっと違うような気もしてくるのだが、その場では概ねそのようなことを考えて、あーなるほど、と思っていた。

終わったあとはサイン会になり、エマンやハイファを村田さんに紹介。聴きにきていたライターたちがまたSosekiに行くというので、こいつらほんとにSoseki大好きだなと思いつつ、村田さんジニーさんもお連れする。マリアンヌ、ナオミも来ていた。アラムがカツカレーを食べていて、今日がほんとのラストなのにTERIYAKIじゃないの？　と訊いたら、そうなんだよ、自分でもわからないんだけど、気づいたらこれを頼んでたんだ、と驚いたような顔で言った。マリアンヌが飲んでいたのはラッキーブッダという名前のビールで、瓶に布袋像が浮き彫りになっている。マリアンヌが帽子の上に瓶を載せて手を合わせたポーズをして瓶を落とした。日本酒を頼んで、ジニーさん村田さん交流基金の方と飲む。村田さんたちの目で見ると、自分の右側でわいわいしゃべっているライターたちが急に遠く、よく知らないひとたちに見えた。私たちは三か月近くも一緒に過ごし、互いをよく知り、強い結びつきができたように思っているが、その方が錯覚なのかもしれず、一週間後に別れた途端、遠くなって、なにも思い出せなくなってしまうような、これはそういう脆い関係なのかもしれない。

アイオワの台湾人カップルと夕飯を食べに行っていたカイが赤い顔で店にやって来た。彼はふだんあまり酒をたくさん飲まないが、珍しく飲みすぎたよう。十時に店が閉まって散会となった頃にほかの先生を車で送っていたケンダルがやってきた。村田さんたちをホテルまで見送り、ケンダルとも最後のお別れ。ハグをして、お礼を言う。ケンダルは日本にもときどき来るのでまた会える。カイと歩いてホテルに戻る。

余って持って帰ってきた日本酒やたこ焼きなどをコモンルームに持っていくと、コモンルームには誰もいなかった。ソファに座って、誰もいない室内を眺めていると、廊下からモハンの声が聞こえてきた。電話で誰かと話している。コモンルームに入ってくると、楽しそうに、自分の国でけんかが起こっている、といまの電話の内容を教えてくれた。

なんのけんか？

詩人のけんか、と言っておもしろがった様子で殴り合う動きをして見せながら、テーブルの上のたこ焼きのパックを手に取ったので、それ食べていいよたこ焼きだよ、と私は言った。うまく開けられないようなので開けてあげると、モハンはひとつつまんで口に入れ、指で丸をつくって見せた。

カイとアマラが来て、アマラがお腹が減ったと言うので、たこ焼きをあげる。タコ？　私タコ食べたことない、とおそるおそる口にしたが、だめだったようで大笑いして、足をばたばたさせた。隣に座っていたモハンは、タコとは全然関係ない話をアマラの向こうのカイに話しかけているがカイはなんのことだかわからず、何度も訊き返している。アマラはたこ焼きを諦めて、ボウルに入った魚のフライみたいのを食べはじめ、こちらは悪くないようで、ナマズに似てる、と言った。カイが誰かと電話をはじめた。モハンはラッパーの話をしていたらしい。ケンドリック・ラマーとか、JAY-Zとか言っている。私はビールを飲んでいる。モハンはコーラを飲んでいて、スマホをいじりながら、アマラに魚の話をはじめた。インドの南にあるモハンの街は海沿いで魚をたくさん食べる。英語がネイティブに近いふたりの会話は私には内容が拾えず、ふたりの向こうでは窓際に移動したカイが中国語で誰かと電話をしている。アマラがテーブルをばんばんばん、と叩いて、なにか嘆くようにテーブルに突っ伏しておどけた。それを見てモハンは笑っている。テーブルの上には、何日か前にアマラが持ってきた大きなハロウィンのカボチャがある。なかをくり抜き、目と鼻と口をつくってある。アマラは自分でつくったと言っていたが、いつどこでつくったのか私は知らない。アマラが箸を打って鳴らし、モハンがなにか歌を口ずさんだ。アマラは、とうとう私は人生で初めてタコを食べた！　とサムズアップした両手を広げ、ガッツポーズをした。モハンがスマホをいじりながら、アマラの方に顔だけ向けて、やったね、みたいなことを言い、アマラは、でも二度目があるかはわからない、とたこ焼きのパックを少し押しやって遠ざけた。

アラムとアウシュラが来て、バイサも来て、音楽を流し、踊りはじめる。モハンが、この曲が好きだ、と言ってYouTubeでエミネムをかけた。モハン、レッツダンス！ とアラムが言い、モハンはぎこちなく身体を揺らす。

10月31日（水） 74日目［アイオワ最終日］

この日の午前中にアイオワを離れ、飛行機を乗り継いでライターたち二十七人はワシントンDCに着いた。カイは、アイオワ最後の朝食をハンブルグインで食べようと思って早起きして店に行ったが、ハロウィンで臨時休業だった。店の前で休業を知らせる張り紙の写真を撮って、That's life. とグループチャットにポストしていた。ホテルにはナターシャやプログラムのスタッフ、ジェームズやナオミも見送りに来た。

ジャクリーンは事前に荷物をひとつ送っているにもかかわらず、大きなスーツケースを三つも持っていく。部屋が同じ階だったので、カイと一緒に下まで運ぶのを手伝った。ジャクリーンは、私の荷物が馬鹿げた量だということは自分でもわかっている、でも夫や息子のために買ったものがたくさんあるのだ、と言った。

私は日本に帰ってから、一層悪化したベネズエラの物資不足や不安定な情勢を報じるニュースを見聞きすると、この朝のジャクリーンのことをいちばんに思い出す。

シーダーラピッズの空港では、アマラが服をぱんぱんに詰めたビニール袋を手荷物で預けようとして袋が破けてしまい、また大騒ぎしていた。またやってんなアマラ、と空港のビニールテープで破けた部分を貼り合わせるのを手伝う。また深く感謝される。私が裂け目を押さえて、アマラがぐるぐると勢い任せに巻いたテープがアマラの編み込みのウィッグを巻き込み、悲鳴をあげてまたひと騒動。そんなことをしているあいだにまわりには誰もいなくなり、ふたりで慌ててセキュリティチェックに向かう。マリアンヌがチェックの手前で見送りをしてくれた。

前回の旅行では大幅に飛行機が遅れたが、今回はオンタイムのフライトだった。シカゴのオヘア空港（私はずっとオハラ空港と間違って読んでいた）には、ハロウィーンで仮装して働いている職員もいた。フライト待ちで、近くにいたロシアのアリサは黒い口紅をしていて、それもハロウィーンだからか、と気づいた。アリサに、怖い？　と訊かれたので、お似合いです、と応えた（が、それでよかったのだろうか）。

シカゴからワシントンへ。ホテルに着いたのは夜。アウシュラ、ジャクリーン、アドリアーナ、バイサと近くのドイツ料理屋で夕食。そのあと、ホテルに戻ると言うジャクリーンと別れ、四人で散歩。ホワイトハウスを見にいく。敷地の前の通りには立ち番のポリスがいて、ただ眺めているのでも結構緊張感がある。路上に簡易小屋を建てて座り込みをしているひとがいた。いろんなメッセージが掲げられていてよくわからなかったが、BOMB とか AGENT

ORANGE（枯れ葉剤）とか書いてあった。やはり散歩をしていたカイとアラムに会う。ふたりはもうホテルに戻ると言うので別れて、四人はもう少し夜の街を歩く。The Ellipse という円形の芝生の広場。大きなクリスマスツリーはまだ飾り付けはされていなかった。ひと通りも車もそんなに多くなく、静か。ハロウィーンだからか。ホテルの近くまで来たあたりで、バイサがある話を私たちにした。それはここには詳しく書かない。彼女がプログラム中に遭遇したいくつかの出来事を受けて、アウシュラとアドリアーナは即座に、バイサを支持する決然とした意見を述べた。私はそれに曖昧に同調したものの、自分がその場でどういう言葉を発したものかよくわからなくて、ほとんど黙っていた。自分の英語のできなさに身を隠すような気持ちでもあった。そのままホテルに戻り、翌朝一緒にどこかで朝ご飯を食べる約束をしていたが、やっぱり今晩のうちにバイサに自分の言葉と考えを表した方がいいように思ったから、気安く行けそうなバーをネットで探し、ホテルの近くにバーを見つけたから少し飲みませんか、とバイサにテキストを送った。が、返事はなく、翌朝私は寝坊して朝食の約束をスキップした。

ワシントンDCは美術館や記念館がたくさんあり、その多くが無料だった。二日目に、アラムとカイとジャクリーンとホロコースト記念館に行った。リトアニアはアウシュラの国、ルーマニアはダンの国、マケドニアはルメナの国。いずれもこのプログラムに来るまでは単なる国名としてしか認識できなかった場所に、いまは友人の名前と顔と声がついてくる。

この日の午後は、アメリカの国務省が参加を援助しているライターと国務省の面接が組まれており、アラムはそこに参加しなくてはならない。ホテルでの待ち合わせ時間に間に合わなそうだったので、カイがUberを呼んでアラムをホテルに連れていった。私とジャクリーンは、Hirshhorn Museumに行った。アラムを送って戻ってきたカイと美術館で合流して、街を歩く。見通しの開けた向こうにワシントンの記念塔が見える。中心地は広い公園で、高いビルもないので、空も広い。しかし空港も遠くないので旅客機は多く飛んでいて、遠くの塔に重なるように遠くを飛ぶ飛行機が見えると、それは九・一一を思わせ、ジャクリーンが、怖い、と言った。チャイナタウンに行って、三人でラーメン屋に入り、遅い昼飯とビール。

ホロコースト記念館でアラムは涙を流していた、とジャクリーンが私に言った。アラムもまたこの晩、自分の先祖のことを思う、と記念館の印象を私に話してくれた。具体的には言わなかったけれど、アルメニアのジェノサイドのことだと思う。私はそう言われて初めて、アラムがアーミーの話をするとき、その話には彼自身の経験だけでなく、そのような歴史も重なっていたのかもしれないと思い至る。

ポートレイトミュージアムでアウシュラやバイサ、アドリアーナと合流した。六時頃から、メキシコのお祭りにかかわるパーティーがミュージアム内で行われるからとそれを観にきたが、すごい混雑だし、あまりおもしろくないので出て、夕飯を食べにいくことにする。ジャクリーンは疲れたとホテルに戻った。バイサがミュージアムでたまたま会ったモンゴル人の女子学生も一緒に来た。ゆうべ行ったドイツ料理の店でもモンゴル人の女性がウエイターをしていて、この街にはモンゴリアンが多い、とバイサは嬉しそうだった。ダウンタウンのタイ料理屋へ。そのあとカイとアラムが今朝見つけたというアイスクリーム屋に連れていってもらう。私は昨日行きそびれたので、バイサにビール飲みにいこう、と誘い、他のひとも呼んだが誰も来ないので、みんなと別れてバイサとバーに行った。通りがかりにあった、Churchkey という名前の店。

昨日の話の続きや、仕事のこと、ほかのライターのことなど、いろんなことをゆっくり話す。いろんな種類のビールがあって、おかわりするときには違う種類のものを頼んでみる。彼女は出版社の主宰でもあるので、版権や翻訳権利の交渉、小さい出版社の苦労話など聞かせてもらう。カズオ・イシグロの作品の翻訳を申し込んだがその翌日にカズオ・イシグロのノーベル文学賞が発表されて、そうなるとどこも版権をとろうと競争になる。すると強いのは資本力のある大手で、バイサがやっているような小さな版元は権利をとれない。翻訳のクオリティと資本力は必ずしも比例しないが、しかしエージェントも商売なのでたいていの場合、より多くのお金を払うところと契約を結ぶことになり、クオリティは二の次、あるいはあまり精査されないケースも少なくない。もっといい翻訳で作品を世に出せる自信があるのに、それが叶わず、だめな翻訳を目にするつらさ。だから Yusho、翻訳の依頼があったらいいパートナーを選ぶべき。

わかった、モンゴル語で本が出るときはあなたのパブリッシャーから出してもらう、と私は言った。でも私の本はあまり売れないよ。バイサはあははと笑い、No, you are not so famous but very importantと言った。

アイオワのホテルのコモンルームでは夜な夜な一緒に飲んでいろんな話をした。みんなで飲んでいても、遅くなるとひとりふたりと部屋に戻っていき、私とバイサは最後まで残りがちで、深酒しがちなお互いの飲み方もよく知っていたが、こうして外のお店でバイサとふたりで飲んだことはたぶんなかった。だからこの日差し向かいでビールを飲んだのは、最初で最後の特別な時間だった。最も別れに近い最後の日々は、私たちに許された特別な時間のなかで、最も親密さが増した日々でもあるはずだったので。ほんの数日後に迫るさよならの気配のなか、私たちは最も親しく話をした。同じように、ニューヨークの一日目の夜にも、ジャズクラブを探して適当な場所を見つけられず、やがて散り散りになって私とカイはふたりでバーに入り、酒を飲みながらゆっくりいろいろな話をした。プログラムのこと、一緒に過ごしたライターやスタッフたちのこと。

ところで、とバイサは、このワシントンでユウショウがジャクリーンと一緒に行動しているのが私はとても幸せだった、と言った。ジャクリーンはシアトル旅行のとき、一緒に行動するひとがいなくてさびしそうだったから。私はそのときに、シャミラやダンと一緒にいたけれど、あとから彼女のフェイスブックのポストを見て、彼女はシアトル旅行のあいだひとりで過ごしていたことを知った。

私はそのことは知らなかったが、それならよかった、私とジャクリーンは今日デートをしたようでしたよ、と私は言った。

カイにも、たぶんバイサにも、いつか会える。アウシュラのリトアニアは遠いが、でも会えるのではないかという気がする。しかし、五十一歳で、体が少し不自由で、政情も不安定なベネズエラに住むジャクリーンとこの先もう一度会うことがあるのか、私はわからなかった。

三日目は午前中にアメリカ議会図書館でルメナとカトリーナ、アリサによるパネルトークがあるのでそれを観にいき、そのあとは自由行動。カイは行きたがっていた動物園にカピバラを見に、アラムはナショナルギャラリーのトラディショナルの館を観に行った。

私はジャクリーンと一緒にナショナルギャラリーのコンテンポラリーの館を見た。作品を眺めるジャクリーン、椅子に座るジャクリーン、すだれのような作品から顔を出すジャクリーン、私はジャクリーンの写真をたくさん撮った。ホテルに帰る途中、歩いていたら雨が降ってきた。朝図書館に行くときにテヒラが持っていた折りたたみ傘を、荷物になるからと私が預かってカバンにしまったまま返し忘れていて、それを差して通りまで行き、タクシーを拾った。

I and Jacqueline are under your umbrella now. Are you ok? Tehilumbrella helped us, thank you. とテヒラにテキストを送ったら、♡マークが返ってきた。拾ったタクシーの運転手がベネズエラ出身のひとで、ホテルに着くまでスペイン語でジャクリーンに話し続けている。大きい声で、ずっと怒ったような調子なので、あとで彼はあなたに怒っていたの？　と訊いたが、そうではなくてベネズエラの政治を非難していたのだと教えてくれた。ジャクリーンは今夜はワシントンに住む知り合いの家族とディナーの予定だそう。

ホテルにいたアラムを誘って、カイと三人で一緒に夕飯に出る。カイがホテルの近くのポケ（ハワイの海鮮丼みたいな料理）の店を探してくれて、そこに行く。ファストフードのような感じで、その場でパックに入れてくれたのをイートインスペースで食べる。まあまあの味だが、ワシントンはご飯が高い。そのあとダウンタウンの方へ散歩。昨日も来たアイスクリーム屋へ。コーヒーと、自家製のジェラートやアイスクリーム。アイスを盛ってくれる店員の女子が、サービスも愛想もよく、かわいらしい。三人で、あの子とてもキュートだね、と話す。ホテルに戻りがてら歩いていると、見たことのない料理の写真を掲げた店があって、これなんだろうと見ているとアラムが、エチオピアのメディタリアン料理だ、と教えてくれた。食べたことある？　と訊かれ、私もカイも、ない、と言うと、おいしいよ、ちょっと試してみようか、と入ってみることに。さっきポケを食べたばかりだから、ビールと、三人でプレートをひとつ頼む。やや黒みがかったクレープのようなもののうえに、スパイスやマリネされたいろんな種類の肉や野菜、ソースのようなものがのっていて、クレープで好きなものをくるんで食べる。おいしい。が三人とも満腹で食べきれないので余った分を包んでもらって帰る。帰り道、雨が降ってきた。と、ひとりで歩いてくるバイサに会った。ご飯を食べにきた、と言うが、話しているあいだに雨がだんだん強くなり、よかったらこれ食べたら、とテイクアウトの包みを見せると、それでいい、とバイサは言うので四人で傘を差しながらホテルに戻るが、途中で土砂降りになり、雨宿りをしながら帰る。アイオワの川は溢れるし、シカゴも、ニューオリンズも、どこに行っても雨だ、とアラムが笑いながら嘆いてみせた。みんなびしょ濡れでようやっとホテルに帰り着いた。

テイクアウトした食べかけのエチオピア料理は決して見ばえのいいものではなく、部屋で包みを空けたバイサが憤慨して写真を撮って送ってきた。見かけは悪いが味はいい。私たち三人は聖なる清らかな手で食べたから心配いらない、とテキストを送る。

ワシントンに三泊、そしてニューヨークに三泊してプログラムは終わりだった。見るべき場所はいくらでもあるが、全然時間は足りず、間もなくの別れに気持ちはどんどんふさいでいく。アイオワの長く、退屈で、平穏で、穏やかな毎日から、プログラムの最後になっていろいろなことが急激に押し寄せて、私たちは疲れ果てていた。みんなの表情は日に日に暗く、強ばっていき、プログラムの最初の頃に戻ったみたいだった。柴崎さんは『公園に行かないか？　火曜日に』でこのプログラムの最後の日々についてこんなふうに書いている。

「なんでプログラムの最後が旅行なのかな、とわたしは思っていた。ずっと過ごしたアイオワで別れたほうがいいのに、と。荷物を運ぶのも大変だったし。でも、今はなんで最後が旅行なのかわかる」

「なんで？」

「疲れて、帰りたくなるから」

わたしは疲れていた。帰りたいわけではなかったが、アメリカ滞在がもう終わりでもいいかなという気持ちには傾いていた。

［ニューヨーク、二〇一六年十一月］

いちばん最初に出発したのがバイサだった。プログラムの最終日は十一月六日だったが、バイサは五日の夜にホテルを出なくてはならなかった。それに合わせて、夜のロビーにみんなが集まり、別れを言い合った。私はバイサに、あなたは強い、と言って別れた。

その晩の深夜二時にはジャクリーンとロベルトが出発だった。私はジャクリーンの大量の荷物を運ぶのを手伝う約束をして、二時前にジャクリーンの部屋に荷物を取りにいった。ジャクリーンは今日夕飯を食べたタイ料理屋にニットキャップを置いてきてしまった、と言った。アイオワで買った安いものだから構わない、と言ったが、なにか思い入れがあったのか、自分の失策に落ち込んだのか、とても残念そうだったので、私は翌日の昼にタイ料理屋にそれを取りにいった。アルゼンチンのシャミラに、同じ南米というだけで、これジャクリーンの帽子なんだけどベネズエラに行ったりすることない？　と無理は承知で訊いてみたが、たぶんジャクリーンはあなたが持っててくれるのが嬉しいと思う、とシャミラは言った。

帰国後、ジャクリーンに帽子の写真を送って、これは今度会うときまで私が持っています、と書いた。ジャクリーンはサンキュー、と返事をくれて、私たちはベネズエラと東京の中間で、あるいはおそらくパリで会える、と言った。彼女の住むカラカスは、帰国後長いこと停電が続いていた。

明け方にカイを、朝にアウシュラとアマラとアドリアーナの出発を見送った。ゆうべのバイサの出発のときがピークだったのか、眠気と疲れのせいか、自分たちでも意外なほど、淡々とした別れだった。アウシュラも同じことを感じていて、不思議だけど涙が出ない、私たちはゆうべさんざん泣いたし、もう別れたからだ、と彼女は言った。アドリアーナは最後もほとんど涙を見せず凛としていた。迎えのスーパーシャトルは、相乗りの大型タクシーで、ホテルの前につけられたその車内には、すでに同じ空港に向かう客たちが乗っているのが見えた。見送るたび、最後に目にするのは、知らないひとたちのグループに混ざる友人の姿だった。

ニューヨークに何日か残る私をのぞくと、いちばん出発が遅いのはアラムで、彼だけはホテルにもう一泊して七日の午後の出発だった。

六日の午後には、残っているのは私とアラムとシャミラとチャンドラモハンだけになっていた。出発まではどこに行ってもよかったが、この日は一日雨で、ホテルのロビーで雨が降るのを眺めている時間が長かった。

三時過ぎにチャンドラモハンが出発した。モハンはいつも通り、ひょうひょうと、あっさり帰っていった。けれども最後に肩を抱き合って、私の手が感じた彼の体の厚みを、私はとても愛おしく思い出す。五時過ぎにこの日最後のシャミラの迎えのシャトルが来た。私は、シャミラに、私はもっとあなたと話したかった、と言った。プログラムの初めのうちに彼女が小説について話す内容に共感できることが多かったからだが、しかし彼女はだんだんほかのグループと一緒にいることが増え、いろいろ話しそびれたように思っていた。返すがえすも、もう少しでも英語ができたなら、と思う。私は最初のうちはジャミラ、そのうちにヤミラ、最後の方はシャミラとYamilaのことを呼んだ。全部同じ名前だ。でもそれは、だんだんよくなっていったように思う。彼女は、We will. と返してくれた。

私とアラムはシャミラを見送ると、前の晩にも行った近くのオハラというバーに行って、ビールを飲んだ。

前の晩もバイサを見送ったあと、カイと三人でここに来た。アラムは涙を流しながら、That's life. と言った。私たちはずいぶんたくさんの話をした。文学の話も政治の話もした。カイは、体力がない自分が兵役に行ったときに感じた劣等感について話した。それはたぶん文学についての話だったのだが、それがどうして文学についての話なのか、私はその晩三人で交わした話題を、ひとつの場面や流れにすることができないから断片的な印象と記述にとどめようと思っている。

この三か月は夢を見ていたみたいだ、とカイが言った。その通りだ、と思った。

Literature is graet とアラムは言った。その通りだ、と思った。

文学はすごい。日本語で書くのがためらわれるほどの素朴なその言葉とそれを受けての感慨を、その晩のアラムの表情と声を覚えている私は、リアリティのあるものとして響かせることができる。

最後の晩に、アラムとふたりでなにを話したのかは、ほとんど覚えていない。なにも話さなかったようにすら思える。ふたりでぐったりと、ひとつのハンバーガーを分けて食べた。

アラムはもう手持ちの金がほとんどない。帰路でなにかトラブルがあったときのために一〇〇ドルだけは残しておきたかったが、ニューヨークはなにを食べても高く、数日いるだけでどんどんお金が減っていく。昨日の夕飯で最後の一〇〇ドル札を崩した。五、六人で行ったレストランの支払いで、最後の紙幣を負け札を切るように卓上に放ったときのアラムの顔を私は見ていたし、その場にいたカイとバイサも、それぞれの席から見ていた。その三人はアラムの窮状を知っていたから。アラムは、今日は朝からほとんどなにも食べていない。私は朝買って食べなかったサンドイッチを夕方彼にあげた。外はずっと雨だった。どうしてこんな哀しい気持ちで、プログラム最後の一日を過ごさなくてはならないのか。

その日、十一月六日は大統領選の中間選挙で、昨日はアメフトをやっていたバーのテレビも今日は選挙の動向を報じるニュースが流れていた。まだ開票がはじまったばかりで大きな動きは見られず、それ以前に私もアラムも選挙のニュースを注視する余力がなかった。明日が私たちの最後の日になる。私は六日から自分でとった宿に移ったので、明日の朝ホテルに来ることにして、その晩はオハラを出て早々に別れた。ゆうべは夜中も続々と出発のスケジュールが組まれていて、その見送りをしていたから、私もアラムもほとんど眠っていなかった。

翌日は快晴だった。地下鉄でホテルまで行き、隣のスターバックスで時間をつぶした。出発の支度を終えたアラムとロビーで会い、おはよう、と言い合い、歩いてブルックリンブリッジを渡った。ブルックリンまで行って、また戻ってくる。風が冷たいが、冬の色の濃い空はきれいだった。アラムは真っ赤なニットキャップをかぶっていた。無数の名前と日付の落書きで埋まった欄干に手をかけて、私たちは空と川と、遠くに見える自由の女神像と、ブルックリンの紅葉した林とを眺めた。私はそのときにアラムの横顔も見た。結局アイオワでは三度、彼とカイの頭を刈った。ふたりとも髪の毛が柔らかく、毛量も少ないので、多少へたでも目立たず刈りやすい。刈るたびにカイの、アラムの頭の形を私は覚えて、髪の毛の流れと頭の形に応じてバリカンを使えるようになった。細面で鼻が高く、額も高くまつげの長いアラムの目は、そこに映るすべてを憂いているみたいに見えた。橋を渡る彼の後ろを歩きながら、これまで何度も思ったけれども、いったいなにが私と彼をこんなに親しく近づけたのか、よくわからなくなる。互いに遠い土地で知り合った奇遇さか、一緒に過ごした時間の長さか。それで、彼と過ごした時間のなかの、もっと陽気でのん気で、馬鹿みたいなことを言って笑った瞬間のこともちゃんと思い出せた。

マンハッタンに戻ってきて、最後のランチだ、とチャイナタウンの台湾料理屋にまた来た。その店にはニューヨークの二日目に、アラムと、バイサと、四人で来た。私たちはその日、ただただ街のなかを歩きまわって過ごした。お金は最低限しか使わなくていいように。カイがサーチして案内してくれた台湾料理屋は、今日も安くて、あたたかくて、おいしかった。

チェックアウトの時間があるので、食事を終えた私とアラムは時間を気にしながら歩いてホテルに戻った。ニューヨークの街は、あちこち工事をしていた。ホテルの横の古い教会に短い時間だけ寄って、私たちは、お墓を見た。二五〇年くらい前の墓。

ホテルに戻り、アラムが部屋から荷物を持ってきた。最後まで残っていたプログラムのディレクターのヒューが来て、三人で迎えの時間までロビーで話した。事前にアイオワからニューヨークに送られたライターの荷物のうち、いくつかのスーツケースは壊されて、中身がチェックされていた。アラムのスーツケースに巻いていたバンダナは断ち切られ、バイサの荷物からはなかに詰めていた本のいくつかがなくなっていた。アラムはヒューにその顛末を話し、嘆いた。ヒューは、最大限の同情を表し、馬鹿げたことで残念だけどアメリカではたびたびあることだ、と言った。本は最も危険なものだからね、と私が言ったら、ヒューは笑って、その通りだ、と言った。英語でなければ、私はそんなことは言わなかったと思う。

二時過ぎにアラムのシャトルが来た。アラムが私の背に強く手を回した。また会う、私たちはそう言って、アラムはシャトルに乗り込んだ。私は車が見えなくなるまで見送った。ヒューと握手をして別れ、私はホテルのあったロウアー・マンハッタンから、宿をとったアッパーイーストまで、四時間くらいかけて歩いた。途中ビルの火事を見た。この三日間カイに任せきりだったせいで全然頭に入っていなかったマンハッタンの地理が、こうして実際歩いてみるとだんだんわかってくる。ああ、初日に来たスペイン料理屋はこのへんだ、とか、二日目にカイと、ニューヨークに住むカイの友達とアラムと来たヘルズキッチンはあっちの方だ、とか。そのおいしかったスペイン料理屋のことも、そのあとカイとふたりで行ったバーで話したことも、この日記には書きそびれてしまった。ワシントンの三日は早く、ニューヨークの三日はもっと早かった。カイが言っていた通り、あとから思い出しても夢みたいだった。

マンハッタンを北へ北へ歩きながら、私はアラムともう一度会えるだろうかと考える。それはその気になれば、決して無理なことではない。私はアルメニアに行こうとすれば、きっと行くことができる。でも、なんのために？　彼に会うためだけに、私はアルメニアに行くだろうか。行くかもしれないが、どうかわからない。私たちはライターとしてアイオワで出会ったから、たぶん、ライターとして再会すべきなのではないか。距離の近い、カイやチョウ、あるいはバイサなら、そうではないかもしれない。わからない。アラムはアルメニアについていろんな話をしてくれたが、私は、ちゃんと理解しているのでも、景色を知っているのでもない。

その後ニューヨークのメトロポリタン美術館に行ったとき、ちょうどアルメニアの古い装飾品などの展示がやっていたので観たけれど、それでも私はちゃんとわかったわけではない。ちゃんとわかることなんてない。

私たちがいなくなって間もなく、アイオワに初雪が降った。その頃にはみんな自分の家や、次の滞在先に落ち着いていて、フェイスブックでアイオワの様子を知ると、グループチャット上に、信じられない！　とか、アイオワが恋しい！　とかの言葉が飛び交った。私はまだニューヨークにいたが、彼らの英語が、もうすでに遠く距離のあるものに感じられた。アラムはひとりだけSNSをやらなかった。彼の言葉はそこには混ざらない。代わりにアルメニアに帰ったあと、メールで素朴な果物と木の実などの食事の写真を私に送ってきてくれた。いつか話してくれた、アルメニアの、簡単なご飯。

ワシントンで、ジャクリーンと行ったナショナルギャラリーの写真を見せていたとき、アラムが、あっ！　と声をあげ、それはアルメニアのゴーキーという画家が描いた、自分と母親の絵だった。椅子に座った母と、その横に立つ少年。白みがかった柔らかい色だが、どの色も少しくすんで、翳りがある。ふたりとも記念撮影のように正面を向いて、無表情だ。

ゴーキーはアルメニアの有名な画家だけれど、この絵は、いちどもアルメニアに展示されたことがないと思う、と彼は言い、代わりに観てくれてありがとう、と私に言った。見て、この手。アルメニアの女性はなぜかわからないけど、写真を撮るときとか、姿勢をただすときに、こうやって膝に拳を置く。

そう言われて見ると、母親の両手はこわばったように膝の上にのっている。

ゴーキーは、少年時代にジェノサイドで母親をなくした。その後アメリカに渡り、画家になり、生涯アメリカで暮らした。あの母子の絵は彼のキャリアの初期の作品だった。彼の作風はその後、大きく変わって、全然違う抽象的なものになる。その全然違う絵を、私たちはニューヨークの MoMA で観た。人間のかたちはほとんどなく、少しカンディンスキーのような印象でもあった。

彼は、ほとんど自殺未遂のような事故を起こして腕が使えなくなり、最後には若くして自殺してしまった。私はニューヨークで別の日に、ホイットニー美術館で、ワシントンで観たのと同じ構図の母子の絵を見つけた。ゴーキーの、同じ時期に描かれた別の絵だった。母親の両の拳は、やはり膝の上に置かれている。私はアラムに写真を撮って送った。アラムはよろこび、私は、この絵は私にとって特別な絵になった、と返した。

あとがき

2019年11月13日（水）

アイオワ大学のプログラムに参加しませんかと打診があったのは二〇一八年の二月頃だったと思う。それから約半年後、結局終わらせる予定だった英語の教本は半分も終わらず、前倒しに済ませていくはずだった仕事がむしろ後ろに倒れまくっているなかで日本を発った。いったいどうなることやら、と思いながらアメリカに到着し、そのあとのことはこの本に書いた通りだ。私はほとんどのことが最後までよくわからないままだったし、私がプログラムに参加した意味も未だによくわからないのだが、ともかくどうにかなったし、私にとってその三か月は特別な時間になった。

プログラム終了後、少しニューヨークに残ってから日本に戻ったのは十一月十六日だったから去年のあと三日先で、この本をつくるにあたって去年の日記を読み返したり、加筆したり、こうしてあとがきを書いたりしているのは、ちょうど一年前の一年後だったから、日付を見るだけでもその日のことが鮮明に思い出されるようだった。

けれどもそれは季節や日付が近いからというよりは、たぶん、日記としてその日のことを自分が書いて、そして読んでいるからだ。

日記を書くということ。ある日の出来事を、その日付のもとに記録すること。そのいいところも、よくないところもあると思う。

一日の出来事のなかには、日記にしか書けない事柄がたくさんある。日記に書かなければ、もう書きとめられることはない事柄を、日記は言葉で留め置くことができる。

一方で、日記には書けない事柄もある。時間が経って、多くの出来事が消え失せたあとで、その日をどうにか取り戻そうと願うように記される言葉は、日記とは別のかたちで出来事を記録する。そして小説は、そういう言葉で書かれるものだと思う。だから、ある一日を、ある出来事を、日記に書いてしまったら、もうそのことは小説のようには書けないような気がする。

なんでそうなのかはよくわからない。もしかしたらそうではないのかもしれないが、少なくとも私はアイオワで日記を書きながら、自分はこの経験を、小説ではなく、日記というかたちで書くことを選んだのだ、という意識が強くあった。

だから、たぶん私はアイオワのことを小説のかたちでは今後も書かないのではないかと思う。でも、小説とはなにかなんて、ちゃんと指し示すことができるわけでもないのだから、いま自分が思っている小説とは違うかたちを見つけたら書けるのかもしれないし、実際、この日記を書いているときにも、小説を書いているときと同じような感じになることが何度もあったから、日記と小説というのはそんなに違うものでもないのかもしれない、というのがこの日記を書きながら思ったことだった。

それで、そんなふうに日記の不思議なおもしろさについて、これまでに何度も話をした相手であり、いろんな日記の本をつくってきたNUMABOOKSの内沼晋太郎さんに、このアイオワの日記を本にしてもらいたいと思った。今年の春頃だったか、相談してみたところすぐに、ぜひやりましょう、と応じてくださって、こうして実現できたことをとても嬉しく思う。本というメディアの可能性をアグレッシブに探ろうとする内沼さんの姿勢と知性に、書き手としてたくさんの刺激と勇気をもらった。内沼さんと一緒に本をつくれたことは、私にとってとても貴重な経験になる。

もともとは雑誌『新潮』に書いた「アイオワ日記」という四回の連載である。本書の刊行にあたって大幅な加筆を行い、またほかの雑誌に寄せたアイオワについてのエッセイ二編も併録することにした。

アイオワに到着して二日目に、滞在記を書きませんか、と連絡をくださったのは『新潮』編集部の松村正樹さんである。毎回依頼を大幅に上まわる分量の原稿を受け入れてもらい、そのおかげで、あの滞在を日記という形で記すことができた。また、編集長の矢野優さんには、連載中だけでなくアイオワ行きの話があった際、最初の窓口になっていただき、いろいろ助言もいただいた。

アイオワに発つ十日前に下北沢のB&Bで行われ、本書に挟み込まれている柴崎友香さんとの対談も『新潮』に掲載されたものだ。イベントの企画は記事も書いてくださった小林英治さんによるものである。雑誌掲載時には『新潮』編集部の杉山達哉さんにお世話になった。

柴崎友香さんには、対談の前後にもＩＷＰに参加した先輩としていろいろ相談にのってもらったり、たくさん助言をいただいたりした。だけでなく、出発三日前に自分のスーツケースだけでは荷物が収まりきらないことに気づいた私は、柴崎さんにスーツケースを借りた。柴崎さんが二年前にアイオワに持っていったものである。アイオワでは前年の藤野可織さんとその前年の柴崎さんのことをよく覚えているひとも多く、おふたりの名前が会話に登場するだけで心強い気持ちになったものだったけれど、二年前にもこの地を訪れているスーツケースが傍らにあったことも、なんだか巨大な御守りを携えているみたいで頼もしかった。日記中に何度も書いた通り、アイオワ滞在中はアイオワ大学のケンダル・ハイツマンさんになにからなにまでお世話になった。司書の原田剛志さんと抄子さんご夫妻も、滞在中私のことをたびたび気にかけてくださって、とても心強かった。

以前から仕事でお世話になっている新潮社の佐々木一彦さん、講談社の堀沢加奈さんからは、出発前から滞在中にわたるまで、いつもさりげない励ましや気づかいのメールをいただいた。

この本の制作においては、内沼さんとともに、編集者の後藤知佳さんが参加してくださった。予定通り作業が進まず、再三ご迷惑とご負担をかけてしまった。後藤さんの丁寧な編集作業と進行管理、そして細やかなお気づかいなしにこの本はできあがらなかった。ゴーキーの絵を表紙に用いるという素晴らしいアイデアを出してくれたのも後藤さんである。

併録した二編のエッセイでは、集英社『すばる』編集部の吉田威之さん、ミシマ社の野崎敬乃さんにそれぞれお世話になった。

そして、この本のデザインを引き受けてくれた佐藤亜沙美さん。毎日の生活のパートナーでもある亜沙美さんが、絶対に行くべきだ、とアイオワ行きを迷う私の背中を押してくれなければ、そして留守のあいだを無事に過ごしてくれなければ、アイオワに行くことも、この本をつくることもできなかった。いつか一緒に仕事をすることがあるのかもしれないと思っていたけれど、この本でそれが実現したことを嬉しく思う。

以上のみなさんに、そしてあの特別な日々をともに過ごした二十七人のライターたち、プログラムのスタッフ、アイオワシティの道や店で出会ったすべての方々に、感謝とお礼を。

滝口悠生

初出
本書は『新潮』２０１８年11月号～２０１９年2月号に掲載の「アイオワ日記」「続アイオワ日記」「続続アイオワ日記」「続続続アイオワ日記」を改稿し、関連原稿を加えたものです。

表紙掲載作品
Arshile Gorky (1904-1948)
The Artist and His Mother
1926-1936
Whitney Museum of American Art 所蔵

滝口悠生（たきぐち・ゆうしょう）
1982年東京都生まれ。2011年「楽器」で新潮新人賞を受けデビュー。2015年『愛と人生』で野間文芸新人賞。2016年『死んでいない者』で芥川賞。他の著書に『寝相』『ジミ・ヘンドリクス・エクスペリエンス』『茄子の輝き』『高架線』。

やがて忘れる過程の途中（アイオワ日記）
2019年12月21日　初版発行

著　　者　滝口悠生

単行本編集　内沼晋太郎、後藤知佳
デザイン　佐藤亜沙美（サトウサンカイ）
印刷・製本　株式会社廣済堂

発 行 人　内沼晋太郎
発 行 所　NUMABOOKS
〒151-0062
東京都渋谷区元代々木町4-6
TMKビル2F RAILSIDE内
Tel/Fax　03-3460-8220
http://numabooks.com/

ISBN 978-4-909242-06-8
Printed in Japan